숙맥 13

큰 나무 큰 그림자

큰나무 큰 그림자

초판 인쇄 · 2020년 11월 17일
초판 발행 · 2020년 11월 25일

지은이 · 김경동, 김명렬, 김상태, 김재은, 김학주,
        이상옥, 이상일, 이익섭, 정진홍, 곽광수, 정재서
펴낸이 · 한봉숙
펴낸곳 · 푸른사상사

주간 · 맹문재 | 편집 · 지순이 | 교정 · 김수란
등록 · 1999년 7월 8일 제2-2876호
주소 · 경기도 파주시 회동길 337-16 푸른사상사
대표전화 · 031) 955-9111~2 | 팩시밀리 · 031) 955-9114
이메일 · prun21c@hanmail.net 홈페이지 · http://www.prun21c.com

김경동, 김명렬, 김상태, 김재은, 김학주, 이상옥,
이상일, 이익섭, 정진홍, 곽광수, 정재서 ⓒ 2020

ISBN 979-11-308-1722-4 03810
값 20,000원

숙맥 13

큰 나무 큰 그림자

김경동 김명렬 김상태 김재은 김학주
이상옥 이상일 이익섭 정진홍 곽광수 정재서

푸른사상
PRUNSASANG

이제 『숙맥』 13호가 나간다. 나는 경이로운 마음을 금할 수 없다. 앞서의 서문들에서 이미 이 **바보**들의 지구력을 놀라워한 바 있었지만, 그 정도가 내 경우만큼 높지는 않았으리라고 여겨진다: 나는 오랫동안 막내 회원으로 있었기에, 이 서문을 쓸 기회는 내게 돌아오지 않으리라고, 그 이전에 『숙맥』은 **바보**들의 추억 속의 아름다운 자리에서나 찾을 수 있으리라고 진즉에 마음 놓고 있었던 것이다. 그러니 놓았던 서문 쓸 마음을 내고 보니, 우선 우리 바보들이 정녕 대단하다는 생각이 드는 것이다! ⋯⋯

생각해 보면, 이와 같은 지구력의 정초는 우리 모임의 좌장들이신 향촌, 단호 두 분 선생님이 1, 2호에 차례로 쓰신 서문에 있다고 하겠다. "우리가 지향하는 것은 [⋯] 자유로운 담론이다." "[⋯] 우리의 정신적 닻 가운데 하나는 탈비속이며 반선정주의다." 향촌 선생님의 이러한 언명이 주장하는 듯이 보이는, "탈비속" "반선정주의"가 "자유스러운 담론"의 중요한 조건들이라는 생각은, 단호 선생님의 한결 구체적인 표현에서 잘 드러나 있다: "인문학적 정신이란 자유로움에 있다고 생각한다. 사유의 자유를 비롯하여 개인적 이해관계로부터의 자유, 권력, 금력, 말재주(言力 – 세론, 교조적인 이데올로기), 혹은 명예와 같은 세속적 파워로부터의 자유를 표방하는 데 있는 것이다." 여기서 나는 문득 니코스 카잔차키스의 『오뒤세이아』에 나온다는 저 유명한 시구를 생각한다:

자유란, 형제여,
그건 술도, 다사로운 여인도, 광 속의 재산도, 요람 속의 자식도 아
니다.
그건 바람 속에 사라지는
외롭고 오연한 노래이지.

고백하지만, 나는 『오뒤세이아』를 읽지 않았다. 내가 프랑스에서 공부하고 있을 때에 카잔차키스의 이 문제작이 불역되어 나왔는데, 『르 몽드』의 책 난이 2개 면 전체를 바쳐 그것을 소개했었다. 그 가운데 별도로 편집되어 실린 이 시구에 나는 시쳇말로 꽂혔던 것이다……. 나는 그 2개 면을 스크랩했고, 그 시기에 스크랩한 것들—누렇게 변색한—을 모아 놓은 데에서 다시 그것을 꺼내 확인하고 있다. "다시"라고 말하는 것은 그 시구를 이미 한 번 써 먹은 적이 있기 때문이다. 내게는 이 시구 하나만으로도 카잔차키스의 『오뒤세이아』는 영원한 걸작으로 남을 것처럼 생각된다.

그렇다, 우리가 걸릴 게 무엇이 있겠는가? 단호 선생님이 구체적으로 드신 어떤 것에서도 우리는 자유롭다: 오직, 향촌 선생님이 말한 "등사 기구를 빌려 문집이랍시고 꾸[미던]" 어린 시절의 그 **순수했던 쓰고 싶은 욕망**만이 있을 뿐이다. "바람 속에 사라지는/ 외롭

고 오연한/ 노래", 바로 이것이 우리의 글쓰기가 아니겠는가? (기실이 시구의 비장함이 오히려 우리의 자유로움에 부담스럽다고 여기는 회원은 없을른지?…… 우리는 그냥 **자연스럽게** 자유로운 것이다.) 사정이 이러하니, 우리가 앞으로 나아가는 지구력이 강한 게 아니라, 우리를 가로막는 게 없으니 계속 나아가게 되는 게 아닌가?

그래 나는 미래의 그때에 내가 죽지 않고 살아 있다면, 다시 내게 서문 차례가 돌아오리라 믿으려고 한다…….

내가 『숙맥』에 처음 참여한 것이 2호인데, 그때 원고 마감이 멀지 않은 상황에서 원고 걱정을 하니까, 백초 형이 내가 한 퇴임 교수 답사와 그 이듬해의 입학식 축사―그 둘 모두 핀치 히터로 한 것이었는데―도 좋을 거라고 부추겨서, 거기에 기왕에 나온 다른 글 한 편을 더해 내 책임을 탕감했었다. 이 이야기는 내가 『숙맥』의 글들에 대한 잘못된 장르적 이미지를 가지고 있었다는 것을 보여 준다. 우리나라의 수필이라는 장르는 상당히 자유로운 것이긴 하지만, 영어의 essay나 불어의 essai의 장르적 이미지와는 다소 거리가 있다: 특히 essai는 몽테뉴의 『수상록』(제목 자체가 그냥 복수로 Essais이다)이나 카뮈의 『표리』 같은 예들이 있기는 해도, 일반적으로 오히려 '시론'이나 '평론'이라는 뜻으로 더 많이 쓰이는 듯하다: 사르트르의 『존재와 무』의 부제는 「현상학적 존재론 시론(essai d'ontologie phénoménologique)」이다. 몽테뉴나 카뮈의 경우도 철학적 사유가 내재되어 있음은 누구나 아는 바와 같다. 나는 내 그 두 연설문을 essai라고는 생각하지 않았지만, 수필로 생각하지도 않았던 것이다. 이것과 연관되어 생각나는 것은, 모산 선생님의 「어린 왕자의 한국어 번역들」이다: 정녕 본격적인 훌륭한 번역 평론이다. 우리의 자유로움은 우리로 하여금 우리 글에 수필도, essay도, essai도, 내 연설문 같은 것들도 모두 포괄하게 한다.

위의 이야기들은 우리의 자유의 관점에서 우리 글들의 장르적 자유도 말하기 위해서이다. 시는 이미 제1호에 해사, 북촌 두 분 선생님이 그 사례를 만들었다. 그렇다면 소설은 왜 안 되겠는가? 그리고 희곡도? 나는 장래에 단편소설과 단막극 희곡도 『숙맥』에서 읽게 될 기대에 차 있다.

제13호가 나가는 이때에 어려운 여건에서 이 바보들의 바보스러운 노력에 계속 힘을 보태 주는 푸른사상사에 또 한 번 감사를 드린다.

2020년 10월
곽광수

김경동

김명렬

김상태

김경동

염치

염치

세상이 하도 염치없이 행동하고 살면서 염치없이 남 탓이나 일삼으며 헐뜯고 해치고도 염치없이 변명만 하고 염치없이 잘난 척하는 인간 같지 않아 보이는 졸자들이 들끓으며 세상을 못쓰게 만드는 게 도무지 참을 수가 없어서 한마디 하기로 마음먹었다. 하긴 내가 몇 마디 거든다고 세상이 하루아침에 천지개벽을 할 것도 아니고 또 이 글을 읽을 독자가 몇이나 될지도 알 수 없는 처지에 뭘 구태여 하고 싶은 말이라고 꼭 해야 하느냐고 해도 어쩔 수 없다. 구차한 변명이지만 그나마 가끔씩이라도 기명 칼럼까지 청탁하던 매체들도 이제는 완전히 뒷방 늙은이 취급인지 하여튼 원고 써 달라는 데조차 없으니 이런 식으로라도 할 말은 해야지 않겠느냐는 내면의 목소리를 못 들은 척하고 싶지도 않다. 그리고 나 아니라 누군가는 이런 쓴소리를 해서 우리 사회를 정상화하고 정화하는 일을 촉구하는 것도 아예 무망한 일은 아닐 것이라는 작은 소망으로 이 글을 쓴다.

염치라는 말의 자전적 뜻은 대개 "체면을 차리고 부끄러움을 아는 마음", "조촐하고 깨끗하여 부끄러움을 아는 마음", 혹은 "청렴하고 깨끗해서 부끄러움을 안다"는 것이다. 청렴이라면 구체적으로 어떤 의미인지는 적어도 일상의 세계에서 볼 때는 모호할 수가 있다. 대개 공직자가 부정과 비리를 저지르지 않는다는 정도로 알고 있을 것이다. "성품과 행실이 높고 맑으며, 탐하는 마음이 없음", "성품이 고결하고 탐욕이 없음", 아니면 "마음이 깨끗하고 욕심이 없으며 행실이 올바름" 등으로 사전은 풀이한다. 그러니까 우선 마음이 순수하고 생각이 올바르며 쓸데없는 욕심 부리지 않고 행실이 정도에 어긋나지 않게 살아간다는 의미로 대충 이해하면 될 듯하다.

부끄러움을 안다. 이 말은 비교적 쉽게 이해할 수 있을 듯한데, 실지로 그런 심리적 자성으로 스스로 얼굴이 붉어지는 일을 날마다 스스럼없이 하기란 그리 용이한 것 같지는 않다. 고결한 성품, 깨끗한 마음 같은 것은 혼자서 잘 다스리면 가능할지 모르지만, 부끄러움이란 다른 사람들을 의식하면서 자신을 돌아보고 '아 참 이건 아니구나', '내가 잘못했다' 등의 진지한 낮은 자세를 품는 게 자존심 있는 사람이면 가벼이 자인하기 어려울 것이기 때문이다. 맹자의 사단(四端)이라는 개념이 있다. 널리 알려진 유교의 네 가지 주요 덕목인 인의예지(仁義禮智)의 심리적 원천을 가리킨다. 이 중에서 불의(자기의 옳지 못함)를 부끄러워하고 불선(남의 잘못)을 미워하는 마음이 곧 '의'가 발현하는 단서 혹은 싹이다(羞惡之心 義之端也). 다시 말해서 부끄러움은 공의(公義)의 단서가 된다. 여기에 반드시 공공의식이라는 공공성의 요소를 개입해서 생각해야 한다는 명제가 따른다.

부끄러움, 수치는 나 자신의 느낌이지만 그저 홀로의 문제로 끝나지 않는다는 점을 내포한다는 말이다. 요즘 너무 자주 고위공직자의 이른바 '미투' 사건이 언론에 오르내리는데, 분명히 부끄러워야 할 옳지 못한 일이다. 그리고 거기서는 당하는 상대방의 수치심이라는 것이 핵심인 사안이다. 공공의식이 끼어들지 않을 수 없다는 뜻이다. 마침 최근에 국제퇴계학회에서 국제회의를 하는데 기조강연 청탁을 받아 그 주제를 '현대사회의 공공성 문제: 퇴계사상의 교훈'이라 정했다. 그리고 그 공공성의 문제는 주로 사람들의 공공의식의 부족, 결핍이라는 데 초점을 맞추어 공부를 좀 해 보다가 공과 사의 차이를 규정하는 성리학적 관점에 흥미를 갖게 되었다.

　여기서 성리학을 해설할 생각은 아니지만, 한 번 주목해서 들여다볼 만한 내용이라 간략하게 소개한다. 성리학은 기본적으로 공공성의 문제를 '천리의 공(天理之公)'과 '인욕의 사(人欲之私)'라는 대비에서 시작한다. 그리고 이 원리는 도심(道心)과 인심(人心)을 다루는 심학(心學)으로 이어진다. 사람이 사욕을 버리고 공의를 취하는 생각과 행동을 좌우하는 요소는 곧 마음이기 때문이다. 이 마음을 서방 학자들은 mind/heart라는 말로 번역하는 관행이 특징인데, 우리가 말하는 마음에는 mind, 즉 의식(이성)과, heart, 곧 정서(감성)를 동시에 품고 있음을 암시하는 표현법이다. 성리학은 이 마음이 인간의 '성정(性情)'을 통활한다(거느린다)고 본다. 여기서 성이란 인간이 하늘에서 품부한 천리의 성(天理之性), 즉 본연의 성(本然之性)을 가리키고, 정이란 신체라는 형기(形氣)를 가진 인간의 기질의 성(氣質之性)을 말한다. Mind로서 본연의 성과 heart인 기질의 성을 마음이 통섭

한다는 말이다.

　마음에는 이기적인 인욕에 물들어 혼탁하지 않은 어린아이의 마음[赤子心]과 같은 양심(良心)이 있고, 욕심에 눈을 뜬 사적인 충동으로서 인심이 있다. 그 양심은 동시에 덕이 높은 대인의 마음으로 우주적 가치[義理]를 갖춘 본심(本心)이고, 그 의리를 깨달은 진리의 마음 혹은 '공적 충동'이라 할 수 있는 도심(道心)이다. 다시 말해서 천리의 본성을 잘 따르면 도심이고 인욕의 유혹에 끌려 사적인 충동으로 움직이면 인심이다. 도심과 인심의 성질을 비교할 때, 본성의 명을 따르는 성명(性命)과 신체의 욕망을 따르는 형기라는 촉발의 동기가 다르기 때문에, 도심의 목소리는 아주 미약하고, 인심은 강력하므로 위태롭다. 이 둘이 마음에서 뒤섞여 나오는데, 이를 통제하고 다스리지 못하면 위태로운 것은 더 위태로워지고, 미약한 것은 더욱 미약해진다. 그리하면 천지의 공이 인욕의 사를 굴복시키지 못하게 된다.

　이처럼 공적인 충동으로서 도심이 인심에 묻혀 사사로운 욕심으로 흘러가는 것을 막기 위한 처방이 필요하다. 이는 경(敬)의 생활을 잘 유지[持敬]하는 거경(居敬)으로, 집중하여 이(理)와 욕(欲)의 분별에 혼미하지 않고, 여기에 더욱 삼가 노력하여 아직 발현하지 않은 감성과 욕망의 통제 공부를 깊이 하고, 이미 감정으로 발현한 뒤라면 반성하고 관찰하는 습성을 익혀 진정으로 축적하고 오래 지속적 노력을 그치지 않아야 한다. 그것을 심법이라 하고 그 방법의 원칙은 알인욕(遏人欲)과 존천리(存天理)다. 여기서 '알'이란 막고, 중지하고, 저지하고, 끊고, 누르고, 억제한다는 뜻이므로 인심의 위태로움을 제어하는 길이고, 후자는 도심을 보존하는 방법이다. 특히 이 점에서 퇴계의 가르침에는 사사로운 욕심을 버리고 욕망을 억제하는 알인욕과 하늘의 이치에 따라 마음을 다스리는 존천리의 구체적인 방법까지도 소상하게 알려주려 한다. 자세한 내용을 여기에 담을 필요는 없지만 일상생활에서 옷 매무새, 시선, 손발의 움직임, 사람 대하는 자세, 말조심 등의 행동거지는 물론, 마음가짐에서 굳은 의지, 마음을 한 가지로 유지하여 흐트러짐이 없이 하는 것으로 작은 일 하나에서부터라도 '경'을 잃지 말아야 함을 가르친다.

이런 모든 논의의 핵심은 인간의 주체적 접근이다. 천명으로 도덕적인 성품을 타고난 인간이 스스로 참되고 도덕적으로 완숙한 '사람다운 사람'으로 만물의 영장인 사람이 하늘이 명한 직분을 완수하기 위해서는 끊임없는 자기성찰과 수양에 힘써야 한다는 위기지학(爲己之學)의 정신이다. 공연히 남들의 이목을 의식해서 입신출세나 영리영달을 추구하여 참된 자아를 빈곤하게 만드는 위인지학(爲人之學)과는 아주 다른 결과를 가져와야 한다는 것을 표방한다. 그로써 사욕을 이기고 모두와 함께 행복을 누리는 성리학적 공공성을 확보하는 길임을 가르친다. 이러한 수기가 제대로 이루어진 연후에라야 치인(治人)의 목표인 안백성(安百姓)을 성취할 수 있다는 것이다.

왜 이런 글에서 이처럼 케케묵은 옛날 사상을 장황하게 늘어놓느냐고 하겠지만 요즘 공부를 좀 해 보니 우리가 어릴 때부터 이 같은 전통적 사상을 제대로 배우고 익혀 본 기억이 없었던 게 아쉬운 생각이 들었다. 사람이 살아가는 길을 올바로 일러 주는 교육의 빈곤이 사상의 빈곤을 낳고 사상의 빈곤이 염치없는 세상을 자아내고 있음이다. 그래서 이제부터 우리나라의 몰염치 문화를 잠시 파헤쳐 보려고 한다.

먼저 가까운 일상에서 되풀이 직면하는 사례부터 들겠다. 우리가 사는 동네는 1970년대 한강 남쪽 들판과 야산이 있는 마을을 갈아 엎고 신도시를 구축한 소위 강남(강남구는 아니지만)의 일부다. 그런데 이 지역 전반의 도시계획의 결과를 지금에 와서 되돌아보게 하는 졸렬한 도시 구도가 유독 거슬리게 드러난다. 주택가의 도로가 거의 전부 골목이라 해야 할 수준의 4미터 도로인가 싶은 좁은 길이라는 사실이다. 급할 땐 소방차도 쉽게 지나가기 어려운 모습이다. 이건 어쩌다 몇 군데만 그런 게 아니고 강남이라는 지역 전반에 마치 정석처럼 일반적으로 드러나는 현상이라는 것이 생각해 보면 한심하다 할 지경이다. 하긴, 유럽의 오랜 도시에서도 건설 당시의 교통수단을 염두에 두고 보면 이해가 갈 수 있을 만큼 좁은 골목길이 허다하고, 독일에서 유명한 고도에서 운전을 하면서 발견한 것이 걸핏하면 'Einbahnstrasse(일방통행로)'라는 도로 표지판이었던 것을 기억한다. 우리 동네도 바로 그런 도시계획 바보들이 만들어낸 일방통행 길로 가득 차 있다. 아무리 자동차 보급이 미처 보편적이 아닐 때라지만, 계획이란 게 무언가? 미리 내다보고 일을 도모하는 과업이다. 시민이 일상을 보내는 주거지의 땅을 그렇게 아껴서 사람이 다녀야 하는 길을 그토록 불편하게 만들면서 무슨 부를 얼마나 축적하려고 관료, 개발업자, 땅 주인, 부동산 중개업자 등속이 한통속이 되어 그 따위로 동네를 망가뜨렸을까 싶다.

각설하고, 본론은 그게 아니고 실은 우리 동네의 일방통행 길 애기를 하려는 것이지만, 그러한 도시 건설 관련자들의 염치를 성찰하자는 뜻도 있다. 내가 일상 전철역으로 가는 길을 지나다 보면 어떤 날은 거의 3~4분이라는 짧은 순간에 그 일대의 일방통행 길에 적어도 서너 대의 자동차가 역주행으로 지나가는 모습과 만난다. 이런 일은 매일 예외가 아니라는 걸 증명하라면 얼마든지 할 수 있다. 우선 처음에는 지나가는 역주행 차 가까이 가서 큰 소리로 일방통행 길임을 알리거나 두 팔을 십자로 내밀며 지나가지 말라는 표시를 하든가, 땅바닥 또는 전신주에 표시한 '진입금지,' '일방통행' 같은 도로 표지를 가리키기도 한다. 이때 사람들의 반응도 가지가지다. 대체로 그냥 무시가 대세다. 어쩌다 고개라도 약간 숙이는 모습은 그나마 나은 편이지만 흔치 않고 어쩌다 차 창문이 열린 여름 같은 계절에는 "죄송합니다"가 나올 때도 없진 않으나, 극히 희소한 사례다. 거기서 끝나면 말하지 않는데, 어떤 젊은이는 내가 일방통행 길임을 알리면서 차 몸통을 살짝 건드리는데 차를 세우고 창문을 연 다음 "뭐 아저씨한테 불편한 거 있어요? 남의 차는 왜 두들기고 난리예요? 할 말 있으면 경찰서로 갑시다!" 한다. 적반하장이 따로 없다.

미안하지만 그 보기가 전부가 아니다. 어느 여름 신림동 살 적 얘기다. 서울대 정문 앞에서 신림동 사거리까지 흐르는 신도림천에는 교량이 꽤 많은 편인데 그 다리를 순차적으로 교차하여 양방향 일방통행으로 정해놓은 곳이 있다. 하루는 창문을 연 채 일방통행 다리를 건너는데, 앞에서 역주행으로 달려오는 자동차가 있었다. 그쪽도 창문이 열린 터라 상대가 들리기 좋으라고 "여기는 일방통행입니다"라며 웃는 얼굴로 한 마디 던진 게 화근이었다. 당장 육두문자가 큰소리가 날아온 것이다. "야, 이 ××(eighteen) 놈아, 니가 뭔데 이래라 저래라야, 우리 집이 바로 이 다리 건너면 있어서 가는 길이다, 왜!" 나이도 40대 정도나 된 약간은 험상궂은 모습의 운전자였다. 마침 내 바로 옆 조수석에는 어린 여식이 앉아 있어서 너무도 민망하고 창피한지라 얼른 다리를 건너 그 현장을 벗어났다. 여기서 더 하면, 췌언이다. 우리나라 사람들의 성정이 원래 이처럼 몰염치하고 무식하고 삐뚤어지고 고약하다는 생각은 하지 않는다.

사회학도의 눈에는 크게 보면 두 가지가 걸린다. 하나는 어릴 때부터 이를테면 자기수양이라고 할 수 있는 교양이 부족한 탓에 순간의 자아행동 제어를 잘 못하는 약점이 있다. 가정교육이 문제인데, 사실 교육 애기를 하자는 생각은 아니고 그저 위에서 성리학과 퇴계 애기를 한 것이니, 어릴 때부터 행실을 조심하고 예의를 지키는 법을 배우게끔 하자는 것이 유교의 정신임을 되새겼으면 한다. 하지만 그보다 더 심각한 사회적 요인은 기성세대가 자라는 어린 세대에게 제대로 모본을 보여 주지 못한 데 있다. 소위 사회 지도층이라는 사람들의 생활양식과 언행이다. 각 분야에서 지위가 높고 지식과 경제적 부와 그에 수반하는 갖가지 특권을 누리며 떵떵거리는 사람들의 행실에서 배울 것이 없는 건 고사하고 그렇지 못한 보통 사람들(ordinary people; 정확하게 시민도 국민도 인민도 아니고 주권자는 더욱 아닌 취급을 받는)이 볼 때 샘은 나지만 꼴사납고 "싹 꺼졌으면 꼬시겠다"는 생각이 들게 하는 사람들이 자기들보다 더 심하게 법을 어기고 나쁜 짓 떡 먹듯이 하면서 오히려 목에 힘주며 사는데,

나 같은 거야 이 정도 규칙 살짝 빗나간다고 대수냐 하는 심경이 탈이다. 거창한 성리학의 가르침을 빌려 말하자면 인심의 인욕이 천리의 도심을 망가뜨려서 온전한 판단을 막기 때문이다.

위의 일방통행로 얘기와 지금 소개하려는 독일 사람들 보기는 이전에 쓴 글에서도 언급을 한 것이지만 문맥상 다시 한번 여기에 적는다. 독일에서 몇 달 지내는 동안에 경험한 것은 길 가던 할머니의 지팡이 얘기다. 마침 빌린 자동차를 운전해서 베를린 시가를 지나가다가 횡단보도 직전에 신호등이 바뀌는 것을 놓치고 순간적으로 살짝, 아주 살짝 자동차 전면이 보도를 침범하면서 급정지를 하게 되었다. 그때 길가에서 지팡이를 짚고 신호 바뀌기를 기다리던 할머니가 한두 발 앞으로 전진하면서 우리 차를 향해 지팡이를 휘두르며 이게 무슨 짓이냐고 꾸짖는 것이었다. 물론 나는 웃으며 손짓으로 미안하다는 표시를 했고 할머니는 지나갔다.

또 한 가지 에피소드는 직접 경험담이 아니고 독일서 지내다 귀국한 친지가 위의 할머니 얘기를 듣고 웃으며 일러 준 것이다. 독일 주재 대사관에 근무하던 공직자가 들려준 이야긴데, 이건 일방통행 일화다. 자기와 친한 우리 외교관 하나가 하루는 독일 주재 외교관을 위한 독일 정부 측 파티에 초청받고 갔다가, 귀가를 할 때 일어난 일이다. 마침 독일 외교부 관계자 중 자기 집 방향으로 가는 사람이 편승하기를 원해서 도중에 내려 주고 갔는데, 며칠 후에 경찰로부터 교통법규 위반 통지서를 받았다. 실은 그 독일 외교관 집에 가는 길이 약간 까다로워서 부득이 지름길을 택하느라 약간의 일방통행 길 역행을 하게 된 사실로 인한 벌금 부과 통지서였다. 한밤중에 목격자가 있었던 것도 아니고 의아해서 그날 동행했던 독일 외교관에게 혹시 아는 게 있는지 전화를 했더니, 자기가 그날 일방통행 위반 사실을 경찰에 신고했다는 답이 왔다. 이런 얘기를 가령 특강 같은 기회에 우리나라 청중에게 들려주면 거의 다 인정머리 없이 배은망덕한 독일 사람이라는 반응이 나오는 것을 여러 번 겪어 봤다. 인정과 법규 위반의 딜레마 게임 같은 일화가 암시하는 문화의 차이다.

이번에는 약간 다른 맥락의 사례를 소개한다. 나의 동창 중에 프랑스 주재 대사관에서 상무관으로 파리에 몇 해 살다 온 친구가 있다. 하루는 이 친구 부인이 황급히 아파트 문을 열고 들어오면서 밖에 누가 미행하지 않았는지 확인 좀 하라는 것이었다. 물론 밖에는 아무런 인기척이 없었다. 연유인즉슨 어떤 키가 크고 건장한 서양인이 동네 어귀에서부터 아파트 단지까지 계속 뒤를 밟고 있다는 느낌 때문이었다. 그런 일이 있고 나서 얼마 지나지 않아 부부가 동네 산책을 하고 있는데 어떤 백인이 다가와서 인사를 하더니 잠시 얘기를 좀 나눠도 좋으냐고 했다. 생면부지의 백인이지만 그러자 하고 얘기를 들었다. 그때서야 이 사람이 바로 얼마 전 친구 부인을 미행(?)한 장본이었던 걸 알게 되었다.

이유는 엉뚱한 데 있었다. 이 사람은 프랑스인으로 한국에서 회사에 다니는데, 그날 이 동네에서 길을 가다가 자기로서는 의외의 현상을 발견했기 때문이라는 것이다. 나의 친구 부인이 길에서 지나가는 다른 한국 사람과 약간 걸음이 어긋나며 부딪치게 되었는데, 그 입에서 의외에도 친숙한 "파흐동(pardon)" 하는 프랑스 말이 터져 나왔던 것이다. 부인이 부딪치는 순간 당황하여 자기도 모르게 프랑스에서 쓰던 말이 나오고 말았던 셈이다. 흔히 미국에서는 그런 실수가 있을 때 "익스큐즈 미(excuse me)" 하는 것과 같은 말 습관이다. 이 프랑스인은 한국에 살면서 한국 사람들 사이에 이런 식으로 미안함을 표하며 용서를 구하는 행태를 거의 본 일이 없었던 터라 반갑기도 하고 한국 사람도 이런 예절을 지키는 이가 있구나 하는 경이로움으로 만나서 얘기나 해 봐야겠다는 마음으로 뒤따라왔다는 얘기다. 따라가 보니 자기가 사는 아파트 단지인데, 이 부인이 좀 이상하게 힐끗힐끗 자기를 돌아보더니 갑자기 다른 아파트 건물 쪽으로 몸을 잽싸게 움직여 사라지더라고 했다. 그런데 이날 우연히 그 부부를 만나게 되어 여간 반갑지 않다고 하더라는 일화다.

이런 하찮은 일화나 털어놓자고 이 글을 쓸 필요는 없지만, 이런 자질구레한 일상의 인간 행동에서 우리는 그 사회의 품격을 읽는다는 것도 묵과해서는 아니 될 것이다. 그런 작은 행위가 모여서 그 사회 전체의 법질서와 인간의 품성을 좌우한다는 사실에 각별한 주의를 기울여야 하기 때문이다. 도덕 사회를 말하면 마치 모든 구성원이 공자나 석가모니처럼 되어야 하는 세상이라 착각하겠지만, 오해다. 바로 일상의 자질구레한 규칙과 질서를 최소한으로 존중하고 주위에 다른 사람들도 함께 살고 있다는 데 약간의 관심을 보이며 배려하려는 미세한 마음가짐이 도덕 사회의 첫걸음이다. 여기에 핵심 주제어 하나가 바로 염치다.

작금의 상황을 바라보노라면 이건 염치를 무시하는 사람들의 잔치마당으로밖에 보이지 않는다. 염치를 몰수하는 요인도 여러 가지지만, 우선 좀 더 근원적인 싹부터 살펴보자면, 이데올로기(이념)라는 정치적 목적으로 형성한 이론과 권력의 맛이다. 이데올로기는 권력을 쟁취하기 위한 혁명과 같은 난폭한 방법을 정당화하고 예찬하는 수단인 동시에 이데올로기는 권력을 무기로 인민의 심성을 좀비처럼 망가뜨리는 마약이다. 이데올로기에 한 번 매몰해 버리면 그 노예가 되어 모든 사상(事象)은 그 안경으로밖에 보지 못하는 색맹이 되고 만다. 만사가 그 색깔로만 보이는 사람들은 붕어빵처럼 꼭 닮은 생각을 가진 끈끈한 동지들의 패거리 연대로 똘똘 뭉쳐 어떤 다른 사람들의 말은 귀에 들리지도 눈에 보이지도 않는다. 그들이 신봉하는 이데올로기의 신조에 반하는 무리는 누구든 '궤멸'의 대상인 적이다. 그 이데올로기를 실현하기 위해서는 국가의 권력기구를 깡그리 패거리들이 장악하여 주요 의사 결정과 자원 배분을 좌지우지할 수 있는 권력 독점의 카르텔을 결성한다. 이런 권력의 맛을 본 사람은 평생을 두고 그 맛을 향유하지 않으면 온전한 사람 노릇을 하기가 어려워진다. 이런 사람들이 한 나라의 운명을 주무르는 행태에는 염치가 끼어들 틈이 있을 수 없다.

기왕 이데올로기의 독성에 관한 얘기를 했으니 한 가지 경험담만 덧붙인다. 시대는 1970~80년대로 돌아간다. 대학이 학생들의 정치적 행동으로 정신을 차리지 못하던 때다. 나는 학과의 중진이라고 전공 학생들이 입학하면 첫 학기에 이수해야 하는 「사회학 원론」 강의를 맡아 달라고 해서 매년 학과 신입생을 가장 처음으로 만나는 행운을 누리던 시절이다. 고등학교를 갓 졸업하고 대학생이 되어 한창 그 나름으로 부푼 가슴을 안고 강의실을 찾은 본과 신입생들

큰 나무 큰 그림자

의 마음은 아직도 청정지대라고나 할 순수성이 묻어났다. 그런 말간 마음에 초장부터 비수를 들이대는 무리가 있었으니 갖가지 소집단 문화 활동을 추진하는 이른바 동아리 모임이었다. 물론 개중에는 순수한 문화 내지 취미 활동을 위한 집단도 있었지만, 특히 독서 클럽이라는 미명으로 이 어린 싹의 관심을 사로잡아 정치적 이데올로기 교육을 하는 모임이었다. 여기서 하는 일은 주로 일본 계열의 번역본을 교재로 삼아 맑스 · 레닌주의 이론과 또 그 가운데서 특히 종북 성향이 있는 집단에서는 김일성 주체사상 교재를 중심으로 이데올로기 세뇌 교육을 한 것이다. 그것도 1970년대까지만 해도 그리 눈에 띄지 않았던 것인데 1980년대 중반부터는 노골적인 운동으로 주목을 받던 활동이 되었다.

이런 기류가 점점 강력하게 대학생 정신세계를 지배하기 시작하던 시절에 당국에서는 교수들에게 당해 학과 학생들을 조를 짜서 소위 정신 순화 교육을 위한 책임 지도 기능을 요구하고 있었다. 그런 상황에서 학생들을 개별적으로 만나 상담을 하다 보면 참으로 어처구니없는 경험을 하게 된다. 어떤 날은 대놓고 물어본다. 자기들이 지금 하는 운동이 무슨 목적인지를 물으면, 혁명이라 한다. 권위주의 정권을 무너뜨리고 새로운 세상을 이룩하는 게 목표라 한다. 다시 묻는다. 그럼 이길 자신은 있냐? 혁명을 하려면 전쟁을 해야 하는데 무기는 있냐? 물론 없다. 그럼 어떻게 혁명을 성공할 수 있겠는가? 대답은 막연하다. 혹시 성공하면 그때는 누가 정권을 장악하여 나라를 새로 만들고 운영할 거냐? 저희들이 직접 합니다. 그런 때 나는 반농담 반진담으로 이렇게 응수한다. 좋다, 너희들 혁명이 성공해서 집권을 하거든 한 가지 사제간 정의를 생각해서 부탁할 것이 있는데, 그때 가서 내가 외국으로 이주하고 싶다면 내보내만 주면 고맙겠다는 개인적인 청이다. 그저 웃고 만다.

그런 시절에 학생들의 표정에 극적인 변화가 순간적으로 일어나는 것을 교수들은 모두 경험하였다. 교실에서 강의를 들을 때는 순한 양과 같은 눈길이다. 호기심으로 열심히 들으려는 자세도 있다. 그러던 친구들이 교정으로 뛰쳐나가 집단행동에 몰입했을 때의 시선은 완전히 딴 사람이다. 이런 때 교수들은 강의가 없는 한 전원 현장에 나가서 지도를 하라는 것이 당시의 시책이었기 때문에 대개 집회 장소에 나가 학생들의 무리 언저리에 서성거리며 지도라도 하는 척한다. 사진을 찍히기 때문이다. 그런 상황에서 교수가 할 수 있는 일이 있을 까닭이 없다. 꿔다 놓은 보릿자루처럼 엉거주춤 눈치만 보며 뭔가 하는 흉내라도 내려 하는 처지다. 이런 때 학생들의 시선에는 불만과 경멸과 심지어 증오가 조금씩 묻어나는 것을 피할 길이 없다. 너희들은 지식인으로서 모범이 되기는커녕 정권의 시녀처럼 우리들 모임에 둘러서서 무슨 뚱딴지 같은 비겁한 짓을 하려고 여기에 나타났느냐는 핀잔과 서운함이 교수의 가슴에 바늘처럼 꽂혀 온다.

물론 학생이라고 전부가 그런 건 결코 아닌데 여하튼 이런 분위기가 대학이라는 고등교육 현장을 물들이고 있을 때 나는 사회학 개론을 가르치고 있었다. 거기서 나는 이데올로기에 관한 충고를 결코 빼놓지 않는다. 너희들이 이제 선배들의 권유로 갖가지 동아리에 참여하고 이데올로기 교육도 받곤 할 터인데, 한 가지만 명심하기 바란다. 무슨 이데올로기든 처음부터 한쪽으로 기울어진 데 곧

　　　　　　　　　　　　　　　　　　큰 나무 큰 그림자

바로 몰입하기를 절대로 금해라. 나는 개인적으로 학생들이 어떤 목적으로 학교에 다니고 정치운동에 가담하고 안 하고를 결정하는 일을 간섭할 생각은 없고, 각자의 삶에 관한 의사결정을 존중하겠지만, 이데올로기라는 것에 관한 한 절대로 한 가지에 바로 매몰당하지 말고 여러 가지 이론과 견해가 있을 수 있다는 열린 마음으로 공부부터 제대로 하고 나서 정말 이해를 충분히 하고 신념이 확고해질 때까지는 서둘러 한 가지 이데올로기로 자신을 묻어 버리지 말라는 충고다.

이런 시절에 나의 강의를 들은 학생들 중에서도 오늘날 세상을 주무르는 위치에서 나라를 좌지우지하는 인사들이 있다는 것을 나는 무척 유감스럽게 생각한다. 순수한 마음에 너무나도 절실했던 이념적 편향에 일찍부터 물들어 버린 사람들에게는 나의 충고가 먹혀들지 않았던 만큼 시대적 상황은 절박했음을 안다. 하지만 결국은 나라를 위해서는 무척이나 불행한 결과가 아닐 수 없다. 학이불사즉망 사이불학즉태(學而不思則罔 思而不學則殆)라 했다. 공부만 하고 생각을 깊이 하지 않으면 실지로는 별 쓸모없는 지식만 쌓이지 사람으로서 판단이 흐려질 수 있고, 생각은 많은데 공부를 하지 않으면 자칫 위험한 일을 저지를 우려가 있다. 공자의 충고다. 대학에 다닐 때 공부는 하지 않고 특정 이데올로기에 휩쓸려 정치운동에 온 정신과 시간을 쏟다 보면 거기에 매몰당하여 결국 사회에 위해를 끼칠 위험한 사람이 될 수 있음을 경고한 것이다. 무엇이 어떻게 위험한가?

굳이 성리학이 아니더라도 이제 저들은 인욕(인간의 욕심과 욕망)을 채우기 위해 모든 권력을 독점하려 하는데, 그 배후에는 독선이라는 무서운 자기도취가 자아내는 과대망상이 도사리고 있다. 여기서 독재가 나오고 거기에는 그것을 받쳐 주는 권력의 독주가 무서운 기세로 세상을 마구 뒤흔들고 뒤엎고 혁명, 개혁이라는 프로파간다로 세상을 제 마음대로 주물럭거려 마침내 공의(公義)라는 말은 한낱 빈말이 되도록 정상적인 사회의 면모를 지워버리는 결과를 초래한다. 거기에는 평상의 도덕과 윤리가 제구실을 할 수가 없고 염치를 잃어버린 사람들의 철면피와 위선이 판을 친다. 가령 고위 공직자의 청문회에서 노출하는 온갖 부정과 비리는 고사하고라도 명색이 국민의 대표기구라는 국회가 인준을 거부한 후보자를 법이 허락한다는 명분으로 임명해 버리는 임명권자의 얼굴에는 무슨 가면을 썼다고 해야 하는지 모르겠다. 게다가 무능과 무식이 훤히 드러나는 모습을 부끄러워하고 송구스러워하기보다는 오히려 국민을 향해 자기네가 하는 일이 옳고 잘하고 있다는 선전선동을 서슴지 않고 있으니, 우리 패거리니까 아무리 거짓말을 해도 모든 것을 면피할 수 있다는 이데올로기 참신자들의 떳떳함에 숨이 막힌다.

온갖 비리와 부정이 만천하에 드러났는데도 당당하게 자기 방어를 강력히 피력하는 공인은 과거에는 자신이 저지른 불법과 똑같은 행동을 한 다른 사람들을 향해 결연한 어조로 나무란 일이 있었다는 증거가 만천하에 드러나고서도 눈 하나 깜짝하지 않는다. 이중성이 여기에 이르면 일단 정신적인 병리 현상 같아 보이는데 당사자는 멀쩡하게 정상적인 정신 상태에서 나온 행위라는 표정을 전혀 잃지 않는다. 이를 호도하는 행동에는 역시 이데올로기 병이 든 사람의 오만이 내로남불의 파렴치를 의식하지 못하게 한다. 이를 은폐하기 위한 수단은 대중영합적인 선전 선동과 여론 조작이지만, 그에 맹목적으로 동조하는 눈먼 다중의 착각은 마침내 온 천하가 상식 이하의 품격 결핍의 난맥상으로 크게 신음하도록 만들어 버린다.

　이토록 도덕과 윤리의 마비가 만연해진 사태를 바라보는 정상적인 보통 사람들의 답답한 심경을 동감하면서 우리 모두가 진지한 마음으로 이런 잘못된 사회를 건전하고 마음 편하게 살 만한 곳으로 고쳐 나가겠다는 과업을 앞장서 시도라도 해야 하는 게 아닌지 묻고 싶다. 이런 때 우선 퇴계를 배우면 어떨까? 실은 원래 생각했던 이 글의 제목은 "이게 나라입니까?"였다. 우연히 우리 동네의 비교적 사람이 많이 다니고 차량 통행이 번잡한 네거리를 지나다가 한 구석 전신주에 지역구 국회의원이 자신의 사진을 담아 매달아 놓은 현수막에 적혀 있는 글귀가 눈에 띄었다. 물론 야당 정치인이다. 아마도 현재 수많은 국민의 머리 속에 꽉 찬 불만을 토로하는 질문으로 정치적 선전에 이용하기에는 꽤나 효과적인 표어일지도 모른다. 그렇다고 명색이 공부하고 가르치는 일에 종사하는 나 같은 사람이 공개적으로 쏟아낼 말은 아니라는 생각이 들었다. 어찌 되었건 한마디 거들지 않을 수 없다고 생각한 까닭은 정말이지 누가 봐도 우리 사회의 지배층에 있다는 인사들이 저지르는 행위가 이토록 염치와는 담을 쌓고 해도해도 너무 한다는 말을 들어야 할 지경에 이른 것은 틀림없는 사실이기 때문이다. 제발 덕분에 모두 정신 차리고 염치를 되찾는 소박한 자기 성찰을 조금이나마 하는 시늉이라도 했으면 작은 위로가 될까 싶다.

김명렬

때죽꽃

나의 문리대 시절

1958년부터 1962년까지 문리과대학을 다닌 4년간은 내게는 가장 행복한 시간이었다. 당시는 전후의 궁핍한 시대였으므로 젊은이들의 오락거리도 별로 없었지만, 나는 오락을 하는 것보다 학교에 가는 것이 더 즐거웠다. 무엇보다도 학교의 자유로운 분위기가 좋았는데 학교 앞 개천에 놓인 다리를 건너 교정에 들어서기만 하면 마치 심신으로 억압된 자가 자유천지에 들어온 것처럼 가슴이 탁 트였다. 지금의 기준으로 보면 사회적 제약이 많았고 우리가 갖고 있었던 자유의 개념도 지금보다 훨씬 협소한 것이었지만, 그때 나에게 문리대는 거의 무제한의 자유가 보장되고 무한한 가능성이 담보된 공간으로 여겨졌다. 거기서는 당대 최고 권위의 학자들이 펼치는 각종 강의를 자유로이 들을 수 있었고, 우리끼리 모여선 우리의 관심사에 대한 허심탄회한 토론도 벌일 수 있었으며, 사회의 관행을 벗어난 객기도 부릴 수 있었다. 그리고 꿈같은 사랑도 이루어질 수 있다는 희박하나마 떨칠 수 없는 희망도 있었다.

내가 그렇게 대학 생활을 즐길 수 있었던 것은 대학이 나에게 그렇게 살 수 있는 자유를 허락해서만 아니라, 나 자신도 대학 생활을 온전히 누리는 데에 전념했고 그 밖의 다른 것에는 일체 관심을 갖지 않기로 작정했었기에 가능했던 것이다. 또 학교에 들어가 보니 나와 같은 생각을 가진 친구들이 많았고 그들과 어울리면서 자유로운 대학 생활에 대한 나의 결심은 더욱 확고해졌다.

나는 막연히 문학가를 동경했고 영어를 좋아했으므로 영문과에 들어갔지만 다행히 새로 배우는 영문학에 꽤 깊은 흥미를 느꼈다. 우선 영어라는 언어에 매료되어 영문 읽기가 즐거웠을 뿐만 아니라, 그를 통해 접하게 된 영미인들의 문화와 사상과 예술 등이 내게 새로운 세계를 열어 주었다. 그것은 전후 황량했던 환경에서 벗어나고 싶었던 나에게 좋은 탈출구를 제공해 주었던 것이다. 또 전공뿐 아니라 문과건 이과건 사회과학이건 관심 있는 분야가 있으면 아무 강의나 찾아 들으면서 지적 편력을 즐겼다. 학교 밖에서도 학과 예습하는 것과 가정교사 노릇하는 것을 제외하고는 친구들과 어울려 놀고 문학작품을 읽는 것으로 세월을 보냈다.

당시의 우리가 접했던 작품들은, 우리나라 작품이건 외국문학 작품이건 거개가 전쟁의 상흔이 투영된 것들이었다. 즉, 전쟁이라는 극한상황으로 모든 기존 질서나 가치 체계가 붕괴된 세상의 부조리성이나, 인간의 야만성, 폭력성을 적나라하게 드러낸 것들이었다. 우리는 그것들을 읽으면서 기존의 세계관, 인간관에 대한 근본적인 회의에 빠지기도 했고, 때론 그것들에게서 역설적으로 인간성 회복의 절규를 읽기도 했다. 『현대문학』과 『자유문학』, 『사상계』를 꼬박 꼬박 찾아 읽었고 구미와 일본 등지에서 나오는 전후 문학작품들도 탐독하면서 풋내기 문학청년 행세를 했을 뿐, 졸업 후 닥칠 현실적인 문제에 관해서는 전혀 신경을 쓰지 않았던 것이다.

우리가 그렇게 현실을 외면한 데에는 당시 문리대생이 사회에 진출한 통로가 거의 없었기 때문이기도 했지만 마침 그즈음 풍미하였던 실존주의 사상의 영향도 컸다. 우리는 실존주의의 철학적 명제들을 우리 멋대로 당시의 현실에 적용하였다. "존재는 본질에 선행한다"는 본질주의에 대한 부정을 현실의 기성 관념들을 부정하는 데에 원용했고, "인간은 부조리한 세계에 던져진 존재다"라는 명제는 당시 우리가 처한 전후 사회를 부조리한 사회로 단정하는 데에 이용했던 것이다. 그렇게 세상을 부정하고 경멸하는 데에만 실존철학을 이용했을 뿐 정작 우리의 자유를 행사하여 선택하고 그것에 책임지는 일은 감히 하지 못하고 무기한으로 천연하였던 것이다. 그러므로 우리의 현실 부정은 도피적인 것은 아니었다 하더라도 대안성이 없었던 것은 사실이었다.

그때도 일찍 철든 학생들이 있어서 1, 2학년 때 벌써 사회 진출을 위한 준비를 하는 축이 있었다. 그들은 문리대생이면서도 경제원론을 끼고 다니거나 육법전서를 파고드는 축이었다. 그런 친구들을 보면 "학문의 전당에 들어와서 취직 공부를 하다니!" 하며 불순하게 생각했을 뿐 아니라 인생의 멋과 젊음의 낭만을 모르는 한심한 친구들이라고 은근히 경멸하였다.

그러는 우리에게 멋과 낭만이 있었던가? 우리는 모두 가난했기에

외화(外華)로써 멋을 내는 것은 생각할 수 없었다. 그러나 가질 수는 없어도 버릴 수는 있었다. 우리는 돈과 권력을 좇으려는 욕망을 초개같이 여기는 데에서 멋을 느꼈던 것이다. 그래서 시류에 영합하려는 자들을 멸시했고 우리는 그런 세속적 욕망에서 초연한 존재로 자부하였다. 또 진부한 일상을 떠나 먼 이상 세계를 동경하고 차가운 이성보다 뜨거운 감성을 존중하여, 가령 사랑도 그런 환상적인 사랑을 꿈꾸었다는 면에서 우리는 낭만적이었다.

이처럼 속세의 일에 대해서는 오불관언했지만, 한 가지 그럴 수 없는 것이 있었다. 병역 문제였다. 그 당시는 아직 ROTC가 창설되기 전이었는데 육군에서 소위 '학보'라는 단기 근무 제도를 시행하고 있었다. 일반 사병은 복무 기간이 3년인 데 반해 대학이나 대학원을 다니다가 입대한 학적 보유병들에 한해서 1년 반 복무 후 제대시키는 제도였다. 2학년이 되자 이 혜택을 받기 위해서 주위에서 입대하는 학생이 많았다. 나도 심적인 동요가 없을 수 없었다. 그러나 나는 재학 중에는 군대에 가지 않기로 작정했다.

제대하고 복학한 선배들을 보고 가려는 마음을 접었던 것이다. 그들은 전과 달라져서 돌아왔다. 단순히 나이가 더 많아진 것이 아니었다. 그들은 발걸음이 무거웠고 말수가 적었고 우리와 같이 벤치에 앉아 떠들지 않았다. 그래서 그들은 우리처럼 발랄하지 않았고 우리처럼 웃음이 많지 않았다. 어딘지 바라보는 데가 우리와 달랐다. 우리가 아직 순진(innocence)의 세계에 있다면 그들은 이미 경험(experience)의 세계에 들어선 것이었다. 그들에게 남은 2년의 학교 생활은 내가 아는 대학 생활이 아니라 사회에 나아가 직장을 얻기 위한 준비 기간일 뿐이었다. 그들에게 다시 옛날 같은 대학 생활은 영원히 없어진 것이었다. 나는 군대 생활에서 1년 반을 벌기 위해서 다시없을 대학 생활 2년을 희생할 수 없었다.

그래서 나는 대학 4년을 옹글게 내 뜻대로 자유롭고 즐겁게 지냈다. 그때는 인생이 얼마나 험난하고 엄중한 것인지 개념이 없었지만, 내가 그 당시 확실히 안 한 가지는 내 인생에서 그렇게 자유롭고, 순수하고, 질곡이 없는 시간은 이 대학 4년간뿐이라는 것이었다. 그래서 그 4년은 아무 간섭을 받지 않고, 무엇으로도 훼손됨이 없이 내 뜻대로 향수하자고 작정했던 것이다. 다소 철부지 같은 생각이기는 하지만, 지금 돌이켜 보아도 기특한 생각이었고 옳은 판단이었다.

한 가지 후회되는 것은 그 학문의 전당에서 한 학기 동안만이라도 전력을 다해 공부해 보지 못한 것이다. 도시락을 둘 싸 가지고 도서관에 가서 문이 닫힐 때까지 공부하다가 어두워진 후 책가방을 끼고 나와서 별빛을 바라보며 걸을 때의 그 뿌듯한 성취감과 자부심 ─대학생활의 그 진짜 멋을 맛보지 못한 것이 한인 것이다.

(2020. 8)

때죽꽃

5월에는 때죽꽃이 핍니다. 때죽은 높은 곳에는 별로 없고 주로 산기슭, 개천가 같은 나지막한 곳에 자랍니다. 그래서 산사(山寺) 올라가는 길 초입에서 흔히 볼 수 있습니다. 교목(喬木)이 아니어서 키도 그리 크지 않고 잎도 흔한 난형(卵形)이어서 산길에서 자주 만나지만 무심코 지나치게 되는 나무입니다.

그러나 꽃이 피면 깜짝 놀라 쳐다보게 되는 나무입니다. 땅만 내려다 보며 걷던 사람들이 우선 갑자기 허공에 가득히 풍기는 그 그윽한 향기에 놀라 쳐다보게 됩니다. 그것은 매화나 후박에 못지않게 신선하고 청아한 향기입니다. 다음으로 그 꽃의 아름다운 자태에 놀라게 됩니다. 다섯 개의 연꽃잎 같은 흰 꽃잎이 별모양처럼 정연히 펼쳐진 가운데에 노란 꽃술이 벌어지기 전에는 한데 모여 연등처럼 달려 있는 것입니다.

때죽꽃은 음력 4월 초파일 전후에 하얗게 피어 눈 어두운 할머니들이 절에 오르는 산길을 밝혀 줍니다. 젊었을 때는 오직 자식들 무탈하고 그들의 전정(前程)에 막히는 것 없기를 축원했던 어머니들 —나이 들어 자식들 다 여의고 영감님 앞세우고 단지 당신 자신 왕생극락할 일만 남아 이제 저승길 닦으러 산사에 오르는 할머니들 —이 할머니들이 흰옷 곱게 다려 입고 지팡이 짚고 휘이휘이 산길 올라올 때 때죽꽃은 맑은 향기로 그들을 맞아주고, 지나가면 그 뒤를 향해 합장하듯 고개 숙여 배웅합니다.

때죽꽃은 이처럼 향기도 자태도 아름답지만 꽃잎을 뒤로 젖혀 속살을 드러내거나 하늘을 향해 피어 자기의 아름다움을 과시하지 않습니다. 백이면 백, 천이면 천, 모두가 아래를 향해 피는 다소곳한 꽃입니다. 그렇게 며칠 향기를 발하다가 꽃잎이 조금 이울기 시작하면 꽃꼭지가 똑 끊어지면서 지체 없이 땅에 떨어집니다. 꽃의 영화(榮華)와 흙의 오예(汚穢)가 둘이 아니라는 듯이 미련 없이 떨어져 흙과 섞입니다.

때죽꽃은 부처님 오실 때 즈음해 부처님 마음처럼 피고 집니다.

(2020. 6)

봄비

여름비는 요란한 소객(騷客)이고 가을비는 매정한 여인이라면, 봄비는 종작없는 길손이다. 봄비는 그처럼 기별 없이 찾아왔다가는 살며시 가 버린다.

창에 무언가 후두둑 부딪히는 소리가 나서 쳐다보면 유리창에 떨어진 물방울들이 모여 주르륵 흘러내린다. 봄비는 그렇게 언제 오기 시작했는지 모르게 조용히 와서 창문을 열어 봐야 나뭇잎에, 땅위에 내리는 나지막한 소리가 들린다. 상허(尙虛) 이태준(李泰俊)은 "봄비 소리는 목을 끌어안고 속삭이는 것과 같습니다"라고 하였다. 봄비 소리는 그렇게 다정스러우면서도, 또 긴 사연의 정한(情恨)을 호소하는 듯이 애절하다. 그 소리를 들으면서 엇갈려 내리는 빗줄기를 바라보고 있노라면 가슴 한 구석이 텅 비듯이 허전해진다. 그 허전함은 무언가로 채워지기를 소망하게 하고, 그러면 알 수 없는 그리움이 알싸하게 가슴에 서린다. 옛사람들이 춘정(春情), 또는 춘심(春心)이라 한 것은 이를 두고 이르는 것일 게다. 젊은 가슴에 이 춘정이 일면 신열(身熱)이 오르고 봄을 앓게 된다. '다정도 병'이라 하지 않았던가.

봄비를 보면 생각나는 사람들이 있다. 한 명은 문리대에 들어가자 곧 친해진 친구이다. 가녈핀 몸매에 윤기 어린 커다란 눈을 가진 친구였다. 어느 날 친구들과 함께 가진 술자리에서 그는 동급생 한 여학생을 좋아한다고 공언하였다. 그리고 얼마 후 야유회에서 술 마시고 놀다 돌아오는 길에 그 여학생 집에 찾아가서 면담을 청했다. 그러나 그 여학생의 언니가 나와서 '맑은 정신으로 찾아오라'며 정중히 거절하였다 한다. 자기로서는 참으로 어렵게 용기를 내 찾아갔는데 당사자가 아니라 제삼자를 통해 거절당한 것이 자존심 강한 그에게는 대단히 모욕적으로 느껴졌다. 그래서 그는 그 여학생을 단념한다고 다시 우리들에게 공언하고 그대로 실행하였다. 그러나 술에 취하면 실연의 아픔을 달래려는 듯이 늘 부르는 노래가 있었다. 그 가사의 일부는 다음과 같다.

> 부드런 보슬비 창 밖에 말없이, 말없이 오는데
> 소리쳐 그대를 불러 봐도 봄비는 대답 없네.

힘겹게 노래를 불러 제끼고 나면 그는 잔을 들어 술을 단숨에 마셨다. 그리고 술잔을 탁자를 내려치듯 내려놓고 부리부리한 눈으로 좌중을 둘러보았다. '내가 그만 일에 상처 받을 사람 같으냐?'는 듯이. 그러나 그럴 때 그의 큰 눈에는 평소보다 더 윤기가 어려 있었다.

그 친구가 그 여학생을 찾아간 때가 딱히 어느 계절이었는지는 확실치 않다. 그러나 야유회는 흔히 봄에 가는 데다가, 그 얘기만 나오면 그가 늘 이 노래를 불렀기 때문에 나는 그가 봄날 비를 맞으며 찾아간 것으로 알고 있고, 그래서 봄비를 보면 그를 떠올린다.

또 한 사람도 문리대 교정에서 우리와 담소를 즐기던 한 선배이다. 그는 소위 쌍팔년도(단기 4288년도)에 입학했다 하였으니 우리보다 3년 선배였다. 대부분의 복학생들과 달리 그 선배는 우리의 철부지 같은 얘기도 잘 들어주었을 뿐 아니라 그 자신이 우리와 함께 자유분방한 분위기를 즐겼다.

어느 날 그가 봄비에 관해 한 말이 내게 특히 깊은 인상을 남겼다. 봄비가 오면 그는 도저히 방구석에 가만히 앉아 있을 수가 없다는 것이다. 그래서 소주 한 병을 사서 뒷주머니에 넣고는 남산을 오른다는 것이다. 물론 우산도 없이 비를 그대로 맞으며 간간이 소주를 마시면서 남산 길을 혼자 걷는다 하였다. 그런 그의 행동이 당시 내게는 대단히 낭만적이고 멋지게 생각되었다. 그래서 나도 한번 그렇게 해 보리라고 마음먹었지만, 끝내 실현해 보지 못하고 청춘을 넘기고 말았다. 그렇게 열정적으로 자기의 감정에 충실하였던 그 선배의 모습은 하나의 아름다운 청춘의 초상으로 지금도 내 기억에 생생히 남아 있다.

5월의 끝자락인 오늘, 봄비가 내린다. 그러나 이제 내게는 봄비도 옛날의 봄비 같지 않다. 가는 빗줄기는 눈이 흐려 보이지 않고 지하 주차장 입구의 플라스틱 지붕이 빗물에 젖어 번들거리는 것을 보고 비가 오는 것을 짐작할 뿐이다. 창문을 열고 귀를 기울여도 고층 아파트에 사는 나에게 저 아래 아스팔트에 떨어지는 빗소리는 들리지 않는다. 그러나 젊은 시절 봄비가 오면 춘정을 못 이겨 비를 맞으며 봄을 앓던 젊은이들은 선명하게 떠오른다. 그러면서 문득 요즘 젊은이들은 어떨까 궁금해진다. 지금도 봄비는 젊은이의 마음을 설레게 하는가? 그래서 그들은 온몸으로 퍼져 나가는 열기를 식히기 위해서 비를 맞으며 그리운 사람의 집 앞을, 아니면 누군가 만나기를 바라며 무작정 산야를 거니는가?

(2020. 5)

선생 티

나는 평생 선생 노릇만 한 셈이다. 대학 졸업 후 군대에 가서도 영어 교관으로 시종했고 제대 후에는 고등학교 교사 노릇을 했다. 그후 몇 년간 밖에 나가 공부하고 돌아와서는 대학에서 가르치다 정년을 했으니 직업으로서 선생을 벗어난 적이 없다. 이처럼 유년 시절과 학생이었던 기간을 제하고는 평생 선생으로만 살아왔으니까 그런 직업적인 특징이 내게 배어 있지 않을까 은근히 경계해 왔다. 선생 노릇은 생계 수단일 뿐이지 그런 경력이 사람을 특정짓는 것은 아니지 않은가. 사람은 누구나 자유로이 자기실현을 하며 사는 것을 목적으로 삼아야 할 터인데 생계 수단이 삶 자체를 규정하는 것은 본말의 전도가 아닐 수 없는 것이다.

이런 본말에 대한 고려를 떠나서라도 나는 우선 어떤 틀에 박힌 인간상이 싫었다. 르네상스 시대의 이상이었던 만능인은 못 되더라도 편벽되지 않은 자연인이기를 바랐던 것이다. 소위 전공에만 매달려 나의 정신세계가 한쪽으로 편향되는 것이 싫어서 다른 장르에도 관심을 가졌고, 문학 이외의 다른 예술, 다른 인문학 분야에도 기웃거려 보았다. 더 나아가 현대에 와서 자주 운위되는 물리학과 천문학 이론의 소개서도 구해 읽으면서 자연과학에도 전혀 맹문은 면하려고 내 나름으로는 노력도 했다.

이뿐만 아니라 언행이나 복장에도 선생 티가 나지 않도록 신경을 썼고 또 등산에 취미를 붙여 연구실에만 앉아 있는 사람의 분위기가 나지 않도록 노력했다. 그 덕택인지 젊어서는 처음 보는 사람들이 나를 보고 선생이냐고 묻는 일이 없었다. 그런데 오십 줄에 들고부터는 가끔 그런 소리를 듣게 되었다. 그때마다 나는 무슨 감추려던 약점이 드러난 것처럼 화들짝 놀라곤 했다. 그것은 내 나름으로는 꽤 노력을 했는데도 어느새 내게 선생 티가 박혔다는 것에 대한 놀라움이었다. 그런데 '약점이 드러난 것' 같다는 것은 불쾌감이 든다는 것인데 그것은 선생에 대한 우리 사회의 통념을 환기시키기 때문이었다.

선생은 우리 사회에서 대체로 존중받지만, 그에 대해 부정적 시각이 있는 것 또한 사실이다. 선생이라고 하면 공연히 꼬장꼬장하고 작은 시비에나 집착하여 따지기 좋아하지만 정작 큰 그림은 못 보거나 큰일을 못 하는 인물, 주변머리 없고 융통성 없어서 집 안에서나 밖에서나 무능한 존재로 여겨지는 것이 그것이다. 이러한 평가는 그 자체로 불쾌한 것이지만, 그런 평가에서 내가 완전히 자유롭지 못하다는 자각이 더욱 나를 불쾌하게 한다. 그래서 나는 남들이 나를 선생으로 알아보는 것을 좋아하지 않았다.

정년 후에는 이제 선생 노릇도 끝나고 모든 면에 여유를 갖고 생활하니까 선생 티도 자연히 벗겠거니 생각했었다. 그러나 그게 그렇게 쉬운 것이 아니었다. 미국의 친구를 찾아갈 때였다. 공항에서 입국 수속을 하다가 약간의 문제가 생겨 출입국 관리 사무실로 가서 수속을 정리하게 되었다. 거기서 내 순번을 기다리고 있는데 한 늙수그레한 직원이 옆방에서 나오더니 '한국어 할 수 있는 사람 있느냐?'고 물었다. 내가 손을 들었더니 자기 좀 도와 달라 하였다. 그가 안내하는 방에는 60대로 보이는 한국 여자분이 앉아 있었는데 서로 말이 안 통하여서 내 도움을 청한 것이었다. 통역을 해 주고 나니까 그 직원이 나의 직업을 물었다. 은퇴자라고 하니까 은퇴 전에 무엇을 했냐고 또 물으면서 메모지에 무엇을 적었다. 대학에서 가르쳤다고 하자 그는 메모지를 내게 들어 보여 주었다. 거기에는 'professor'라고 쓰여 있었다. 내가 놀라 '어떻게 알았냐? 그게 보이냐?' 물었더니 자기는 사람을 많이 대해 봐서 직업을 대강 맞춘다 하였다.

이 일을 계기로 내가 갖고 있을 선생 티에 관해서 다시 한번 깊이 생각해 보았다. 그 미국 관리는 필경 내 말투에서 선생 티를 느꼈겠지만, 곰곰이 따져 보니 그것 말고도 내게는 선생 티라고 할 만한 것이 많았다. 그중에서 요 근래 발견한 한 가지는 특히 여러 면으로 반성을 촉구하는 것이었다.

학생을 가르칠 때 나는 나의 밝은 눈에 은근히 자부심을 가졌었다. 학생이 글을 써 오면 조리가 안 맞는 논리 전개나 전거를 밝히지 않고 인용한 말들을 잘 찾아냈고, 대강 훑어보면서도 오자 탈자,

인용 양식이 틀린 것을 금방 찾아내었다. 물론 그 뒤에는 질책이 따랐다. 나의 교육 경험을 되돌아보면 학생이 잘한 것을 찾아 칭찬하고 격려한 것보다는 이렇게 학생이 잘못한 것을 찾아 지적하고 바로잡아 준 것이 대부분이었다. 지금 생각하면 왜 긍정적인 지도 방법을 좀 더 많이 쓰지 않았는지 무척 후회된다. 변명을 하자면 그런 긍정적인 방법은 시간과 노력이 많이 드는데, 지도하거나 심사해야 할 학생은 많으니까 쉽고 빠른 방법을 택하게 된 것이었다. 그러다 보니까 학생의 잘못을 바로잡아 주는 것만으로도 교육자의 직분을 다할 수 있다고 생각했었던 것 같다.

이런 습관이 대인 관계에도 드러나고 있는 것이었다. 가령 친구가 잘못된 지식이나 정보를 말하면 나는 '그게 아니고……' 하면서 그 잘못을 교정해 주는 것이 내 의무라고 생각했다. 내 지식을 현시하기 위해서가 아니라, 그가 다른 자리에서 실수하지 않도록, '그를 위해서' 내가 마땅히 해야 할 일이라고 믿었던 것이다. 그러나 아무리 무간한 사이라도 잘못 알고 있는 것을 지적하는 것은 모욕감을 줄 수 있으므로, 꼭 해야 된다면 극히 완곡히 표현해야 옳을 일이다. 그런 배려 없이, 학생에게 하듯이 오직 바른 지식을 심어 주어야 한다는 일념으로 직설적으로 지적하는 것은 역효과를 내기 십상인 것이다. 그렇게 지적 받은 사람이 속으로 "저 친구 또 선생 티 내네" 하고 넘어가 주면 다행이지만, 심한 불쾌감을 느껴 언젠가 되갚고 싶은 마음을 갖게 한다면 사서 앙숙을 만드는 격이 아닌가? 이처럼 이런 언행은 이보다 해를 가져올 공산이 더 크므로 한시바삐 없애야겠다는 생각이 들었다.

그래서 요즘은 누가 틀린 말을 하여도 나서지 않고 가만히 있는 연습을 많이 한다. 그가 내 의견을 묻기 전에는 틀린 것을 바로잡아 주려 들지 않는 것이다. 좌중에 그가 틀린 것을 아는 사람이 있어 가만히 있는 나를 보고 나도 잘못 알고 있다고 판단할 것을 생각하면 말을 하고 싶은 충동을 느끼지만 '침묵은 금이다' 하고 꾹 참는다. 알면서 말 안 하는 것이 얼마나 어려운지를 요즘 와서 절감한다. 그러나 수십 년 묵은 선생 티를 한 겹 벗기려면 그만큼의 간고가 따르게 마련이라 생각하고 조용히 입을 다스린다.

(2020. 7)

젊은 엄마

나는 아기를 안고 있는 젊은 엄마와 같이 있게 되면 얼굴에 저절로 웃음이 핀다. 아기의 얼굴을 들여다보다가 엄마의 얼굴을 살피고 다시 아기를 보고 하는 동안 나도 모르게 눈이 가늘어지고 입귀가 당겨지면서 미소를 짓게 되는 것이다. 아기의 천진무구한 얼굴을 보는 것만도 마음의 주름이 펴지는 일이지만, 그 아기를 내려다보는 엄마의 자애로운 얼굴을 함께 볼 수 있으면 마음이 그렇게 평화로워질 수가 없다. 그것은 털끝만큼도 거스를 것이 없는 엄마와 아기 사이의 평화로운 관계가 그것을 바라보는 나에게까지 번져 오기 때문일 것이다.

내가 호의적인 눈으로 아기를 유심히 들여다보는 것을 의식하고 흐뭇해서 엷은 미소를 띠는 엄마를 보면 말을 붙일 용기가 난다. 그래서 자연스럽게 "몇 살이나 됐나요?" 하고 말을 건네게 된다. 그렇게 아기 엄마와 이야기를 나누게 되면 둘 다 아기를 사랑하는 사람이라는 동류감이 형성되고 그러면 젊은 엄마는 이내 경계심을 푼다.

옛날 같으면 그런 때에는 손가락으로 아기 뺨을 살짝 눌러 보기도 하고 도톰한 발의 고물거리는 발가락을 쥐어 보거나 고사리 같은 손에 내 손가락도 쥐여 줘 보기도 하겠지만, 요즘은 그런 것이 허용되지 않는 세상이니 눈으로만 어루만질 수밖에 없다.

나는 그런 젊은 엄마를 보면 은연중에 존경심이 우러난다. 나이는 나보다 훨씬 연소하지만 그들에게는 내가 따를 수 없는 의젓함이 엿보이기 때문이다. 그것은 크나큰 일을 성공적으로 치르고 난 사람만이 갖게 되는 무게이리라. 아이를 낳은 엄마는 인간으로서 할 수 있는 가장 위대한 일인 생명의 창조를 이룩하지 않았는가? 그것은 원래 신의 영역인 것이다. 그런 위업을 달성했으니 하늘을 찌를 듯이 기고만장할 만도 한데 젊은 엄마들에게서 그런 자만은 볼 수 없다.

오히려 안은 아기를 내려다보는 젊은 엄마의 얼굴에는 엷은 자부심과 함께 겸손함이 내비친다. 그것은 그 위업이 자신의 몸을 통해 이루어졌지만, 자기의 의지와 자기의 주재(主宰)로 이루어진 것이 아니라 대자연이 자기 몸을 통해 역사한 것임을 알기 때문일 것이다. 그 크고 신비한 섭리를 몸소 체험했으니, 어찌 그 앞에 겸손해지지 않을 수 있겠는가?

젊은 엄마가 그렇게 의젓할 수 있는 또 다른 이유는 출산이라는 극한적 상황을 겪으면서 인간의 한계를 체험했기 때문일 것이다. 옛날 여인네들이 댓돌에 신발을 벗어 놓고 아이 낳을 방으로 들어

갈 때는 '내가 살아서 저 신을 다시 신을까?' 하고 그 신을 돌아보았다 한다. 지금은 의학이 발달해서 그렇게 위험하지는 않다 해도 아이를 낳을 때 산부는 생사의 경계를 넘나든다.

고통의 정도를 물을 때도 산고를 정점으로 하여 그것과 비교해 산정하라 하지 않는가? 그 극한 체험을 통해 자신의 인내와 능력과 생명의 한계에까지 이르렀던 사람, 심지어는 그 너머의 검은 심연을 본 사람은 삶에 대해서 전보다 훨씬 성숙한 인식에 도달하게 됐을 것이다.

'아이를 낳아 봐야 하늘 높은 줄 안다'는 옛말에도 이런 뜻이 들어 있을 게다. 그러므로 젊은 엄마의 그 의젓함은 출산해 본 사람만이 경험할 수 있는 자부심과 겸손함과 성숙함이 어우러져 빚은 것이다.

그러나 내게 정말 깊은 감동을 주는 것은 아기에게 젖을 먹이는 젊은 엄마의 모습이다. 아기가 젖을 빠느라고 이마에 송글송글 땀이 맺히면 엄마는 그것을 닦아 주며 사랑이 가득한 눈길로 아기를 들여다본다. 그때 아기가 젖 빨기가 힘들어 잠시 멈추고 엄마와 눈을 맞춘다. 그렇게 얼마간 빤히 쳐다보다가 내려다보며 미소 짓는 엄마를 향해 방긋 웃는다.

이런 장면은 내게는 살아 있는 성화(聖畵)이다. 그때 엄마와 아기 사이에 이루어지는 완벽한 신뢰와 무한한 사랑과 지극한 평화는 종교가 지향하는 바가 아니겠는가? 그래서 나는 이런 장면을 볼 때면 성스러운 아름다움을 느낀다.

이런 장면은 우리가 어렸을 적에는 주위에서 드물지 않게 볼 수 있었는데 이제는 거의 볼 수 없게 되었다. 이것이 서양 사람들에게 도 아름다운 모습으로 여겨진 것은 젖을 물린 성모의 그림이 서양 화에 많은 것에서 알 수 있다.

그러나 그런 성화의 대부분에는 예수의 비극적 최후를 예감한 마 리아가 수심에 차 있거나 슬픈 표정을 짓고 있어서 보는 이의 가슴 을 아프게 한다. 그래서 나는 행복하게 젖을 먹이는 젊은 엄마의 모 습을 더 좋아하는데 요즘은 볼 수 없는 것을 늘 아쉬워하던 차에 좋 은 사진을 하나 발견하였다.

지하철 광화문역에서 세종문화회관 쪽으로 나가다 보면 층계 위 로 보이는 벽면에 수유하는 모자상이 걸려 있었다. 젖을 문 아기가 빨기를 멈추고 엄마와 눈을 맞추는 장면이었다. 엄마나 아기의 생 김생김은 평범한 얼굴이었다. 그로 보아 모델이 연출한 것이 아니 라 실제 장면이라는 믿음이 들어서 더 좋았고 그래서 감동이 더 깊 었다.

나는 광화문역에서 내리게 되면 일부러 그곳을 찾아가서 그 사진 을 우러러보며 위안을 받았다. 엄마와 아기 사이에 그런 아름다 운 관계가 이 세상에 지속되는 한 지복(至福)의 세계를 향한 우리의 염원은 계속될 것이며 우리의 미래에는 밝은 희망이 있다는 확신을 느낄 수 있기 때문이었다.

그러나 몇 년 전부터 그 사진이 보이지 않았다. 무슨 이유로 그 사 진을 내리고 다른 그림을 걸었는지 모르지만 거기에 걸려 있는 어 느 새 그림도 내게는 그보다 더 아름답고 뜻깊은 것은 없었다. 이제 는 사진으로나마 그 아름다운 광경을 볼 수 없게 된 세상이 정말 잘

큰 나무 큰 그림자

돼 가고 있는 것일까? 이 같은 우려는 변화를 수용하지 못하는 늙은
이의 기우이기를 바랄 뿐이다.

(2020. 8)

하굣길

전에 어느 외국 잡지에서 하학하여 집에 가는 영국 초등학교 학생의 사진을 본 적이 있다. 가방을 멘 어린 소녀가 머리칼이 휘날릴 정도로 부리나케 뛰어가는 모습이었다. 사진설명에는 "세계의 모든 어린이들은 학교에서 집에 갈 때 뛰어간다"라고 쓰여 있었다.

특히 어린 학생들은 집에 갈 때 으레 뛰어가게 되어 있다. 그것은 하교(下校)가 구속과 억압의 공간에서 자유와 해방의 공간으로 탈출하는 것이기에, 차가운 타인들과의 사회에서 벗어나 따듯한 애정의 세계로 회귀하는 것이기에 그럴 것이다. 학교는 기율과 규범의 세계이지만 집은 어머니로 표상되는 사랑의 공간이다. 물론 집에도 기율과 규범이 있으나 그것들은 부모의 사랑과 더불어 유도, 권유되는 것이다. 그러나 학교의 그것은 낯선 타인의 권위에 의해 강제되는 것이다.

어린아이가 학교에 입학하는 것은 그런 강제가 행해지는 낯선 세상으로 처음 진입하는 것이다. 그것은 당연히 긴장되고 두려운 것이다. 초등학교 입학식 날 부모와 함께 학교에 갈 때까지는 괜찮다가 막상 부모의 손을 놓고 선생님 앞의 대열에 가 설 때면 "와" 하고 울음을 터뜨리는 아이들에게서 우리는 아이들이 감당해야 하는 이 변화의 두려움을 본다.

나도 처음 학교에 가서 선생님 앞에 줄을 섰을 때 무척 긴장되고 두려웠다. 내 주위에 있던 급우들은 하나도 생각나지 않지만 30대로 보였던 눈이 부리부리하고 목소리가 컸던 여선생님의 모습은 지금도 기억에 생생하다. 구령을 붙일 때면 "일곱, 야들" 하는 선생님의 평안도 사투리가 무척 낯설었는데 그것은 내가 그때부터 살아가야 할 새 세상의 이질감을 깊이 의식케 하였다. 그래 그런지 지금 생각하면 예뻤던 선생님의 쌍까풀진 큰 눈도 그때는 무서웠다. 나와 눈이 마주치면 내게 무엇인가를 묻거나 시킬 것 같았는데 내가 그 답을 모르거나 잘못할까 봐 두려웠던 것이다.

당연히 나도 처음 학교에 들어갔을 때는 하굣길에서 커다란 해방감을 느꼈다. 그런데 그때에 나를 두렵게 했던 것은 선생님과 학교 생활만이 아니었다. 내가 입학한 서대문의 금화(金華)국민학교는 집에서 가까웠지만 거기를 입학하기 전에 가 본 적이 없었으므로 혼자 집에 오는 것이 큰 모험이었다. 특히 모르는 동네를 지나오는 것이 무서웠다. 그것은 모든 일이 일어날 수 있는 세상과 처음으로 혼자 맞서는 것이었다. 얼른 집에 오고 싶은 마음뿐 아니라, 또 그 불안감 때문에 나는 집에 올 때는 늘 뛰다시피 하였다.

1학년 1학기를 마칠 무렵 우리는 용산구 보광동으로 이사했다. 그래서 2학기에는 한남동에 있는 한남(漢南)국민학교에서 학교 생활을 또 새로 시작해야했다. 그 당시 보광동과 한남동은 낮은 데는 논밭이고 높은 데는 과수원인 시골이었다. 학생들도 나처럼 학생복에 운동화를 신고 가방을 멘 아이가 별로 없었다. 나는 소위 '문 안에서 나온 아이'라는 특별 대접을 받아 첫 학기를 어려움 없이 지냈다. 그 덕택에 학교 생활에 대한 두려움도 자연히 해소되었고 동시에 하학하고 집에 뛰어가는 일도 없어졌다. 실은 집에서 학교까지의 거리가 오 리 넘어 십 리에 가까웠으므로 뛰어간다는 것은 애초에 불가능하기도 했다.

이처럼 학교에서 처음 만난 사람들에 대한 두려움이 가시자 이제는 그들과의 사귐이 시작되었다. 자연히 하굣길의 상황도 달라졌다. 하굣길은 흔히 장난치기와 놀이의 장이 됐지만, 무엇보다도 사람 사이의 다양한 관계가 일어나는 생활 공간이 되었다.

한남국민학교 1학년 때 담임 선생님은 스무 살도 안 돼 보이는 여선생님이었다. 학생복 같은 감색 치마와 윗도리에 운동화를 신고 머리도 뒤로 한데 묶어 핀을 꽂은 것이 학생 티가 역력한 초년 교사였다. 이 선생님이 2학년 때까지 담임을 맡았는데 반장이 된 나는 스스로 선생님이 가장 사랑하는 학생이라고 믿었다. 나는 아직 동네 아이들과 많이 사귀지 못해서 그 긴 하굣길을 혼자 타박타박 걸어올 때가 많았는데, 그럴 때면 나는 선생님과 나와의 관계에 대해 공상하였다. 선생님은 눈이 좀 작은 편이고 얼굴에 주근깨도 있었지만 그녀는 내가 세상에서 가장 원하는 여성이었다. 나는 그녀가 언제나 나와 함께 있기를 바랐고 모든 것을 내가 원하는 대로 해 주며 오직 나만을 위해 살기를 바랐다. 내가 처음으로 여성에 대해 품었던 사랑은 그처럼 독점적이고 이기적인 것이었다. 그러나 어린 마음에도 그런 관계는 실현될 수 없는 것이라는 것을 알았고 그래서 그런 공상은 동네 아이들을 사귀면서 자연히 스러졌다.

한남동, 보광동 같이 강가에 사는 사람들은 스스로를 '강대 사람'이라고 불렀는데 이들은 행동이나 말씨가 거칠었다. 아이들 역시 대개 그랬지만 학교에서의 나의 위상과 우리 집이 그 동네에서 누렸던 약간의 경제적 우위 때문에 그들은 나를 우호적으로 대해 주었다. 그 덕에 하굣길에도 아이들은 나를 따라 주었다.

그러나 그런 평화는 언제까지나 지속되는 것은 아니었다. 나를 따라 함께 다니던 아이들 중에는 이유 없이 나를 버리고 다른 무리로 가 버리는 아이들이 있었다. 나와 별로 친하지 않은 아이들일 경우, 기분은 상했지만 크게 상심하지는 않았다. 그런 아이들은 가만 놔두면 얼마 후 제추물에 돌아오기도 했기 때문이다. 그러나 언제나 내 편이 되어 주었고 그래서 나와 정말 친하다고 생각한 동무, 내가 제일 좋아하는 동무가 그렇게 변심할 때는 그렇게도 행복하고 단란했던 내 세상이 무너져 내리는 것 같았다. 걷잡을 수 없이 밀려드는 배신감, 야속함, 원망스러운 마음으로 가슴이 미어지듯 아팠다. 그것은 태어나서 처음 겪는 마음의 고통이었기에 그만큼 아픈 상처가 되었다. 70년이 지난 지금까지도 잊혀지지 않을 정도로 그 고통은 깊은 생채기를 남겼던 것이다.

오늘 이 글을 쓰게 된 것도 집 근처 초등학교 앞을 지나가다가 하학하여 나오는 아이들에게서 그때의 나를 상기시키는 한 광경을 보앉기 때문이다. 한 2, 3학년 쯤 되어 보이는 똘똘한 여자아이가 교문 밖으로 빠르게 뛰어나왔다. 그 뒤를 다른 아이가 "○○아, ○○아. 너 같이 간다고 하고 왜 혼자만 가는 거야!" 하고 쫓아오는데 그 아이는 울음을 참느라고 목이 메어 있었다. 먼저 나온 아이는 그 소리를 듣고 다시 돌아가 친구 옆에 가 나란히 걸어 주었지만 소리치던 아이의 눈에는 벌써 눈물이 핑 돌아 있었다. 그의 어린 가슴은 상처를 받은 것이다. 문득, 하굣길에 같이 산책을 하자고 한 약속을 잊은 한스의 무심함에 가슴 아파하는 토니오가 떠올랐다. 그리고 『토니오 크뢰거』 끝에 장황히 전개되던 예술론은 하나도 기억나지 않았지만, "더 사랑하는 자가 둘 중의 약자이고 그는 고통을 당하게 되어 있다"라고 이 장면에 붙인 작가의 논평은 생생히 되살아났다.

나는 바로 그 약자였다. 동무가 떠난 다음 당당한 체하려 했지만 자꾸 어깨가 처졌고 아무렇지 않은 척하려 해도 내 눈길은 자꾸 그의 눈길을 찾았다. 그 고통은 선생님은 물론, 부모님이나 형들에게 하소연할 수도 없고 도움을 청할 수도 없는 것이며, 온전히 내가 견뎌 내고 내가 해결해야 할 것이기에 더 힘겹고 괴로웠다. 그것은 처음 맛보는 인생의 쓴 맛이었다.

그 동무가 어떻게 다시 돌아왔는지는 생각나지 않는다. 어떻든 그가 다시 내게 왔을 때 나는 목이 메어 나의 고까운 심정을 토로했고 그도 괴롭고 미안했노라며 울먹였다. 우리는 그렇게 함께 눈물로 마음의 앙금을 씻어 냈고 그 일로 인해 더욱 친한 사이가 되었다. 그러나 나는 이 사건을 계기로 남을 좋아하는 것이 즐거움뿐만 아니라 괴로움도 줄 수 있다는 것과, 그래서 남에게 쉽게 마음을 주는

큰 나무 큰 그림자

일은 위험한 것임을 어렴풋이 알게 되었다.

　이 밖에도 하굣길에 아이들과 어울려 지내면서 때론 뛸 듯한 즐거움으로 가슴이 부풀기도 했고 때론 잊고 싶은 부끄러움으로 괴로워하기도 하며 사람 사이에서 일어나는 다양한 빛과 그림자를 겪었다.　그러는 동안 이 축소판 인생극장은 세상을 살아 나가는 여러 가지 방편을 내게 가르쳐 주었다. 학교가 선생님을 통해 학과를 배우는 곳이었다면, 하굣길은 같은 또래의 아이들과 어울리면서 인생의 진실들을 나 스스로 체득해 나가는 산 교육장이었던 것이다.

　나를 키운 것은 족히 5할쯤은 하굣길 체험이었다.

(2020. 6)

김상태

미투 운동을 보면서

세간에 미투(mee too) 운동이 한창이다. 한국뿐 아니라 전 세계적으로 유행처럼 번지고 있는 것을 보면 세계적 추세이기도 한 모양이다. 앞으로 이 운동이 어떻게 전개될지 그 귀추가 매우 흥미롭다. 이전에도 이와 비슷한 일이 없었던 것은 아니다. 그러나 이번만은 예사롭게 끝날 것 같지 않다. 여러 곳에서 한꺼번에 터지고 있는 일도 그렇지만 그 방면에서는 지명도가 높은 인물들이 그 사슬에 걸려들고 있으니 시끄러울 수밖에 없다. 시대가 바뀐 것을 모르고 이전처럼 예사롭게 하던 행위가 재수 없게 걸려든 것인가. 아니면 오래전부터 있어 왔던 당연한 일을 새삼스럽게 들추어내어서 야단들인가. 피해자들은 그동안 참아왔지만 더는 참을 수 없어 이번 기회에 터뜨려야만 분이 풀릴 것 같아서 들고 일어난 모양이다. 운동으로까지 발전한 것을 보면 쉽게 끝날 것 같지는 않다.

하여간 오랫동안 호시절을 누렸던 사람들 모두 혹시나 그 불똥이 그에게 튀지 않을까 전전긍긍(戰戰兢兢)하는 모습들이 가관이다. 시절을 잘못 만났다고 해야 하나, 별일 아닌 것을 샘을 내서 괜히 야단들을 치는 것인가. 한편 피해 당사자들은 이번 기회에 아예 못된 버릇을 고쳐 주어야 한다고 벼르고 있는 모양새다. 그 방면에서는 인기가 하늘 높은 줄도 모르고 치솟던 사람들도 그 스캔들에 연루되어 하루아침에 나락으로 떨어지는 형국이다. 같이 좋아해 놓고, 지금 와서 딴소리를 한다는 식으로 말하는 친구도 있다. 그중의 한 사람은 그동안의 사실이 보도되자 자살까지 했다. 그에 대한 반응 또한 다양하다. 좋았을 때는 언젠데 그 잠깐의 모욕을 못 이겨 죽기는 왜 죽어, 하는 사람이 있는가 하면, 오죽했으면 죽을 마음까지 가졌겠느냐고 동정하는 사람도 있다. 온갖 호사를 다 누렸어도 죽어 버리면 그만인데 스스로 목숨까지 끊어야 했을까. 그런 극단적인 선택까지 하는 것을 보면 예삿일은 아닌 성싶다.

이 지상에 인류가 생존하고 있는 것은 남은 죽이더라도 나는 살아야겠다는 욕망이 있기 때문이다. 전쟁이 나면 나는 어떻게든 살아야 하고, 적은 죽여야 한다는 생각밖에 없다. 그래서 전쟁이 무서운 것이다. 전쟁이 끝나고 나면 나도 살고 적도 살아야만 한다는 그 평범한 진리에 돌아간다. 그것이 곧 평화다. 전쟁도 아닌데 남의 목숨을 끊는 것은 명백한 범죄 행위에 속한다. 가끔 스스로 목숨을 끊는 일이 있다. 그것도 범죄 행위에 속하지만 본인이 죽고 없으면 누구에게 책임을 물을 수도 없다. 이런 일이 잦아지면 고약한 세상이 될 것임에 틀림없다. 그런데 놀라운 것은 평화로운 나라, 잘 사는 나라일수록 자살률이 높다니 참 알 수 없는 세상이다.

큰 나무 큰 그림자

미투 운동을 말하다가 잠깐 얘기가 딴 곳으로 가 버린 것 같다. 자살을 할 정도로 심각하게 받아들이고 있으니 내 잠시 말머리가 딴 곳으로 간 것이다. 어쨌든 그 운동의 여파로 목숨을 끊는 일까지 있다니 예사롭게 생각할 일은 아니다. 인류사를 뒤돌아보건대 그 동안 부계사회가 너무 오랜 세월 동안 지속되어 왔으니 다시 모계사회로 돌아가려는 징조가 아닌가 하는 친구도 있다. 설사 그렇게 된다고 하더라도 내가 앞장서 걱정할 일은 아니다. 문화가 그렇게 바뀌면 당연한 현실처럼 받아들일 테니까.

　좀 오래되었지만 동남아시아에서 온 어느 소수민족의 대학교수가 있었다. 나도 잘 모르는 사람이었지만 그곳에 근무하는 외교관이 부탁해서 추천한 사람이었다. 그의 말에 의하면 자기 부족은 지금도 모계사회를 유지하고 있다고 했다. 20세기에도 그런 부족도 있나 싶어 정색을 하고 물어보았더니 지금도 엄연한 사실이라고 했다. 그의 말에 의하면 아들 중 맏이가 색시를 데려오면 그 형제들은 모두 그 색시의 남편이 된다는 것이다. 그래서 어떤 때는 희한한 경우도 생긴다는 것이다. 남편이 워낙 어리면 색시가 남편을 어머니처럼 돌보며 키운다는 것이다. 습관과 문화가 그렇게 되어 있으니, 따르는 것이 당연하다고 생각한다는 것이다. 대학교수인 그도 정식 아내는 큰형의 아내와 같다고 했다. 물론 생장한 촌락에서 다른 도시로 나와서 살 때는 자기 생장지의 부인은 그대로 있지만 도시에서 다른 여자와 살기도 한다고 했다. 인류문화에서 부계사회로 전환된 것은 그리 오래되지 않았다고 인류학자들은 말한다. 지금의 우리에게는 희한한 얘기 같지만 사실이라고 주장하는 학자들도 있다.

나는 텔레비전에서 〈동물의 세계〉 같은 것을 자주 보는데, 야생동물의 세계에서는 힘 센 놈이 언제나 왕이다. 우두머리 동물이 늙고 쇠약해지면 힘이 센 다음 놈이 우두머리와 싸워서 이기면 우두머리가 된다. 사자와 같은 동물은 우두머리가 되면 자기의 새끼가 아닌 어린 새끼들을 물어서 죽인다고 한다. 암놈은 제 자식이라고 물어 죽이지 못하도록 수놈과 싸울 때가 많다고 했다. 강한 자가 후손을 남긴다는 생물 본능의 법칙이다. 인간도 이 생물 본능의 법을 따르고 싶은 인자가 몸속 깊이 숨어 있는지도 모른다. 그 동물적 본능이 문화의 순화로 오늘날의 사회로 변화되었다고도 볼 수 있다.

미투 운동은 어떻게 보면 인간의 생태에서 본능을 제압, 혹은 약화시켜서 문화 질서에 순응하도록 길들이는 과정에서 생긴 것이다. 그 질서를 따르지 못해서 혹은 거부하면서 생긴 것이라고 할 수 있다. 건강한 육체를 가진 남성이 매력적인 여인을 보면 관계를 맺고 싶은 욕망이 이는 것은 지극히 당연한 현상인지 모른다. 윤리라든지 도덕을 만들어 자기 짝으로 정해져 있지 아니한 이성과 관계를 맺는 것을 불륜으로 규정해서 용서하지 못하는 것은 사회적 규범을 지키기 위해서다. 윤리 도덕만으로 규제할 수 없으니 그보다 더 강력한 법으로 제재해 놓은 것은 사실 자연현상과는 어긋나는 것이다. 그런데 문제는 육체적 힘만으로 말하면 남성이 세다. 따라서 법의 제재가 없다면 성관계를 갖고 싶은 남성이 강제적 수단을 동원할 수밖에 없을 것이다. 그러나 양인의 승낙 없이 강제로 관계를 맺으면 법의 제재를 받을 수밖에 없다. 본능과 문화의 충돌은 여기서 일어난다. 양인의 승낙하에 관계가 이루어졌다고 해도 이미 양인에게 짝이 있다면 불법으로 간주되어 처벌을 받게 되어 있었다. 지금은 조금 완화되어서 그런 관계에 대하여 경제적 사회적 제재로 받을 뿐 아니라 규탄의 대상이 되기도 한다.

'내로남불'이란 말이 한동안 유행이었다. 정치권에서 주로 상대를 공격할 때 쓰는 말이다. "내가 하면 로맨스고 남이 하면 불륜"이라는 뜻이다. 옛날과는 달리 이혼이 흔하게 된 것은 바로 이런 경향의 한 단면을 보여 준다고 할 수 있다. 엄격한 도덕을 고수하는 사람을 제외하고는 제 짝으로 정해진 상대를 잠시 잊고 딴 사람과 성관계를 갖게 되면 질책이 쏟아진다. 갖고 싶은 욕망이 없다고 하면 예외적인 사람을 제외하고는 거짓말이다. 여든이 넘은 내 나이에도 아름답고 건강한 육체를 가진 여성을 보면 실제와는 상관없이 내 안의 남성이 살아나는 듯한 느낌을 받는다. 그것은 무엇을 의미하는가. 나만 특별한 남자라서 그런 것은 결코 아닐 것이다.

인간이 성본능을 지니고 있는 이상 그런 현상은 영원히 계속될 것이다. 다른 동물과는 달리 완력으로 그 위계를 정하는 것이 아니라, 다른 수단으로 정해지기 때문에 문제가 더 복잡해진다. 권력이 세다고 하면 결코 완력이 세다는 뜻이 아니다. 이루고 있는 사회가 복잡한 구조로 되어 있기 때문에 사회적 위계질서가 될 수도 있고, 경제력일 수 있다. 모든 조건이 같을 수 없기 때문에 그 사이에 문제가 발생하면 아주 복잡하기 때문에 평범한 시민에게는 난제 중의 하나일 것이다. 따라서 어떻게 대처해야 할지도 잘 모른다.

문화는 결코 발전하지 않는다고 말하는 사람이 있다. 그렇지만 시대에 따라 변하는 것은 틀림없는 사실이다. 미투 운동이 다시는 일어나지 않을 것이라는 보장은 없다. 왜냐하면 완력으로는 여성이 남성을 제압할 수 없기 때문이다. 앞으로 여성의 능력이 남성보다 월등히 앞서는 시대가 오면 지금과는 전혀 다른 현상이 일어나지 않을까 은근히 걱정된다. 여성의 지위가 남성을 희롱할 수 있는 시대가 오지 말라는 법은 없다. 그때가 되면 남성이 오히려 여성으로부터 성희롱을 받을 날이 있을지도 모른다. 여성으로부터 강권으로 성희롱을 당할 때 과연 즐거운 일이라고 희희낙락해야 할지, 모욕을 당했다고 분노해야 할지 그때 가 보아야 알 일이다. 현재로서는 남녀 평등 사회를 지향하고 있으니까 그런 일이야 없겠지만, 여성의 위세에 눌려서 남성이 성을 여성에게 바칠 날도 있지 않을까 하는 생각도 든다. 바람피우는 것을 낙으로 삼는 녀석들은 그런 일을 당해도 과연 즐거운 마음으로 받아들일지 궁금하다. 과연 그런 날이 올까 상상만 해도 웃음이 나온다.

(2018.4.11)

바람 속에 산 인생

　미당의 시 「자화상」 속에 "스물세 해 동안 나를 키워온 것은 팔 할 이 바람이다"라는 구절이 있다. 말 그대로 하면 스물세 해 동안 아무도 그를 키워 주지 않았고 거의 바람만 마시며 살았다는 뜻이다. 팔 할이라고 했으니 바람만이 아니고 이 할은 다른 요인이 있었다는 셈이다. 왜 하필 팔 할이라고 했을까. 9할은 너무 많고, 7할은 좀 적다는 말인가. 세속적인 의미에서 말한다면 참 불효망측(不孝罔測) 한 자식이다. 부모님이 애지중지하면서 키워 준 공은 겨우 2할에 불과하다는 말이다. 아니 학교를 다니면서 받은 교육도 있으니까 그 보다 적을 수도 있다. 결국 말하고 싶은 것은 그가 자란 것은 누구의 영향도 받지 않고 거의 혼자 자랐다는 뜻일 게다.
　이어서 시인은 이렇게 읊는다. "세상은 가도 가도 부끄럽기만 하드라/어떤 이는 내 눈에서 죄인을 읽어가고/ 내 입에서 천치(天痴)를 읽어 가나/나는 아무것도 뉘우치진 않을란다." 아무에게도 말할 수 없는 부끄러운 삶을 그때까지 살아야 했다는 것이다. 무엇이 그를 그렇게 부끄러운 삶이 되도록 했을까. 일제의 잔혹한 통치를 받고 있던 시대에 살고 있었던 처지라 삶 자체를 부정하고 싶은 심정이 었을지 모른다. 그런 상황에서 본다면 그를 키워온 것은 팔 할이 바람이라고 해도 틀린 말은 아니다. 천치마냥 웃고 살지 않으면 미쳐버릴 것만 같았던 젊은 시절의 그 심정을 짐작할 만하다.

흔히 아무 꿈이 없을 때 "바람 부는 대로 산다"고 한다. 형편 되어가는 대로 산다는 뜻으로 보는 것은 차라리 긍정적으로 세상을 보고 있다는 뜻이 되지만 아무 생각도 없이 되는 대로 산다는 나쁜 뜻도 있다. "애비는 종이었다"든지, "어매는 달을 두고 풋살구 꼭 하나만 먹고 싶다"라고 한 말이라든지, "흙으로 바람벽한 호롱불 밑에 손톱이 까만 에미의 아들" 등으로 표현한 그의 어린 시절의 회상은 결코 호사스럽게 자랐다고는 할 수 없었던 것 같다. 그렇다고 해서 어느 평론가의 추측처럼 시인의 아버지가 실제로 종이었다고 진술하는 것은 너무나 어린애 같은 단순한 단정이다. 지독한 가난 속에 허덕이면서 살아가는 그 시절의 우리 모습이 그 속에 담겨 있다. 자라면서도 스스로 그 어려운 상황을 이해하고 사는 이치를 터득해갈 수밖에 없다는 뜻이 그 속에 내포되어 있다고 보아야 할 것이다. 가난으로 허덕이고 있는 나라 전체의 운명을 자신의 처지를 통해 시사하고 있다고 할 수 있다.

바람이란 물리적으로 말하면 고기압 쪽에서 저기압 쪽으로 이동하는 공기의 이동이다. 그 움직임이 전혀 없을 때는 답답하지만 지나치게 많을 때는 어지럽다. 바람의 세기에 따라 명칭도 다르고 느끼는 기분도 다르다. 살랑살랑 불 때는 기분 좋은 바람이다. 봄바람이나 가을바람을 연상한다. 너무 거세게 불 때는 강풍이라고 해서 그 정도에 따라서 여러 개의 이름이 있다. 추위가 심할 때의 강풍은 살을 에는 듯한 아픔이 따른다. 살기 좋다고 하는 미국이지만 남부 어느 지방에서는 이따금 나타나는 회오리바람(허리케인이라고 그들은 부르고 있다.)이 있어 사람도 들어 올리고, 차까지 들어 올려서 팽개치는 무서운 바람도 있다.

바람은 도처에 있지만 바람을 맞는 사람에 따라 만나는 처지에 따라 그 기분은 전혀 다르다. 더운 여름 한 줄기 소나기가 지나가고 난 뒤에 만나는 바람은 더할 수 없이 기분 좋은 바람이다. 엄동설한 살을 에는 듯한 매서운 바람을 맞고 걸어갈 때는 걷기조차 괴롭다. 어찌해서 같은 바람이지만 질이 이렇게 다른 바람이 될까.

내가 공군에 근무할 때는 바람의 시속을 수치로 재어서 보고해야 했다. 레이더 사이트에 근무했기 때문이다. 이곳에서는 산들바람이라든지 서늘바람이든지 하는 말은 아무 의미가 없고 초속 혹은 시속이 얼마가 되는지에 따라 보고해야 한다. 풍속을 기계로 정확하게 측정한 수치로 보고해야 한다. 바람의 속도를 정확하게 측정해서 보고하는 임무를 맡은 특수한 직책의 군인이 있다.

바람은 은유로도 많이 쓰이고 있다. 바람기 있는 사내, 바람기 있는 여인 등으로 말이다. 뭇 여인에게 눈짓을 보내면서 농탕을 칠 궁리를 하는 사내를 바람기 있는 남자라고 한다. 비단 남성에게만 그 말을 적용할 수 있으랴. 수적으로 바람기는 여성보다는 남성이 많으니까 남성을 향해서 주로 쓰지만 여성도 예외는 아니다. 여성의 바람기는 더 고약한 말로 표현한다. 하지만 여권이 점점 더 강해지기고 있는 형편이니까 그 말의 뜻도 전도되어 나타날 전조도 보이고 있다. 개화기 전까지만 해도 남성의 바람기는 쉽게 허용되었지만 여성에게는 엄한 제재가 가해졌다. 바람기는 남녀의 구분 없이 누구에게나 있다. 사회적 제재가 두려워 은밀하게 진행하거나 아예 꾹 참고 지낼 수밖에 없다. 사랑이라는 것으로 미화하고 있기는 하지만 사랑과 바람기는 전혀 다른 성질의 것이다. 오죽하면 예수님도 마음으로 간음한 자도 이미 간음한 것이라고 했을까. 마음으로 간음한 자가 수없이 많기 때문에 한 소리다. 건전한 육체를 가진 사람은 끌리는 이성에게 눈길이 가기 마련이다. 그것을 절제할 수 있는 것이 인간이다. 이미 오래전에 성인들이 한 말이다.

유치환의 시 「바람에게」는 이렇게 읊고 있다. "바람아, 나는 알겠다./네 말을 나는 알겠다./한사코 풀잎을 흔들고,/또 나의 얼굴을 스쳐 가/하늘 끝에 우는/네 말을 나는 알겠다.//눈 감고 이렇게 둥성이에 누우면/나의 영혼의 깊은 데까지 닿은 너./이 호호(浩浩)한 천지를 배경하고,/나의 모나리자!/어디에 어찌 안아 볼 길 없는 너.//바람아, 나는 알겠다./한 오리 풀잎마다 부여잡고 흐느끼는/네 말을 나는 정녕 알겠다."

"알겠다"라고 반복해서 읊고 있지만 실상은 몰라서 하는 말이다. 이 시는 바람과 나의 교감을 표현하고 있는 시라고 흔히 말한다. 자연의 오묘한 섭리를 바람을 통해 알 수 있을 것으로 말하지만, 또 '바람'은 우주 만물의 존재에 대한 깨달음을 가진 어떤 것으로 보고 그 말을 알아들었다고 말하지만 사실은 알아듣지 못하고 있다. 알

큰 나무 큰 그림자

아들기 위해 몸부림치고 있을 뿐이다. '나'와의 교감을 의인화해서 나타내고 있지만 정형화된 바람의 모습이 어디 있겠는가. 실체가 없는 존재에 대해서 하소연하고 있을 뿐이다. 정처 없이 떠도는 바람을 느끼면서 우리의 삶도 바람과 마찬가지로 이 우주 안에서 정처 없이 떠도는 존재라는 것을 깨닫고 있는 것이다. 이전부터 인생의 본질은 허무라고 이 시인은 생각하고 있다. 허무를 통해 인간의 본질적 의미를 깨닫고 그 허무를 극복해 보려는 의지가 스며 있지만 그것은 안타까운 인간의 몸부림이다. 허무에 부딪치는 처절하고 아픈 의지만이 절절하게 다가오고 있을 뿐이다.

나야말로 뒤돌아보니 팔십 평생을 한 줄기 바람처럼 보낸 것 같다. 어제 그저께 했던 일은 전혀 기억도 나지 않는 데 칠팔 세 되던 때의 어린 시절은 선명하게 떠오른다. 그동안 나는 무엇을 했던가. 참 많은 경험을 하고 살았던 것 같기도 하다. 그러나 다시 생각해 보니 아무것도 한 일이 없이 이 나이가 된 것 같다. 한 줄기 바람을 맞고 보낸 내 인생이라고나 할까.

(2017.7.28)

베블런 효과

'베블런 효과'라는 말이 있다. 미국의 저명한 사회학자 베블런 (Thorstein B. Vevlen)의 저서 『유한계급론』에서 "상층계급의 두드러진 소비의 특징은 사회적 지위를 과시하기 위해 지각없이 이루어지는 경우가 있다"는 말에서 유래했다고 한다. 인류의 역사를 뒤돌아보면 어느 시대 어느 사회에서나 이와 비슷한 일이 없었던 것은 아니지만 자본주의가 보편화된 미국에서 유행했다는 점에서 주목을 받았다. 1899년에 발간된 저서였으니 한국으로 치면 개화기에 해당한다. 자본주의 체재가 어느덧 한국도 본격화되면서 베블런 효과가 곳곳에서 나타나고 있다.

수년 전이라고 생각된다. 베블런 효과가 학생들 간에 이상한 모습으로 나타나서 사회적 물의를 일으킨 일이 있었다. 힘센 녀석이 약한 학생의 옷을 강제로 바꾸어 입게 한 데서 일어난 일이다. 노스페이스라든가 하는 상표가 붙은 겨울 윗도리를 약한 학생을 위협해서 바꾸어 입은 사건이다. 그 상표의 방한복을 입어야만 학생들 간에는 부유층의 자녀로 대접을 받았기 때문이라고 한다. 내가 보기엔 그놈이 그놈처럼 보였지만 학생들 간에는 그렇지 않았던 모양이다. 학생들 사이에서는 그 상표의 옷을 입어야만 부유층 자녀로 알려져 있었던 모양이다. 어른들 사회에서는 진작부터 고가의 상품으로 베블런 효과가 호기롭게 행사되었지만 학생들 간에는 뒤늦게 나타나기 시작한 것이다. 교복을 입는 한국에서는 겨우 방한복에서 그 효과를 누리고 있었던 셈이다.

이미 중년이 된 여자 제자들을 불러서 수필을 한번 써 보라고 한 적이 있다. 쉬는 시간에 저희들끼리 하는 말로 다른 것은 감히 엄두를 내지 못하겠지만 명품 가방 하나만은 갖고 싶다고 했다. 그 값이 얼마나 되느냐고 물었더니, 수백만 원 호가한다고 했다. 왜 그런 고가의 가방을 좋아하는지 나로서는 도모지 이해가 되지 않았다. 사위가 미국에서 돌아오면서 아내에게 조그만 가방을 하나 선물했다. 아주 비싼 것은 아니라고 했다. 사위의 말로는 명품 중에는 아주 싼 것이라고 했다. 그 값의 차이가 엄청나서 말도 못 한다고 했다. 그런데 아내는 그것을 좀처럼 들고 나가는 것을 보지 못했다. 우선 부잣집 여자인 줄 알고 쓰리꾼이라도 따라붙으면 어쩌느냐는 것이다. 게다가 흠집이라도 내면 그 수리하는 값이 보통이 아니라고 했다. 딸이 뒤에 와서 그것은 명품 축에도 끼지 못하기 때문에 탐내는 사람이 없을 것이라고 했다. 그 대신 아내는 동네의 싸구려 시장에서 파는 가방을 주로 들고 다닌다. 나도 만 원 내외의 가방을 주로 들고 다닌다. 그보다 제자들이 조금 비싸게 사준 가방을 별로 들지 않는다. 너무 들고 다녀서 이젠 해어져 아내가 그와 비슷한 다른 것을 사 주었는데 만 원도 되지 않았다고 했다. 베블런 효과를 누리는 사람과는 체질적으로 다른 사람인 모양이다.

명품 가방은 지금도 여자들이 갖고 싶어 하는 물품일 테지만 나라 안의 경제는 모두들 침체 일로를 걷고 있다고 하는데 그와는 썩 다른 경향이 나타나고 있는 것이 걱정이다. 고급 수입차, 비싼 가전제품, 고가의 귀금속류 등이 불티나게 팔리고 있다는 것이다. "아하, 베블런 현상은 나라 전체에 감염되었구나!" 하는 생각을 한다. 필요해 의해서 산다기보다 허영심을 채우기 위해서 고가의 물건을 사는 사람도 많구나, 하는 생각이 든다.

내가 사는 아파트는 서울의 중심부에서 한참 떨어져 있어서 서울의 집값과는 비교가 될 수 없다. 15년 전쯤에 이사를 왔지만 당시로서도 평수에 비해 너무 싸서 웬 횡재를 하나 했는데 그건 내 어리석은 생각이었던 모양이다. 15년이 지난 지금도 아파트 값은 살 때의 그대로다. 바로 앞에 야산이 있어서 산책로가 일품이고, 아파트 주변이 수목으로 덮여 있어서 이런 살기 좋은 곳을 두고 사람들이 비싼 아파트를 구하고 있나 하고 생각했는데 그게 아니었던 모양이다. 아파트의 값은 이사 올 때나 지금이나 거의 차이가 없다. 내가 서울에서 살았던 잠실의 아파트는 그 사이 다섯 배도 더 넘게 뛰었다고 한다. 더구나 더 괴이한 것은 여기의 아파트는 평수가 큰 아파트나 작은 아파트나 그 값에 별로 차이가 없다는 점이다. 아내의 말로는 돈이 많지 않은 사람이 많아서 그렇다고 한다. 그런데 최근에 와서 보니 반드시 그런 것만이 아닌 모양이다. 비싼 외제차를 타는 사람이 부쩍 늘고 있다는 점이 그렇다. 나는 한 번도 외제차를 가져 본 적이 없어서 얼마나 좋은지는 잘 모른다. 그 값에 비하여 그만한 가치가 충분히 있는지 믿기지 않을 뿐이지만 타는 사람의 말은 또 다를 것이다. 나라의 경제가 아주 나빠졌다고 야단들인데 고가의 외제차를 선호하는 사람들이 부쩍 늘고 있다는 것은 어떻게 해석해 야 할지 모르겠다. 이도 베블런 현상 중 하나가 아닐까 하는 생각이 들지만 당사자의 말은 다를지도 모른다.

베블런 현상은 반드시 자본주의 사회에서만 나타나는 것은 아닐 것이다. 각기 다른 모습을 띠고 나타났을 것이라는 생각이 든다. 조 선 사회에서라면 곳간에 쌓아둔 곡식과 노비 등으로, 또 금붙이 등 으로 했겠지만 그런 것은 잘 나타나지 않아서 신분 하나만으로 충 분히 감당할 수 있었을지 모른다. 지금과는 달리 계급사회다 보니 양반과 상인(常人)의 신분은 아예 의복과 갓으로 규별하고 있어서 베블런 효과를 나타내기도 쉽지 않을 듯하다. 갓은 써야 양반 행세 를 할 수 있으니, 몰락한 양반은 체면치레도 하기 어려웠을지 모른 다. 낡았지만 양반이라는 체면은 세워야 하니까 민망한 차림새로 나올 수밖에 없었던 사람도 있었으리라. 베블런 효과를 가장 쉽게 드러내는 것은 의복이라고 할 수 있을지 모른다.

옷 말이 나와서 하는 말이지만 나는 옷을 너무 허술하게 입는다고 주위로부터 충고를 들을 때가 많다. 돈이 아까워서도 비싼 옷 잘 사 서 입지 않은 편이지만 내 마음속에는 좋은 옷을 입으면 부끄러운 생각이 든다. 내가 지금 입고 있는 옷은 대부분 헐값으로 세일하는 곳에서 샀다. 옷을 너무 허술하게 입으면 사람조차 그렇게 보인다고 주위로부터 꾸지람을 듣기도 한다. 특히 여성분들이 심한 편이다. 대학 퇴임 후에 평생교육원에서 수업을 할 때가 있어서 나이 든 수강생으로부터 옷을 제대로 차려입고 나오라고 충고를 들을 때가 많았다. 오죽하면 그런 충고까지 할까 싶어서 근래에는 와이셔츠에 넥타이까지 갖추어 매고 출강할 때가 많다. 아내도 옷을 아무렇게나 입고 나오면 성의가 너무 없어 보인다고 내게 자주 충고한다. 겉모습을 좋게 치장하면 베블런 효과와는 다른 뭐랄까, 속이 비었으니까 옷으로 감춘다는 생각이 드는 것은 웬일일까. 나만 그런가.

예술인 중에는 일부러 허술하게 입는 사람도 있다. 겉모습에 신경 쓸 시간이 없다는 뜻도 있겠지만 이래 봬도 내 안에는 매우 귀중한 것이 들어 있다는 뜻이 있는지도 모른다. 솔직히 말하면 나는 그런 예술인이 부럽다. 나의 실체는 그만큼 가치 있는 것이 들어 있다고 생각하지 않는다. 너무 평범하게 살다 간다는 생각뿐이다.

다시 한번 생각해 본다. 내게 있어서 가장 귀한 것은 무엇일까. 나도 이만큼 가지고 있다고 으시대는 사람을 향하여 코웃음치고 있다고 하더라도 난들 무엇을 가지고 있는가. 비록 베블런 효과 같은 것에는 관심이 없다고 하더라도 무엇인가 살고 있으면서 뽐낼 수 있는 어떤 것은 갖고 있어야 할 것 아닌가.

쇼펜하우어는 동서고금의 현인들이 한 말을 편집해서 자기 인생의 교훈이 되는 말을 찾아본 것 같다. 그 대부분이 지혜롭게 사는 방법을 기록해 둔 것 같다. 그중에서 이런 말이 있다. "기다림을 배우라. 성급한 열정에 휩쓸리지 않을 때 인내를 지닌 위대한 심성이 나타난다. 사람은 먼저 자기 자신의 주인이 되어야 한다. 그런 다음에 다른 사람을 다스리게 될 것이다. 길고 긴 기다림 끝에 계절은 완성을 가져오고 감춰진 것을 무르익게 한다. 신(神)은 우리를 채찍으로 길들이지 않고 시간으로 길들인다. 시간과 나는 또 다른 시간, 그리고 또 다른 나와 겨루고 있다." 그는 무신론자다. 그럼에도 불구하고 신을 들먹이고 있는 것을 보면 수십 년을 살았지만 인생은 알 수 없는 존재란 뜻이 아닌가. 지상의 우리로서는 해결할 수 없는 무엇이 많다는 뜻이다. 그게 인간의 한계인 모양이다.

베블런 효과를 위해서 사는 사람을 보고 경멸해 왔다. 그러나 그렇게라도 해서 사는 의미를 찾았다면 아니 의지할 근거라도 발견했다면 반드시 무시할 일만은 아니다. 삶의 종말이 저만큼 보이는데 의지할 어떤 것도 찾지 못하고 밤낮 헤매고만 있는 나보다 나은 것이 아닌가.

(2019.3.12)

오리엔테이션

'오리엔테이션'이란 말이 언제부터 우리 말에서 예사롭게 쓰였는지 모르겠다. 지금은 이 말을 대신해서 쓸 말이 생각나지 않는다. 어쨌든 내가 풀브라이트 장학금 수혜자로 선발되어 미국에 처음 갔을 때 이 말의 뜻을 실감하게 된 것이다. 바로 이 프로그램에 참가하기 위해서였기 때문이다. 로스앤젤레스의 UCLA에서 40일간의 오리엔테이션 프로그램에 참가했던 것이다. 사실은 그때까지 있어 왔던 그 프로그램이 그해부터 없어지게 되었다는 말을 전해 듣고 풀브라이트 한국지부에 떼를 써서 참가하게 된 것이다. 대체로 풀브라이트 장학생으로 선발된 사람은 토플 성적이 좋기 때문에 구태여 이 프로그램에 참가하지 않아도 된다는 방침이 그해부터 적용하게 되었기 때문이라고 했다. 하지만 나의 경우는 달랐다. 국문학을 전공했고, 국문학을 가르쳤던 나의 토플 성적은 실제 실력과는 상당히 달랐다고 할 수 있었다. 떼를 써서 받아들여진 셈이지만 참가

하고 보니 썩 잘한 결정이라는 생각이 들었다. 그 때문에 예정보다 빨리 부랴부랴 미국 가는 비행기를 타지 않을 수 없었다.

'오리엔테이션'이란 말은 'orient'(동방)란 말에서 온 것이 분명하다. 해가 뜨는 방향이 동쪽이고 그 방향에 맞추어서 방향을 결정하기 때문에 그것을 추상명사화해서 방향을 정하다는 말이 된 것 같다. 대체로 어떤 모임이 시작할 때 앞으로 나가야 할 방향이나 목표 등을 알려 주는 프로그램의 행사를 일컫는다. 1976년 도미했으니까 그 이전에도 물론 이 말을 많이 썼겠지만 나로서는 별로 경험한 적이 없기 때문에 오리엔테이션을 제대로 맛보는 셈이다.

로스앤젤레스에서 한다는 말만 들었지 어디에서, 어떻게 하는지 전혀 알지 못하고 떠났다. 떠나기 2, 3일 전에 통보받았기 때문이다. 미국에 도착하면 친절히 안내해 줄 사람이 기다리고 있을 것이라는 말만 믿고, 일러 준 전화번호를 신주 단지처럼 지니고 떠났던 것이다. 그때나 지금이나 나의 어리석음은 변함이 없었던 것 같다. 그러나 로스앤젤레스 공항에 도착하자 나의 기대와는 썩 다르게 상황이 전개되어 가고 있었다. 전화를 걸어서 내 이름만 대면 대뜸 알아보고 차로 모셔 갈 줄 알았는데, 무슨 일로 걸었느냐고 도리어 묻는 것이 아닌가. 내가 전화를 걸게 된 사정을 얘기를 했더니, 잠깐 있으라고 해 놓고는 옆 사람과 상의하는지 한참 후에 "그래서, 내가 어떻게 했으면 좋겠느냐?"고 되묻는 것이다. 전화 저쪽에서 여러 사람들이 떠드는 소리가 들리는 것을 보니 개인 사무실은 아닌 것 같았다. "나는 미국에 처음 오는 사람이니까, 어쨌든 그곳으로 가야 할 것 아니냐." 했더니, 버스 노선을 일러 주겠다고 했다. 처음 오는 사람이 버스 노선을 어떻게 알겠느냐고 했더니, "그럼 아르바이트 하는 학생을 보내 주겠다. 그 대신 그 학생에게 수고비를 지불해야 한다."고 했다. 내 기대와는 썩 달랐지만 어쨌든 빨리 보내 주었으면 좋겠다고 했다. 한 시간이나 지나서 나를 찾는 사람이 공항으로 왔다. 혹시 나를 찾지 못할까 봐 가슴에다 한국에서 온 아무개라고 크게 써 붙이고 있었던 것이다.

도착해서 보니 UCLA의 기숙사였다. 저녁인데도 학생들이 와글와글 드나들고 있었다. 처음은 그게 학생 기숙사인 줄도 모르고 왠 학생들이 늦은 저녁 시간에 이렇게 몰려들고 있는가, 했더니, 미국의 여름 학기는 특별학기로서 어느 도시 어느 대학에서든지 자유롭게 등록해서 수강할 수 있다고 했다. LA는 더운 지방이고 좋은 해수욕장이 많기 때문에 여름 학기는 전 미국에서 모여들어 이렇게 학생들이 붐빈다고 했다. 수강해서 학점만 취득하면 자기 대학에서 그대로 인정받기 때문에 여름 한철 이렇게 많은 학생들이 모여든다고 했다.

그렇게 해서 UCLA에서의 오리엔테이션이 시작되었다. 하도 오래된 일이라 오리엔테이션을 받으면서 경험했던 일을 다 기억할 수도 없고, 정확하다고 장담할 수도 없다. 다만 미국 문물을 처음 접했을 때의 인상을 생각나는 대로 얘기할까 한다.

한국 학생은 나를 포함해서 네 명인가 다섯 명이었고, 각국에서 온 학생이 20여 명 되는 것으로 기억된다. 그중에서 대만에서 온 학생, 인도네시아에서 온 학생, 일본에서 온 학생, 그리고 프랑스에서 온 학생 세 명이 기억난다. 나는 교수를 하다가 온 사람이기 때문에

(아마도 그들의 학적부에 그런 기록이 있었던 모양이다.) 다른 사람은 모두 이름으로 불렸지만, 나만은 Mr. Kim 하고 불렸다.

프로그램의 총 책임자는 Helen이라는 30대 중반의 여성이었는데 명랑하고 활기 찬 여성이었다. 조교들은 대체로 대학생이거나 대학원생으로서 우리의 도움이 필요할 때는 언제나 달려와 충실한 도우미 역할을 했다. 40일간이나 머물러 받았지만 지금은 가물가물해서 끊긴 필름처럼 앞뒤가 연결되지 않은 기억의 파편들만 난무한다.

낮 시간은 대체로 생활영어 수업을 받고 저녁 시간은 휴게실에 나와 잡담을 한다. 레코드를 틀어 놓고 춤을 출 때도 있었다. 군에 있을 때 춤을 잠깐 배우기는 했지만 제대로 된 춤이 아니었다. 미국 아이들도 한국처럼 제대로 교습을 받은 춤이 아니라서 적당히 붙들고 얼렁뚱땅 추어도 못 춘다고 타박하는 눈치가 아니었다. 여학생 조교가 둘이 있었는데 하나는 뚱뚱한 백인 여성이고, 다른 하나는 흑인 여성이었다. 내가 놀리는 말을 하면 눈을 곱게 흘기면서, "미스터 김, 그러면 안 돼요." 한다.

오리엔테이션이 시작된 지 열흘쯤 지난 뒤였을까, 어느 날 저녁 휴게실에 나갔더니 전등불이 다 나가서 깜깜했다. 미국에도 전등이 나가나, 하면서 벽을 잡고 더듬더듬 한가운데로 나갔다. 갑자기 불이 확 켜지더니, "Happy birthday to you." 하고 일제히 생일 노래를 부르는 것이 아닌가. 어리둥절해서 사방을 둘러보았더니, 나를 향해서 노래를 부르고 있었다. "웬 일이야?" 하고 앞에 있는 친구에게 물어보려고 하다가, 문득 내 호적상의 생일이 8월 5일이지, 하는 생각이 들었다. 음력으로 4월 8일에 출생했기 때문에 나의 생일은 음력 4월 8일로만 기억하고 있었다. 아주 어릴 때부터 어머니가 그날에 나의 생일을 챙겨주셨기 때문에 8월 5은 나에게는 낯선 날이었다. 어느새 생일 케이크까지 준비해서 촛불을 끄게 했다. 8월 5일의 생일, LA에서 처음 맞은 셈이다.

한 달쯤 지났을까, 기숙사에 있는 모든 학생들에게 우리가 꾸민 쇼를 보여 준다고 했다. 짤막한 스키트(연극)와 노래, 그리고 각 나라의 고유한 의상을 입고, 무대에 선다는 것이다. 날더러는 한국의 풍속 놀이나 간단한 설화 등을 이야기하라고 했다. 갑자기 주문한 터라 미처 준비할 사이도 없었다. 봄이 되면 도라지 캐러 가는 한국의 처녀들을 소개했다. 한국은 처녀 나이 십오륙 세가 되면 집안 어른들에 의해서 외출이 엄격히 제한되었다. 그러나 봄날 며칠은 예외가 있었던 것이다. 산으로 들로 도라지를 캐러 가는 날이었다. 작은 바구니를 들고 산이나 들에서 도라지를 캐서 돌아오는 자유의 날을 맞았다. 그때 불렀던 노래가 바로 이 노래였다, 라고 하면서 나는 도라지 타령을 한 곡조 뽑았다. 좀 신기했던 모양이다. 박수가 터져 나왔다.

오리엔테이션 기간 중 또 하나 기억에 남는 것은 벨리 댄스를 보러 갔던 저녁이다. 반라의 옷을 입고 허리와 배를 흔들어 대면서 춤을 추는 모습을 처음 보고 미국에는 별 희한한 춤도 있구나 하고 생각했다. 뒤에 알았지만 그것은 미국 춤이 아니라, 중동 지방에서 건너온 춤이라고 한다. 미국은 전 세계의 문화가 흘러 들어와 자본주의를 꽃피우고 있었는데, 한국에서 별로 외국 문화를 본 적이 없는 나에게는 신기하기만 했다.

그렇게 40일간의 오리엔테이션을 끝내고 헤어지는 날이었다. 그 사이 정이 들었다고 조교 둘이 나를 끌어안으며 눈물을 글썽거렸다. 생애에 비하면 참으로 짧은 기간이지만 그때 미국 문화를 처음 접하고 받았던 충격은 좀처럼 잊히지 않는다. 그 후 미국을 두 번이나 방문했지만 처음 받았던 충격은 전혀 아니었다. 늘 그런 경험은 할 수 없지만, 지금처럼 그 날이 그 날이 되고 있는 삶에서 뭔가 새로운 경험이 될 수 있는 날을 한 번 더 만났으면 좋겠다.

(2016.5.13)

욕망과 절제 사이에서

　최근 리우의 올림픽 경기에서 온 세계의 주목을 받았던 선수가 있었다. 자메이카의 우사인 볼트라는 인물이다. 올림픽 3연패를 달성한 선수로서 100m에 이어 200m, 400m까지 신기록을 달성해서 화제의 인물이 되었다. 세계의 매스컴들은 올해 올림픽 제일의 영웅이라고 칭송했다. 승리 후 그의 독특한 세리모니가 유명해서 그를 더욱 멋진 영웅으로 만들었다. 그런데 축복에는 액이 따라붙는 법인지 액땜을 하는 것을 보았다. 워낙 유명인사인 터라 파파라치들이 가만히 있을 리가 없다. 그에게 정혼한 여인이 있었다. 서양이나 동양이나 약속한 사람 외의 사람과 정사를 즐기는 일이 발각되면 비난이 쏟아지기 마련이다. 매스컴이 더 난리를 피웠다. 유명해지면 그 명성과 함께 돈도 많이 생기는지, 아니면 그 명성에 혹해서 그와 하룻밤의 즐거운 놀이를 같이 했는지는 모르지만 돈도 있고, 명성도 있으면 으레 여인들이 잘 꼬여든다. 대체로 사내들이란 부족할 데 없는 미인을 아내로 두고 있어도 딴 여자와 바람을 피우는 예가 흔하다. 한눈을 파는 버릇을 원래부터 갖고 있는 것이 사내들인지, 아니면 찬을 바꾸어 먹듯이 같은 음식에 질려서 다른 음식을 먹고 싶기 때문인지 모를 일이다. 그런 사내들에게 꼭 꼬리를 치는 여인이 있다. 새로운 음식을 먹어 보고 싶어 하듯이 그녀와 바람을 한번 피워 보고 싶은 생각이 드는 모양이다. 내가 '대체로'라고 말하는 것은 전혀 그렇지 않은 사람도 있다는 의미다. 삿대질을 하며 내게 대들 사람이 있을지도 모른다. 지가 그러니까 남도 그런 줄 알고 함께 끌어넣는다고 공박할지도 모르니까 하는 소리다. 물론 안팎으로 행실이 바른 사람은 전혀 그렇지 않을 수 있다. 내게 정색을 하고 대드는 사람이 있을까 봐 하는 소리다. 내 마음 짚어서 하는 소리니까 너무 탓하지 말기 바란다.

다는 그렇다고는 말할 수는 없지만 사내들이란 다 그렇고 그렇지, 하고 아예 치지도외시하고 사는 여인들도 많다. 비단 우사인 볼트가 아니더라도 사내들이란 워낙 바람기를 천성으로 타고났다고 하면 큰 실례가 되는 것인가. 이미 정혼한 여인이 있어도 그렇지만, 남이 보기에 아주 단란한 가정을 꾸미고 사는 사내도 매력적인 여인과 은근히 로맨스를 즐기고 싶어 하는 심정을 감추고 있다고 하면 저나 그렇지, 왜 남을 끌어넣어 하고 탓할 터인가. 물론 음행을 즐기는 사내들이 있긴 있다. 내가 사내들에 대해서만 말했지만 여자라고 해서 전혀 그런 마음이 없다고 단정할 수 있을까. 내가 여인이 되어 보지 못했으니, 꼭 그렇다고 말할 수는 없다. 성인군자도 가끔 성에 있어서는 일탈이 있었던 것을 보면 전혀 그렇지 않다고 부정할 처지는 아니라고 생각된다. 내 마음 짚어 남을 안다고 매력적인 이성을 보면 나도 모르는 사이 눈이 가고, 마음이 끌리는 것이 사실이다. 그와 달콤한 로맨스를 한 번쯤은 가지고 싶다는 간절한 욕구를 부정하지는 못한다. 그것이 차라리 인간의 원초적인 본능이 아닐까.

동물들의 세계를 보면 힘이 센 녀석이 뭇 암컷들을 몽땅 차지하는 예가 흔하다. 가끔은 자기 짝에 충실한 동물도 있긴 있다. 그러나 사자나 물개 같은 녀석들은 최강자가 무리의 암컷을 다 차지한다. 그보다 더한 강자가 나타나면 힘의 승패를 겨루다가 패하면 죽거나 쫓겨나서 비참한 신세가 된다. 이후 어디서 어떻게 죽는지도 모르고 생을 마감한다고 한다. 동물의 세계에서는 강자의 질서다. 뿐만 아니라 자기와 교배해서 만든 새끼가 아니면 연약한 새끼들을 전부 물어 죽인다는 것이다. 강자의 질서만이 작용하는 세계인 셈이다. 암컷들도 새 강자의 씨를 받아서 키우는 것이 당연하다는 듯이 따른다.

매스컴에 자주 보도되고 있지만 권력 있고, 돈 있는 명사급 사내들이 젊은 여인들을 집적거려서 창피를 당하는 예를 자주 본다. 물론 자기 아내가 아닌 여인들과의 관계에서 들통이 나서 치르는 곤욕이다. 동물과 다른 점은 인간 스스로 만든 규율이 더 큰 힘을 발휘하기 때문이다. 남녀 양인이 서로 마음이 맞아서 은밀하게 진행된 예는 그대로 묻히고 만다. 끝까지 알려지지 않고 진행되면 아주 좋은데 지금의 세상은 감시하는 눈들이 워낙 많아서 그렇게 호락호락하게 넘어가지 않는다. 두 남녀가 유명인사가 될 경우 세상에 알려지지 않고 끝나는 경우가 극히 드물다. 지금까지 그가 쌓아 온 행적을 뭉개버리고 아주 나쁜 놈으로 매도된다. 매도하는 데 열을 올리고 있는 바로 그 사람도 과연 전혀 그런 욕망이 없었을까. 얼마 전까지만 해도 간통죄로 단죄되어서 구속 수사될 뿐 아니라 사회적으로 거의 매장된다. 두 사람만이 가진 지금까지의 달콤한 사랑은 일시에 추악한 죄로 단정되어 죄인 취급을 받았던 것이다. "내가 하면 로맨스고, 남이 하면 불륜이 된다"는 말도 그렇게 해서 된 말이다.

사내로서 왕성한 성욕을 지니고 있지 못하면 만사를 기운차게 진행시킬 수 없다는 것이 상식이다. 심리학자 프로이트는 인간을 역동적으로 활동하게 하는 욕망은 '리비도'라고 한다. 리비도가 지니고 있는 가장 큰 힘은 성욕이라는 것이다. 그 리비도를 어떻게 절제하고 조절하느냐에 따라 그 사람의 행동이 결정된다. 요컨대 성욕은 절대로 나쁜 것이 아니다. 그것을 어떻게 절제하고 운용하느냐에 따라 그 사람의 능력이 결정된다. 리비도가 마음속에서 꿈틀거리고 있기 때문에 그 사람의 능력이 발휘되는 것이다.

전철이나 버스에서 여인의 아랫도리를 사진으로 찍다가 검거되어 죄인으로 취급되는 사내들이 더러 있다. 여인의 아랫도리를 찍는다는 것이 왜 범죄가 되는지 아직도 나는 잘 납득하지 못하고 있다. 그것이 범죄가 되는 줄 알면서도 그런 짓을 하고 있는 것은 더욱 이해되지 않는다. 아름다운 여인들이 전라의 몸매로 촬영되어 달력의 표지에 나와 있는 것을 흔하게 볼 수 있는데, 왜 그런 짓을 하는지 알 수 없다. 지나가는 여인의 아랫도리를 찍는 것을 즐긴다는 것은 아무래도 기벽이라고밖에 할 수 없다. 나는 정말 몰라서 옆의 친구에게 물었더니, 그것을 또 SNS에 올려서 널리 알리는 것이 그 사람의 취미라는 것이다. 쉬운 것도 도모지 이해가 안 되는 세상이 현대인 모양이다.

얼마 전 세상을 떠들썩하게 한 일이 있었다. 상당히 높은 지위에 있는 검찰 간부가 지나가는 여학생 앞에서 자위행위를 하다가 들켜서 창피를 당한 적이 있다. 본인도 그것이 부끄러웠던지 계속 부인하면서 안 그랬노라고 발뺌을 했다. 수사팀이 꼼짝 못 하는 증거를 제시하자 그제야 인정하고 말았다. 자위행위를 남이 보는 앞에서 해야만 만족하는 그 심리는 어떤 것일까. 대상은 없고 성적 욕망은 풀어야 되겠다 싶으면 자기 집 안방에서 조용히 남몰래 풀면 그만이지 왜 하필 지나가는 여인이 볼 수 있도록 한 짓인지 이 또한 나로서는 이해가 되지 않는다. 정신과 의사들이 일종의 병이라고 하니 그런가 보다 생각할 뿐이다.

내 나이 여든이 되었으니 참 많이 늙었다. 하지만 아직도 젊은 여인의 예쁜 아랫도리를 보면 즐겁다. 아니, 즐거운 정도가 아니고 만져 보고 싶은 충동도 있다. 다리가 굵고 살이 많이 쪄서 보기가 좋지 않은 여인도 물론 있다. 보기 안타깝다. 괜한 걱정을 하고 있다고 통을 줄 사람이 있을지 모르겠다. 내가 이렇게 생각하고 있는데 본인인들 얼마나 안타까울까. 이미 성적 욕구는 사라졌지만 아름다운 여인의 각선미를 보고 즐거워하는 것도 죄가 되는 것일까. 그것도 음행으로 간주될 수 있는 것일까. 마음으로 음행을 품은 자도 죄를 짓고 있는 자라고 어느 종교적인 성인이 말했으니, 죄를 짓지는 아니했지만 그 근처까지 간 셈이다. 아, 그렇다. 아름다운 다리가 풍겨 주는 매력은 아직도 내게 건재하고 있다. 주책없다고 말할 사람이 있을지도 모른다. 그렇지만 그것은 내게 아직도 사내로서 남아 있는 한 푼의 욕망이 아닌가.

인간을 정의하는 데 동서양에서 여러 가지 말로 하고 있다. 그중에서 서양 사람들은 도구를 사용할 수 있는 동물이라고 한 반면에 동양 사람들은(주로 유교를 바탕으로 해서 한 말이겠지만) 예의염치(禮儀廉恥)를 아는 것이 인간이라고 했다. 뜬금없이 무슨 예의염치냐고 젊었던 시절 의아스럽게 생각했다. 그렇지만 서양인은 도구적인 관점에서 인간을 바라보았다면 동양은 정신문화적인 관점에서 바라본 것이 동서 문화의 차이라는 생각이 든다. 그 예의염치가 바로 인간 사회를 문화 사회로 바꾸게 한 단초가 되는 셈이다. 질서나 법률도 바로 거기에서 나온 것이 아닌가. 욕망, 그렇다. 성적 욕망은 인간이면 다 가지고 있다. 아니, 바로 그것이 생명력이다. 절제할 수 있는 능력을 지니고 있느냐 없느냐 하는 것, 또한 다른 동물과는 다른 인간만의 능력이다. 현대 사회는 법규가 사회 질서를 유지시키는 근간이라고 생각한다. 하지만 그 단초는 바로 '예의염치'에서 출발한 것이다. 여든이라고 해서 내게 사내의 욕망이 없다고 하면 매우 서운하다. 그 욕망을 절제하면서 살고 있다는 말을 하고 싶다.(내 나이를 알면 웃을 사람이 있겠지.)

(2016.9.9)

김재은

접시꽃 사연

창고 정리

접시꽃 사연

2018년 가을, 내 아내가 낙상으로 고생하다가 세상을 떠났습니다.

우리가 사는 아파트는 지은 지 40년 가까이 돼서 대지 공간이 넓은 편이고, 벚나무, 은행나무, 후박나무, 개나리, 사철나무 등 여러 종류의 나무들이 무성한 편입니다. 매년 4월초에는 '벚꽃 축제'라는 잔치도 엽니다. 이때 이웃 동네에서도 구경꾼들이 많이 모여듭니다. 나는 이 광경을 펜화로 그려서 관리 사무실에 기증을 했습니다.

그런데 아파트 조경과 관련해서 한 가지 유감스러운 것이 있습니다. 큰 나무들은 무성해서 은행나무 같은 것들은 5층 창문을 가릴 정도로 키가 커졌습니다만, 봄부터 늦가을까지 볼 수 있는 꽃나무가 별로 안 보입니다. 겨우 개나리나 철쭉 정도가 위안이 되어 줬습니다. 비교적 넓은 화단에 꽃은 없고 거목들만 자리를 차지하고 있어서 늘 아내와 나는 그것을 아쉽게 생각하고 있었습니다.

2018년 봄, 우리 집은 12층 건물의 1층에 자리하고 있어서 땅에 가깝습니다. 매일 환기하느라고 한두 번 베란다 창을 엽니다. 잡풀을 깎은 뒤의 그 싱그러운 풀 냄새는 그리움 같은 것을 자아내게 합니다. 피톤치드가 풍부해서 상쾌한 향기를 뿜어 줍니다. 고향집의 텃밭, 뒷산의 소나무와 풀향기, 초등학교 때의 학교 울타리로 덮여 있던 탱자나무 향기를 떠올리게 합니다. 그러던 차에 아내가 말했습니다. "여보, 우리 여기 빈 공간에 꽃씨 좀 뿌려 봅시다, 싹이 나오나 안 나오나 봅시다." 우리 아파트에 사는 입주자 중 아무도 화단에 꽃씨를 뿌리는 사람을 보지 못했습니다. 다행스럽게도 우리 집 베란다 창문 바로 앞에는 큰 나무가 없어서 빈 공간이 좀 있었습니다. 이 공간은 개인 소유가 아니니 아무나 함부로 사용할 수가 없어서 주저하다가, 경비에게 신고를 하고 그해 봄에 접시꽃 씨를 한 줌 뿌려 두었습니다. 4월 초쯤이었던 것 같습니다.

5월 초에 드디어 싹이 올라오기 시작했습니다. 접시꽃 새싹이 10센티쯤 컸을 때 사고가 발생했습니다. 하루는 잔디깎이 소리가 들려서 창을 열고 내다보았더니 겨우 땅 위로 고개를 내민 우리의 사랑하는 접시꽃 꽃대가 싹뚝 잘려 나가고 사라졌지 뭡니까? 잔디깎이 인부더러 "아저씨, 여기 꽃나무 싹 올라오는 것 못 보셨어요?" 하고 따지듯이 물었더니 그 인부 하는 말, "내 눈에는 잡초밖에 안 보이던데요. 여기 어디 꽃이 있을 데가 못 되잖아요?" 하고 대답했습니다. 하기야 거기는 꽃밭으로는 좀 척박한 땅이었습니다. 우리 부부는 실망이 컸습니다. 내 잘못도 있었겠구나 하고 뉘우쳤습니다. "울타리를 쳐둘 것 그랬지?" 아파트가 지은 지 40년 가까이 되고 재건축을 위한 안전 진단도 끝난 단계여서 입주민들의 집에 대한 관심이 바닥을 칠 정도로 줄어들어 있었습니다. 그러다 보니 인부들까지도 '그까짓 것 꽃나무 몇 그루 가지고 뭐' 하는 심사가 되었으리라고 봅니다. "다 끝나야 끝나는 거다"라는 속담이 있듯이, 아직 포기하기는 이르다고 생각하고 기다려 보기로 했습니다. 숨어 있던 싹이라도 다시 올라올지 모르니까요. 식물의 생명력에 기대를 걸어 보기로 했습니다.

그리고 한 열흘이 지나서 우연히 창을 열고 창 아래쪽, 싹이 올라오던 자리를 보게 되었습니다. 웬 일입니까? 새싹이 다시 돋아나고 있었습니다. 우리는 큰 기대를 가지고 지켜보기로 했습니다. 내가 내려가서 울타리를 쳐 두었습니다. 그리고 한 달쯤 지나자 1미터 정도까지 키가 커졌습니다. 꽃대가 올라올 때가 되었을 것으로 보고 우리 내외는 매일 내다보고 이틀에 한 번씩 물도 주었습니다. 그런데 꽃대는 안 올라오고 키만 계속 커 갔습니다. 그러던 어느 날 친지에게 그 이야기를 했더니, "접시꽃은 파종 당년에는 꽃이 안 피고 1년 후에 펴요"라고 알려 주어서 실망스럽기는 했어도 우리가 무식했다는 증거도 밝혀졌으니 1년 후를 기다리기로 했습니다.

그런데 그만 10월 초에 아내가 집안에서 낙상을 해서 골반이 심히 손상을 입어 입원 치료 중 세상을 떠나서 끝끝내 접시꽃 피는 것을 보지 못하고 말았습니다. 그리고 1년 후 2019년 3월, 접시꽃대는 다시 돋아나고 2미터 가까이까지 키도 커졌습니다. 꽃대 큰 것이 세 개가 힘차게 뻗어 나오고 있었습니다. 꽃이 피기 시작했습니다. 그런데 꽃대마다 꽃 색깔이 달랐습니다. 한 꽃대에서는 진홍색의 꽃이, 또 한 꽃대에는 하얀색의 꽃이, 또 다른 꽃대에는 분홍색의 꽃이 피어났습니다. 꽃송이가 수십 개로 늘어났습니다. 그 광경은 장관이었습니다. 나는 아파트 주민들 중 아는 사람을 만나면 자랑을 했습니다. 그들의 반응은 놀라웠습니다. 구십 노인네가 아파트를 아름답게 꾸미려고 빈터를 이용해서 꽃을 심고 정성 들여 가꾸어서 아파트를 훤하게 밝게 만들었다고 칭찬해 주었습니다. 10월 말까지 피고 지고 지고 피고 했습니다. 아내 생각이 간절해졌습니다. '이 꽃들을 함께 보지 못하고 세상을 떠나다니' 하고 안타까웠습니다. 시인 도종환이 쓴 유명한 시 『접시꽃 당신』이 생각이 나서 그의 시집을 뒤지다가 거기에서 「차라리 당신을 잊고자 할 때」라는 시를 발견했습니다.

차라리 당신을 잊고자 할 때
당신은 말없이 내게 오십니다
……
목마름으로 애타게 물 한잔을 찾듯
목 마르게 당신이 그리운 밤이 있습니다
……
차라리 잊어야 하리라 마음을 다지며
쓸쓸히 자리를 펴고 누우면
살에 닿는 손길처럼
당신은 제게 오십니다
……
꿈이 아니고는 만날 수 없어
차라리 당신 곁을 떠나고자 할 때

당신은 바람처럼 제게로 불어 오십니다

접시꽃 잎이 무성하게 자라고 꽃들이 수십 봉오리가 동시에 피어 오르니 볼 만한 풍경이 되었습니다. 자연히 아내와 이 광경을 함께 감상할 수 없다는 아쉬움을 달래기 위해서 꽃들을 물끄러미 바라보면서 이 시를 읊조려 보았습니다.

그리고 2020년 4월, 전년에 접시꽃이 피었던 그 자리와 또 이웃하는 여기저기에 싹이 돋아 나오더니 이제 접시꽃으로 무성한 꽃밭이 되었습니다. 꽃망울이 엄청나게 많이 맺히더니 맨 처음에 맺힌 꽃망울이 터져 꽃이 피기 시작했습니다. 장관입니다. "단순" "평안" "다산" "풍요"라는 꽃말을 가진 접시꽃이 "단순하게 살고, 평안하게 살고, 마음만이라도 풍요롭게 살도록" 우리에게 격려해 주는 듯합니다.

며칠 전 또 잔디깎이 소리가 들려서 얼른 창을 열고 내다보았더니 우리의 꽃밭은 다행이 안 건드리고 남겨 두었습니다. 이태 전에 왔던 인부가 아니었습니다. 그래서 내가 간곡히 부탁을 했습니다. "이것은 잡초가 아니니까 건드리지 마십시오" 하고. 작년에 꽃대가 세 개밖에 안 올라왔었는데 올해는 서른 개가 넘고, 또 이웃집 베란다 창밑까지 퍼져 나가서 그 동네 일대가 접시꽃으로 화단을 이루었습니다. 이웃에게도 자랑삼아 알려 주었습니다. 올해는 우리의 접시꽃 꽃밭이 생겼습니다. 아내에게 보고하고 자랑하고 싶습니다. "당신, 바람처럼 불어와서 여기 이 우리의 접시꽃 밭에 핀 접시꽃들을 감상해 주시오".

그런데 갑자기 큰 변이 생겼습니다. 앞마당에 포클레인 엔진 소리가 나서 내다보았더니 그만 그 꽃밭이 무참히도 파헤쳐지고 꽃들은 사라지고 없었습니다. 나는 망연자실한 가운데 포클레인 기사와 좀 싫은 소리를 교환했습니다. 나는 파헤쳐진 꽃대 몇 그루를 주워서 다시 심었습니다. 사연인즉 바로 꽃밭 밑으로 지나가는 하수 파이프 교체 공사를 한다는 것이었습니다. 손이 모자라서 일일이 뽑아 옮길 수가 없었다는 것입니다. "그러면 내게라도 알려 주었으면, 내가 옮겨 심었을 터인데……." 포클레인 기사에게는 그런 관념조차 없었습니다. 내 꿈은 사라졌습니다. 접시꽃 축제를 열 생각을 하고 있었는데 그만……. 나는 올해 이 사건으로 내 인생의 한 획이 그어졌습니다. 인생에는 한 치 앞을 알 수 없는 일들이 언제나 일어날 수 있다는 사실을 다시 한번 되씹으면서 그 접시꽃 사건은 잊기로 했습니다. 옮겨 심은 꽃대도 다 시들어 버렸습니다.

(2020. 5)

창고 정리

1

근래에(2020년 봄) 전국 여기 저기 물류 창고에 화재가 나서 크게 걱정스럽다. 왜냐하면 국가적으로 보면 자원의 손실이고, 기업으로 보면 수익에 큰 손해이고, 소비자의 입장에서 보면 생필품 공급 속도가 늦어지거나 물건 값이 오르면 손해니까. 거기다가 화재로 인한 인명 손실과 자연 환경의 오염 문제도 심각해지기 때문이다. 그리고 화재 후의 여러 곤란한 법적 인도적 문제가 발생하니 골치 아픈 문제가 된다. 왜 한국 사람들은 안전에 대해 이렇게도 무관심하고 무감각할까? 나는 한마디로 "한국인은 과학에 대해서 너무도 무식하다"로 결론을 내리려고 한다. 용접하다가 불꽃이 튀면 어떻게 되는지는 간단한 이치로도 알 수 있다. 더구나 가연성 물질을 곁에 두고 용접하다가 큰 화재 사건을 일으킨 예가 상당히 많다. 1960년대에 구미의 윤성방적공장에 큰 불이 나서 공장을 다 태운 사건이 있었다. 공장 안의 천장에 달린 형광등에 붙은 미세 먼지 때문에 형광 등 램프의 소켓과의 접촉부에 스파크가 일어나 불이 난 것이다. 그 먼지만 잘 털어도 그런 사고를 방지할 수가 있지 않겠는가? 무식의 소치인 것이다.

옛날에는 큰 창고를 그냥 "무슨 무슨 창고"라고만 했다. 그런데 요즘에는 창고는 창고인데 "물류 창고"라고 부르는 까닭이 있다. 백화점이나 마트 같은 영업을 유통업이라고 하듯이, 흐를 류(流)자를 쓴다. 물자가 물 흐르듯이 원활하게 유통되어야 시민이나 기업이 살아갈 수가 있기 때문이다. 그런데 그 물류 창고에는 물건을 보관만 하는 것이 아니고 포장, 발송, 입출고, 냉동·냉장 등등 여러 가지 시스템이 가동되고 있다. 또 그 모든 시스템이 자동화되어 움직이는 이주 복잡한 건물이다. 거기에 불이 나면 골치 아프다. 관련된 회사나 개인이 엄청나게 많아서 다 해결하려면 몇 년이 걸린다. 관계 당국도 머리가 지끈거린다. 특히 인명 피해가 있으면 자연히 개입하게 된다. 공산품은 물론 이삿짐, 서류, 컨테이너까지 보관한다. 품목은 창고마다 다르지만 수십만 가지가 보관되어 있다.

나는 2년 전부터 집 안 부엌의 살림살이 도구, 책, 옷가지, 생활필수품 등을 정리하고 있다. 아파트 복도에 설치되어 있던 조그만 창고 속도 비우고 있는데 보통 골칫거리가 아니다. 아직도 끝나지 않았다. 버릴까 말까를 되풀이 생각하다가 시간만 흘러갔다. 살림살이가 60년 묵은 것이 되어서 잡동사니가 수두룩하다. 아내가 쓰던 살림살이 도구는 거의 그대로 쓰고 있다. 헌 알루미늄 냄비, 무

　큰 나무 큰 그림자

쇠솥의 누룽지 긁던 반쯤 닳은 놋숟가락, 신혼 때 사서 60년을 쓰던 스테인리스 밥그릇, 국그릇, 많이 닳은 도마, 많이 닳은 부엌칼 등 등이 있고, 옷장에는 낡아 빠지도록 아내가 입던 붉은색 스웨터, 자락이 다 닳은 혼방 치마 등등이 있었고, 집기로는 신혼 때 옷장 대신에 인사동에서 산 옷 거는 횃대와 반닫이를 비롯해서 구질구질한 민속품들이 창고에 쌓여 있었다.

상당히 많은 양의 장서는 도서관을 비롯해서 연구 기관, 제자들에게 나누어 주어서 비교적 일찍 정리가 되었다. 늘 아내가 "거 보지도 않으면서 무슨 책을 자꾸 사요?" 하면서 잔소리를 했던 책들은 일찍이 정리했고, 심심할 때 읽어 보기 위해서 책꽂이 두 개 정도만 남겨 놓은 상태이다.

그래서 나는 이 물건 때문에 골치가 아파서 옷가지니 부엌 살림도구니 하는 것은 세 꾸러미로 분류해서 버릴 것, 한동안 쓸 것, 보존할 것 등으로 나누어 놓고 우선 아내가 입던 옷가지들부터 정리하기 시작했다. 아내가 입던 옷들 중 좀 낡은 것들은 아파트의 옷 넣는 '옷채통'에 가져다 버렸다. 그렇게 하나씩 하나씩 정리를 하고 있는데 하루는 둘째 아들과 며느리가 왔다. "아버님, 어머니가 입으시던 옷가지들은 다 어떻게 하셨어요?" "버렸지, 왜? 너무 오래돼서." "그것 어머니 유품인데, 어디다가 버리셨어요?" "옷채통에". 며느리가 집게를 가져가더니 통 속을 뒤져서 시어머니의 헌 옷가지들을 다 끄집어 내서 다시 가져왔다. "그걸 어떻게 하려고?" "아버님이 당분간 보관하고 계세요. 나중에 우리가 처리할게요. 우리가 여유라도 생기면 방 하나에 어머님 것, 아버님 것 모두 전시하려고요."

'아하! 나는 아내에게 백화점 등에서 이쁜 옷들을 더러 사 주지 못해서 그 흔적을 빨리 없애려고 했더니, 아이들은 부모의 흔적을 남겨 두고 싶어 하다니, 내가 한방 먹었구나' 하고, 부끄러웠고, 그래서 크게 뉘우쳤다. '이 못난 남편아, 어찌 세상을 떠났다고 아내의 옷가지부터 버려?'

그래 그래 세 묶음으로 다시 분류, 정리해서 플라스틱 상자에 넣어서 보관 중이다. 하기야 그 오래된 물건들, 유품에는 모두 스토리가 있다. 그 스토리가 곧 우리의 삶의 흔적들이지 않는가? 그 속에는 속상해하던 이야기도 있고, 슬픈 사연도 있다. 대개는 한스러운 이야기들이 많다. 나는 그걸 청산하고 싶었는데 아이들은 그걸 역사의 콘텐츠로 보는 것이다. 내 속알머리가 작았던가?

2

인간의 기억 장치는 기막히게 정교하다. 물류 센터의 시스템은 이 기억 장치를 본따 만든 것이다. 입출력 장치가 교묘하다. 장기, 단기 기억 장치도 따로 작동한다. 출력을 하려면 조건이 갖추어져야 저장고에서 정보를 출력할 수 있다.

내 기억 창고는 잡동사니로 가득하다. 이 잡동사니 때문에 곤혹스러운 경우도 있다. 꿈자리가 어지럽다든지, 밤에 잠들려고 하면 기억의 창고에서 옛날에 있었던 지우고 싶은 일들에 관한 기억물들이 새삼 떠들고 일어날 때다.

6·25사변 때 인민군이 서울을 점령해서 서울에 숨어 있다가 몰

래 탈출해서 보름 만에 고향 안동에서 50리 떨어진 거리까지 무사히 피해 내려왔는데, 우리 일행은 교전 지역을 피해 다녔다. '옹천'이란 곳에 숨어 있다가 인민군 선발대에게 발각되어서 일행 여섯 명 중 김상현이라는 한양대에 다니던 고교 동창이 인민군 저격병의 총탄에 맞아 즉사했다. 나는 바로 그의 곁에 숨어 있었지만 천만다행으로 목숨을 건졌다. 기억을 되살리고 싶지 않은 사건이다. 이 끔찍한 사건에 대한 기억이 전쟁이 끝나고도 20년간 내 뇌리에서 떠나지 않았다. 이유는 상현이가 피를 토하고 쓰러지면서 내 이름을 불렀기 때문이다. 나는 살아남고 그는 죽었다. 나이 스무 살 때 이야기다. 일말의 죄책감 같은 것이랄까?

나이가 많다는 것은 축복일 수 있으나 다른 한편 이런 기억 창고 속에 뭐가 차 있느냐로 인생의 보람이 달라지는 것 같다. 물론 어려운 시기를 거친 동시대 사람들에게는 공통의 기억물들이 들어 있을 것이다. 그래도 늙어서는 즐거웠던 기억이 많았으면 좋겠다고 생각된다. 왜냐하면 늙는 것도 서러운데 과거의 기억 때문에 몸부림치고, 뉘우침으로 통곡하고, 꿈자리가 어지러워 잠을 설치고 하면 삶의 무게가 너무 무거워지지 않겠는가?

기억에는 차 타고 지나가면서 거리의 간판 읽듯이, 감각적으로 슬쩍 스치는 '감각 기억 단계'가 있는데 이런 기억은 별 문제가 없다. 뭘 보거나 듣거나 경험한 것이 몇 초 동안 머릿속에 남아 있다가 사라지는 '단기 기억'도 별문제가 되지 않는다. 우리의 마음에 크게 영향을 주는 것은 몇 초 이상 평생토록 기억 장치 속에 보존되어 있는 '장기 기억'이다. 이게 골칫거리인 것이다.

의사 친구로부터 들은 이야기인데, 어떤 여성이 큰 수술을 해야 하는데 전신 마취를 거부했다고 한다. 의사가 설득하고 설득해서 겨우 수술을 마쳤는데 사연인즉, 전신 마취를 하면, 그것도 몇 시간이나 하고 있으면, 환자가 마취 중에 옛날 일을 줄줄이 고백하는 수가 있다고 알고 있었다는 것이다. 혹시나 지금의 남편 이전의 연애 상대였던 남자의 이름을 고백할까 봐 그랬다는 이야기다. 옛 기억이란 무서운 것이다.

우리는 기억이라는 장치 속의 내용이 지시하는 대로 움직이게 되는 예가 많다. 한 예를 들면, 나는 결혼에 실패한 한 여성이 외동딸 하나를 낳고 남편에게서 소박맞고 쫓겨난 이야기를 알고 있었다. 딸이 커서 대학을 나올 무렵 애인이 생겨서 결혼하겠다고 엄마에게 신고를 했더니 엄마 왈 "내 눈에 흙이 들어가기 전에는 너 결혼 못 해!" 그래서 딸은 결국 정신 병원의 신세를 지게 된 이야기다. 그 딸이 내 제자의 한 사람이었다. "남자는 다 도둑놈이야!"가 엄마의 기억 창고 속의 결혼에 대한 가장 유력한 정보다. 창고의 제일 밑바닥에 처박혀 있는 정보이다. 꼼짝 달싹도 안 하는, 손을 쓸 수 없는 정보다. 기억 창고에서 끄집어 내서 버릴 수가 없다.

인간의 기억력은 의외로 약하다. 서울대학교 사회학과에 계셨던 이만갑 선생님이 구순에 가까워진 어느 날 "나 마누라 이름이 생각이 안 나" 하시던 일이 생각난다. 그럴 것이, 연애할 때나 아내 이름 불러 보지 언제 불러 볼 일이 있나? 결혼 초에는 조금 부르다가도 아이가 생기면 "누구 엄마", 조금 더 있으면, "누구 할머니" 하다가 "사모님"으로 일생을 마치지 않는가? 우리가 아무리 주의해서 뭔가 새로운 것을 학습을 해도 24시간이 지나면 3분의 2를 잊게 되어 있다. 약 70%는 잊어버리고 30%정도만 남는다. 10년이 지나면 10년 전에 쳤던 시험 점수의 10%밖에 못 받는다. 그러니까 학교에서 배운 지식의 90%는 10년 지나면 기억 창고에서 사라진다.

그런데 우리가 뭔가를 학습하거나 경험을 했을 때, 지식이나 정보만 저장하는 것이 아니고, 그 지식이나 정보와 관련이 있는 감정도 동시에 저장된다. 그런데 지식이나 정보는 쉬 창고에서 빠져나가는데 감정은 끈질기게 창고에 붙어 있어서 잘 빠져나가지 않는다. 나의 지금의 감정 상태가 행복하면 행복했던 이야기가 기억 창고에서 들고 일어나고, 나의 지금의 감정 상태가 불행감 속에 있으면 과거에 불행했던 이야기들만 상기되게 되어 있다. 그래서 가억 창고에서 뭔가를 불러 내려면 행복했던 일들을 떠올리면 좋다. 어쨌든 감정과 관련성이 큰 기억물일수록 그 기억은 집요하게 창고 속에 도사리고 있게 된다. 긍정적인 것이든 부정적인 것이든 그리 쉽사리 사라지지 않는다. 이유는 기억 장치를 관장하는 신경 중추가 다르기 때문이다.

잊는다는 것이 안타까울 수도 있지만, 좋을 수도 있다. 다행스러운 것이, 기억 창고에 저장되어 있는 내용 중 잊고 싶은 것이 많을 때가 있지 않은가? 눈물짓게 하는 일들, 분노에 떨게 하는 일들, 후회 막심한 일들, 죽고 싶도록 슬프게 하는 일들은 잊고 싶어진다. 지식은 잊어버려도 나중에 필요하면 보완해 주는 매체(사전, 안터넷)가 많아서 재생이 가능하다. 그러나 잊고 싶은 감정은 좀처럼 잊혀지지 않는다. 그러니까 망각 메커니즘이란 것이 있어서 우리가 버티면서 살 수 있는 것이다. 경험하는 것, 학습하는 것을 모두 기억하게 되면 사람이 미쳐버리니까. 이렇게 잊는 공간이 있어야 우리는 평화롭게 살 수가 있다.

종교에서 구원받기 위해서는 '죄 사함'을 받아야 한다. 그런데 죄 사함을 어떻게 받느냐? 회개하고 신에게 용서를 받아야 한다. "신이여, 제가 이러 이러한 죄를 저질렀나이다. 잘못 되었음을 뉘우치고 다시는 그런 죄를 짓지 않겠사오니 용서해 주십시오" 하고 간절히 기도를 해야 한다. 그러면 죄가 씻어지나? 법에는 전과자에게 사면 제도가 있다. 서류에서 이름을 지워주는 제도이다. 이렇게 회개를 하면 사면받듯이 죄가 없어지는가? 심리학적으로는 그렇게 간단히 안 되는 것으로 되어 있다. 인격의 변화가 와야 된다.

중세 가톨릭 교회서 성당을 지으려고 돈을 걷기 위해 한때 면죄부를 판 적이 있다. 이로 인해 종교개혁이 이루어진 것이다. 가톨릭 교회에 가면 고회 성소(告悔聖所)라는 공간이 있다. 거기에 가서 조그만 창문을 통해서 자기 잘못을 고백하면 신부님이 그 신도의 고백을 듣고, "성부 성자 성신의 이름으로 이 죄인의 죄를 용서해 주십시오" 하고 기도하면 죄가 씻어진다. 그런데 문제는 그 죄에 대한 기억이 그것으로 정말 사라지는가이다. 일생 동안 그 죄의식은 그것으로 해결되지 않는다. 종교적으로 구원받았다고는 하지만 죄의식에서 완전히 벗어날 수가 없다. 왜냐하면, 신부나 목사의 기도 몇 마디로는 기억 창고의 저 밑바닥 구석에 그 죄의식과 그때의 감정이 도사리고 있어서 안 지워지기 때문이다. 영원히 안 지워진다. 그 죄의식에서 해방되려면 기억 창고에서 그 기억 내용을 치워 버려야 한다. 그것에 대해 우치무라 간조(內村鑑三)라는 일본의 종교가는 『망죄술(忘罪術)』이라는 책에서 이렇게 쓰고 있다. 죄 사함을 받는다고 하는 것은 일단 고백을 하고 용서를 빌되, 마음을 비우는 수고를 해야 한다고 했다. 우치무라는 유영모, 함석헌, 김흥호, 김교신 등 무교회주의자의 스승이다. 그는 죄지은 것 잊어라, 철저하게 잊으라고 주장했다.

그런데 문제는 잊으려고 노력하면 할수록 더 기억(관념)이 생생해지기도 한다는 것이다. 그래서 마음 비우는 연습을 해야 한다. 다른 선한 일을 더 많이 생각하라는 것이다. 그래서 기억 창고 속에서 호출되어 올라오는 것을 차단하는 것이다. 두 번째는 그냥 무시해 버리는 것이다. 내 친구에 연세대학교 사회학 교수를 지내고, 요즘은 불교 선사가 되어 수행 중인 전병제 교수라는 사람이 있다 그에게 내가 "전 교수, 나는 요즘 밤에 잠이 잘 안 와서 고통스럽소. 뭐 좋은 아이디어가 없소?" 하고 물으니까 그가 대답하는 말 "내삐려 둬"였다. 무위자연(無爲自然)이라는 도교의 가르침이 있는데, 잠이 안 오면 안 오는 대로 그냥 그러려니 하라는 이야기다. 잠자려고 "양 한 마리, 양 두 마리, 양 세 마리……" 하고 세면 셀수록 의식은 더 분명해지니까 잠이 더 안 온다. 이것과 관계가 있지만 무관심해지는 것이다. 내가 지은 죄, 그것 언젯적 이야기지? 그런 것 없었는데! 하고 무시하라는 것이다.

기억의 창고 정리가 쉽지 않다. 제일 아래층에는 어린 시절의 이야기가, 그 위에는 학교 다니던 시절 이야기, 그 위에 직장 생활을 하던 이야기, 그 위에 퇴직 후의 이야기 등으로 층이 져 있다. 그런데 누우면 이 기억 창고의 맨 아래층의 이야기가 제일 많이 되살아나고 '내가 오늘 뭘 먹었지?'는 생각이 안 난다. 시간이 근접할수록 기억 재생이 안 된다. 치매로 가는 길목인가? 최하층에는 내 근본 뿌리 이야기가 거기에 다 있다. 어쩌면 우리 조상으로부터 물려받은 이른바 집단 무의식의 내용도 거기에 있는지 모르겠다. 그게 '종족적 원형'이란 것이다. 그러니 내가 이런 걸 어떻게 다 기억 창고에서 정리해 낼 수 있단 말인가? 구질구질하지만 거기에는 내 본질이 숨어 있는 것이다.

황장엽 씨가 탈북해서 남한에 와서 담당 기관원에게 "동화책 좀 넣어 주시오" 했다. 김일성 종합대학교 총장을 지내고, 북한 정권 서열 6위에, 주체사상을 이론화한 70대의 철학자인데 웬만하면 "한국에 관한 무슨 무슨 책 좀 넣어 주시오" 할 것 같은데 동화책이라니? 어울리지 않을 것 같은 요청이다. 그런데 한편 생각해 보면 거기에 위안이 있는 것이다. 그 지긋지긋한 정치라는 굴레에서 벗어나고 싶었을 것이다. 그리고 동심 속에 인간의 본성이 숨어 있으니까 거기에 조우하고 싶었던 것이다.

요즘 나는 살림살이 정리와 함께 기억 창고 속을 정리하고 있다. 나로서는 글로 파헤쳐 남기면 창고가 비게 되지 않을까 하고. 내 기억 창고 속의 주요 테마는 전쟁이다. 만주사변, 태평양전쟁, 6 · 25 남북전쟁, 좌우 정치 싸움, 호남 영남 싸움, 남북간의 냉전 등 아직도 끝나지 않은 전쟁이 주요 테마들이다. 가난, 갈등, 분쟁, 건설, 선진화, K-컬처 등등이 창고에 가득한 테마들이다. 내 평생에 전쟁 속에서 살아왔으니 이제는 평화라는 걸 진정으로 맛보고 싶다. 마음속에 묻어 두었던 감정은 글 쓰면서 정화해 버리자. 적극적으로 토해 버리라, 그러면 그 쓰라렸던 감정에서 벗어날 수가 있을 것이 아닌가. 맞는 말이다. 기억 창고 속의 잡동사니들 중 참회하고 싶은 일이 있으면, 기독교에서 흔히 하듯이 통회(痛悔) 기도를 해 보라. 소리 내서 자기 죄를 크게 말하고 신에게 용서를 비는 형식이다. 그러면 카타르시스도 되고 일단 마음속에 꿍겨 놓고 앓기만 하던 뉘우침에서 해방될 수가 있을 것이다.

그러나 인간의 기억 창고는 어차피 깨끗이 다 정리가 안 되는 것이다. 그 이유는, 정신이란 매우 복잡한 것이고, 자기가 의식하지 못하는 큰 정신세계가 있기 때문이다. 무의식이라는 것과 변성의식이라는 또 다른 세계가 있기 때문이다. 인생이란 그리 깔끔한 실체는 아니다. 정리란 극히 어렵고도 때로는 피하고 싶은 일이다.

(2020. 5)

김학주

남에게 장미꽃을 보내 주면

채염(蔡琰)의 「비분시(悲憤詩)」

잠참(岑參)의 시 「등고업성(登古鄴城)」

군자(君子)의 올바른 행실

남에게 장미꽃을 보내 주면

중국에서 중앙텔레비전 방송국의 〈백가강단(百家講壇)〉이라는 프로에 방영되어 열광적인 관중의 반응을 얻어 유명한 위단(于丹)이란 여자 교수가 쓴 『논어심득(論語心得)』이라는 책이 있다. 나는 그 책을 읽다가 그가 『논어』를 해설하는 중에 인용한 다음과 같은 간단한 한 마디 말을 읽고 크게 감명을 받은 일이 있다. "남에게 장미꽃을 보내 주면 그의 손에는 향기가 남아 있게 된다(子人玫瑰, 手有餘香)."

그는 『논어』 안연(顏淵)편에서 한 제자가 공자에게 '어짊(仁)'에 대하여 질문하였을 때 "사람들을 사랑하는 것(愛人)"이라고 대답한 말과 '어짊' 자체에 대한 해설 등을 하는 중간에 이 말을 인용하고 있다. 그는 이 말의 출처는 밝히지 않고 『논어』에서는 "마땅히 자기의 능력을 다해서 그의 도움을 필요로 하는 사람들을 도와 주어야 한다고 말하고 있다"고 하는 설명을 한 뒤에 "이른바(所謂)"라고 하는 말에 이어 이 멋진 말을 인용하고 있다. 처음에는 중국의 속담이거니 하고 그대로 넘겼으나 뒤에 다시 생각해 보니 중국 사람들 사이에 'Mei-Gui(玫瑰, 장미)'가 일반화한 것은 현대의 일이니, 아무래도 서양의 속담일 것 같다고 여겨졌다. 출처야 어떻든 일상적인 말이면서도 그 뜻은 우리에게 심오한 교훈을 안겨 주고 있으니 되새겨 볼 만한 말이라 여겨진다.

장미꽃 한 송이를 친구나 애인 또는 자기와 가까운 사람에게 준다는 것은 매우 간단한 일이다. 그리고 누구나 일상생활 속에 장미꽃 같은 간단한 물건을 자기 주변 사람에게 주어 본 경험이 있을 것이다. 그런데 이처럼 간단하고 쉬운 말이 내가 그 뜻도 설명하기 어렵고 실행하기도 어렵다고 생각하고 있던 '어짊(仁)'이니 '사랑(愛)' 같은 것을 쉽게 이해하고 간단히 실행할 수 있게 하는 길임을 깨닫고 큰 감명을 받은 것이다. 위단은 다음 쪽에는 『위단심득(于丹心得)』을 인용하여 "다른 사람에 대하여 관심을 갖고 사랑하는 것이 바로 어짊이며 자애이다(關愛別人, 就是仁慈)"라는 말도 붙여 놓고 있다. 그는 "다른 사람에 대하여 관심을 갖고 사랑하는 것"이 바로 "남에게 장미꽃을 보내 주는 것"이라 생각했음이 분명하다. 그로부터 나는 마음속에 늘 "남에게 장미꽃을 보내 주는" 사람이 되자고 다짐을 거듭하고 있다.

"남에게 장미꽃을 보내 주는" 마음을 지닌다는 것은 그다지 어려운 일이 아니다. 그리고 장미꽃을 남에게 보내 주는 것도 어려운 일이 아니다. 매우 쉬운 일인데도 이것을 실천하기만 하면 '어진 사람'이 되고 남을 사랑하는 사람도 된다. 같은 『논어』 안연편을 보면 사마우(司馬牛)라는 친구가 "남은 모두 형제가 있는데, 나만 홀로 없다"고 걱정을 하자, 공자의 제자인 자하(子夏)가 그 말을 듣고 사람이 행동을 잘 하면 "온 세상 사람들이 모두가 형제요. 군자가 어찌형제가 없다고 걱정을 하겠소(四海之內, 皆兄弟也. 君子何患乎無兄弟也)?" 하고 말하고 있다. 남에게 장미꽃을 보내 주는 사람은 온 천하사람들이 다 형제인 것이다.

다시 『논어』 옹야(雍也)편을 보면 "어진 사람은 자기가 서고자 한다면 남부터 세워 주고, 자기가 이루고자 한다면 남부터 이루게 해준다(夫仁者, 己欲立而立人, 己欲達而達人)"고 말하고 있다. "자기가 서고자 한다면 남부터 세워 주고, 자기가 이루고자 한다면 남부터 이루게 해 주는 사람"은 바로 "남에게 장미꽃을 보내 주는 사람"이다. 그리고 『논어』 이인(里仁)편을 보면 공자가 "나의 도는 하나로 관통되어 있다(吾道一以貫之)"라고 말한 공자의 도를 증자(曾子)는 바로 "충(忠)과 서(恕)"라고 풀이하고 있다. 여기의 '서'란 '남을 먼저 생각해 주는 것', '남을 자기처럼 생각하는 것'을 뜻하며, 『대학』과 『중용』에서도 강조되고 있는 공자의 중심 사상이다. 곧 '서'를 실천하는 사람은 '어진 사람'이며 "남에게 장미꽃을 보내 주는 사람"이다.

장미는 근대에 와서야 중국에는 일반화한 꽃이라 앞에서 이 말은 중국의 속담이 아닌 것 같다고 하였다. 중국 사람들은 매화[梅]·난초[蘭]·국화[菊] 같은 꽃을 좋아한다. 옛 책을 뒤적여 보니 중국 사람들도 가까운 사람들에게 자기의 정을 표시하기 위하여 향기로운 꽃을 보내 주었다. 남조(南朝) 송(宋, 420~479)대의 육개(陸凱)라는 사람은 자기 친구에게 다음과 같은 시와 함께 매화를 한 가지 꺾어 보내준 일이 있다.

매화 가지를 꺾어 역사(驛使)를 찾아가
멀리 농두(隴頭)에 있는 친구에게 보내네.
강남땅에는 별로 있는 게 없어서
슬며시 매화 한 가지에 봄을 실어 올리네.

折梅逢驛使, 寄與隴頭人.
江南無所有, 聊贈一枝春.

이 시를 바탕으로 중국에서는 매화를 '일지춘'이라 부르게도 되었
고, 역관(驛館)에서 일하는 관리인 '역사'를 '매화사(梅花使)'라고 부
르게도 되었다. 『역경(易經)』 계사(繫辭) 상(上)편에는 "마음을 같이하
고 하는 말은 그 냄새가 난초 향 같다(同心之言, 其臭如蘭)"는 말이 있
다. 이를 바탕으로 두 사람이 잘 사귀는 것을 난교(蘭交), 두 사람의
의기가 투합하는 것을 난미(蘭味), 두 사람 마음에 잘 들어맞는 말을
난언(蘭言) 등으로 표시하게 되었다. 『공자가어(孔子家語)』 육본(六本)
편에는 "선한 사람과 함께 지낸다는 것은 지초와 난초가 있는 방에
들어가 있는 것과 같다(與善人居, 如入芝蘭之室)"는 말이 있다. 중국
사람들도 매화나 난초를 남에게 보내 주면 그 손에는 향기가 남아
있게 된다는 생각을 가졌었음이 분명하다.

그보다도 이처럼 "향기로운 꽃을 남에게 준다"는 간단하고 쉬운
말을 통해서 '어짊'이니 '사랑' 같은 말을 쉽게 이해하고 또 그것을
간단히 실행하는 방법을 알게 된 것은 행운이다. 그리고 이런 간단한
마음을 가지고 살기만 하면 현인이나 군자는 물론 좀 더 노력하면 성
인도 될 수 있다는 것을 알게 되었다. 왜냐하면 공자가 어짊의 덕을

바탕으로 하여 군자가 되라고 열심히 가르친 것도 장미꽃을 남에게 주려는 마음을 가지고 그 일을 꾸준히 실천하면 모두 이루어진다고 여겨지기 때문이다. 그 위에 "이웃 사랑하기를 네 몸과 같이 하라"고 하신 예수님의 사랑도 어느 정도 이해하고 실천할 수 있을 것 같다. 부처님이 깨우쳐 주신 '자비(慈悲)'에 대하여도 알고 행하게 될 것 같다. 다만 "남에게 장미꽃을 보내 주면 그의 손에는 향기가 남아 있게 된다"는 것은 누구나 쉽사리 알 수 있는 일이고, 장미꽃 한 송이를 남에게 주는 일도 어려운 게 아니다. 예수께서는 "원수도 사랑하라" 가르치시어 보통 사람으로서는 실천하기 어려운 일이라 생각하고 있었지만, 어제 싸운 친구에게 장미꽃 한 송이 보내 주는 것은 그다지 어려운 일이라 생각되지 않는다. 그러면 원수에게도 장미꽃을 보내 주고 더 나아가서는 그를 사랑할 수도 있는 것이 아닌가 여겨진다.

군자나 성인이 되는 방법은 무척 간단하다. 늘 남들에게 장미꽃을 보내 줄 마음가짐으로 살아가면 된다. 세상에는 남에게 장미꽃을 보내 주는 사람들도 적지 않다. 그런데 어째서 세상에 군자나 성인은 찾아보기 힘든가? 오직 꾸준하지 못한 탓이다. 늘 남에게 장미꽃을 보내 주려는 마음을 지니고 있지 못한다. 언제나 남에게 장미꽃을 보내 주는 생활을 지속하지 못하기 때문이다. 장미꽃 한 가지를 꺾어서 친구나 애인 또는 윗사람이나 아랫사람 누구에게나 보내 주는 것은 어려운 일이 아니다. 우리 모두가 마음속에 "남에게 장미꽃을 보내 주면 그의 손에는 향기가 남아 있게 된다"는 말을 새겨 두고 살아갔으면 좋겠다.

(2018.1.9)

채염(蔡琰)의 「비분시(悲憤詩)」

    동한 말엽의 건안문학(建安文學) 중에서도 가장 특출한 작품의 하나로 채염(蔡琰, 177?~249?)이라는 여류작가의 시가 있다. 채염은 자가 문희(文姬)라서 흔히 채문희라고 불리며, 채옹(蔡邕, 133~192)이라는 시인이며 서예가의 딸이다. 집안에서 교육을 잘 받고 자라나 문학과 음악에 대한 이해가 깊었다. 채염은 대략 초평(初平) 3년(192) 16세 무렵에 위중도(衛仲道)라는 사람에게 출가하였으나 곧 남편이 죽어 버린다. 자식도 없어서 그녀는 진류(陳留, 지금의 河南省 杞縣 남쪽)의 친정으로 돌아와 나날을 보내고 있었다.

    동한 말엽인 중평(中平) 6년(189)에 동탁(董卓, ?~192)이라는 장수가 군대를 이끌고 당시의 도읍인 낙양으로 들어와 영제(靈帝, 168~189 재위)를 뒤이어 황제 자리에 오른 소제(少帝, 189 재위)를 잡아 죽이고 헌제(獻帝, 190~220 재위)를 황제로 세운 다음 낙양을 불태우고 황제를 장안으로 옮겨 놓는 등의 횡포를 자행하였다. 그러자 헌제의 초평(初平) 원년(190)에는 함곡관(函谷關) 동쪽 지방에 있던 무장 세력이 동탁을 치려고 연합하여 일어났다. 동탁의 군대는 이들과의 싸움에 밀리면서도 멋대로 약탈을 일삼았다. 이때 동탁의 군대에는 오랑캐 출신 군인들이 많았다. 마침 이 전란통에 친정에 가 있던 채염은 초평 5년(195)에 남흉노족(南匈奴族) 군인들에게 잡히어 온갖 고난을 겪으면서 흉노 땅으로 끌려갔다. 채염은 그들에게 잡히어 가 남흉노 좌현왕(左賢王)의 부인이 되어 12년 지내는 동안에 두 명의 아들을 낳았다.

한편 한나라에서는 채옹(蔡邕, 133~192)의 친구인 조조(曹操, 155~220)가 채옹에게 아들이 없음을 가엾이 여기고 그의 집안의 후손을 잇게 해 주기 위하여 남흉노족과 교섭을 한 끝에 많은 재물을 주고 채염을 한나라로 데려왔다. 이때 조조는 좌현왕에게 무력으로 협박도 하였을 것이다. 채염은 중국으로 돌아와 동사(董祀)라는 자에게 다시 시집을 갔는데 그 결혼 생활은 전혀 행복하지 않았다. 『후한서(後漢書)』에는(권114 열녀전 제84) 채염의 전기가 '동사처(董祀妻)'라는 호칭 아래 실려 있다. 거기에는 둔전도위(屯田都尉)로 있던 동사가 법을 어기어 사형을 당하게 되자 채염이 조조에게 가서 봉두난발을 하고 꿇어 엎드리어 용서를 비는 얘기와 그녀가 지은 「비분시」만이 실려 있다.

다시 한나라로 돌아와 자리를 잡은 채염은 그 사이의 험난하고 뼈아팠던 체험을 시로 노래하게 되었다. 이에 중국문학에서는 보기 힘든 빼어난 본격적인 서사시가 이루어진 것이다. 『후한서』의 그녀의 전기에는 「비분시(悲憤詩)」라는 제목 아래 오언체(五言體)와 소체

(騷體)의 두 편의 긴 시가 실려 있고, 곽무천(郭茂倩, 1084 전후)의 『악부시집(樂府詩集)』 권59 금곡가사(琴曲歌辭)에는 「호가십팔박(胡笳十八拍)」이라는 명작이 실려 있다. 옛날부터 많은 학자들이 그의 시대에 이러한 서사시가 나올 수 가 없다고 주장하며 모두 후세 사람이 가짜로 만든 작품이라 하였다. 그러나 이 작품들을 자세히 읽어 보면 시 속에서 노래하고 있는 참되고 살아서 움직이는 느낌을 주는 각별한 일들은 모두 직접 그러한 일을 체험한 사람만이 쓸 수 있는 내용이라 여겨진다. 여인이 오랑캐인 남흉노 군대에게 잡혀서 흉노 땅으로 끌려가 있다가 다시 돌아오게 되는 험난한 처지에서 겪는 뼈아픈 고통과 그러한 과정 속에 본인의 가슴속에 우러나는 처절한 감정 및 당시의 어지러운 세상과 망해 버린 자기 집안의 처참한 실상 같은 일은 후세 사람이 상상으로 그처럼 절실하게 그려 낼 수는 없을 것이다. 난리 속에 헤어진 가족 및 자식들을 생각하는 처절한 서정도 본인이어야만 읊을 수 있다고 여겨지는 절대적인 느낌을 독자들에게 준다. 소식(蘇軾, 1036~1101)이 오언체의 「비분시」를 본인의 작품이 아니라고 의심한 이래[1] 많은 사람들이 따라서 의심하였지만 진실이라고 믿어야 한다. 의심하는 분들 중에는 오언체보다도 소체의 「비분시」가 본인의 작품에 더 가깝다고 하는 이들도 있지만 정반대이다. 오언체 「비분시」를 크게 세 단으로 나누어 아래에 소개하기로 한다.

---

1 蘇軾 『仇池筆記』 擬作 條 참조.

한나라가 말엽에 정치의 권세를 잃자
동탁이 천리를 어지럽혔네.
황제를 죽이고 그 자리를 차지하려고,
먼저 여러 어진 대신들을 해쳤네.
황제를 협박하여 옛 수도 장안으로 옮겨 놓고,
황제를 미끼로 자기 세력을 강화하였네.
나라 안 의로운 이들이 군대를 일으켜,
흉악한 자를 함께 치고자 하였네.
동탁의 무리들이 동쪽으로 내려오는데,
쇠 갑옷만이 햇빛에 반짝이었네.
세상 사람들은 여리고 약한데,
공격해 오는 병사들은 모두가 오랑캐들이었네.
들판 짓밟으며 고을의 성을 포위하고,
닥치는 대로 모두 부스고 죽여 버렸네.

모두 베어 죽이어 살아남은 자 없게 되니
시체만이 서로 포개지고 엉키어 버렸네.
말 옆구리에는 남자의 머리 매어달고,
말 뒤에는 여자를 잡아 싣고서,
멀리 말달려 서쪽 관문을 벗어나자,
머나먼 길은 험난하기만 하였네.
되돌아보니 멀고 아득하여,
애간장이 타서 문드러졌네.
잡아온 이들 수만을 헤아릴 정도인데,
함께 모여 어울리지 못하게 하였네.
간혹 그 속에 친척이 있어서
말하고 싶어도 감히 입을 열지 못하였네.

조금이라도 그들 뜻에 어긋나면
번번이 말하였네. "죽여야 할 못된 것들!
응당 칼로 푹 찔러
우리가 너희들 살려 두지 않을 거야!"

어찌 감히 목숨을 아끼겠는가?
그들의 욕지거리를 감당할 수가 없었네.
때때로 바로 매질도 가하였으니
지독한 고통이 한꺼번에 닥쳐왔네.
아침이 되면 울며불며 다니다가
밤이 되면 슬피 신음하며 주저앉았네.
죽고 싶어도 죽지 못하고
살고자 해도 하나도 제대로 되는 게 없네.
저 푸른 하늘은 무슨 죄가 있다고
이런 재앙을 당하게 하시는가?

漢季失權柄, 董卓亂天常.
志欲圖簒弑, 先害諸賢良.
逼迫遷舊邦, 擁王以自强.
海內興義師, 欲共討不祥.
卓衆來東下, 金甲耀日光.
平土人脆弱, 來兵皆胡羌.
獵野圍城邑, 所向悉破亡.

斬截無孑遺, 屍骸相撑拒.
馬邊懸男頭, 馬後載婦女.
長驅西入關, 迴路險且阻.

큰 나무 큰 그림자

還顧邈冥冥, 肝脾爲爛腐.
所略有萬計, 不得令屯聚.
或有骨肉俱, 欲言不敢語.
失意幾微間, 輒言斃降虜.
要當以亭刃, 我曹不活女.

豈敢惜性命, 不堪其詈罵.
或便加棰杖, 毒痛參幷下.
旦則號泣行, 夜則悲吟坐.
欲死不能得, 欲生無一可.
彼蒼者何辜, 乃遭此厄禍?

변경의 황량한 땅은 중화(中華) 나라와 달라서
사람들 습속에 의리란 없고,
가는 곳마다 서리와 눈만 많이 내리고
오랑캐 차가운 바람이 봄 여름에도 일고 있네.
펄렁펄렁 부는 바람이 내 옷자락 날리며,
쏙쏙 내 귀 안까지 들어오네.
시절을 느끼며 부모님 생각하니
슬픔과 탄식이 한없이 그치지 않고 이네.
밖으로부터 오는 나그네가 있다는
말을 들으면 언제나 기쁨을 안고,
그를 맞아 여러 가지 소식 물어보면
매번 고향 사람이 아니었네.
우연히 만나게 되는 요행이 그때 찾아와
피붙이들이 와서 나를 맞아 주는 것이 소원이었네.
이미 자신은 잡혀 있던 처지에서 풀려났지만

다시 아들 녀석들을 버려야만 하게 되었네.

혈육은 사람의 마음에 매어 있는 것이어서
이별을 하고 나면 다시 만날 날이 없을 거라 여겨지네.
살아 있건 죽게 되건 영영 떨어지는 것이니
차마 그 애들을 작별하기가 어려웠네.
아이들은 앞으로 나와 내 목을 껴안고
엄마는 어디로 가시려는 거냐고 묻네.
'사람들이 엄마는 가야만 한다고 말하는데
어찌 또 다시 돌아올 날이 있겠나요?
엄마는 늘 인자하고 자상하셨는데,
지금은 어찌 더 자애로우시지 않나요?
우리는 아직 성인이 못 되었는데,
어찌하여 돌보아줄 생각을 하시지 않나요?
이들을 보자 오장이 무너지는 것 같고
어질어질 미치고 바보가 되는 것 같네.
울부짖으며 손으로 아이들 어루만지며
떠나려다가 다시 이래도 되는가 의심이 이네.

그때 함께 잡혀와 있던 무리들이 있어서
전송을 해 주며 이별을 고하는데,
내가 홀로 돌아가게 된 것을 부러워하며
슬프게 부르짖는 소리가 찢어질 것 같네.
말도 선 채로 주춤거리기만 하고
수레도 바퀴가 구르려 하지 않네.
보고 있던 사람들도 모두 훌쩍훌쩍,
길 떠나는 사람도 울부짖고 있네.

邊荒與華異, 人俗少義理.
處所多霜雪, 胡風春夏起.
翩翩吹我衣, 肅肅入我耳.
感時念父母, 哀歎無窮已.
有客從外來, 聞之常歡喜.
迎問其消息, 輒復非鄉里.
邂逅徼時願, 骨肉來迎己.
已得自解免, 當復棄兒子.

天屬綴人心, 念別無會期.
存亡永乖隔, 不忍與之辭.
兒前抱我頸, 問母欲何之?
人言母當去, 豈復有還時?
阿母常仁惻, 今何更不慈?
我尙未成人, 奈何不顧思?
見此崩五內, 恍惚生狂癡.
號泣手撫摩, 當發復回疑.

兼有同時輩, 相送告離別.
慕我獨得歸, 哀叫聲摧裂.
馬爲立踟躕, 車爲不轉轍.
觀者皆歔欷, 行路亦嗚咽.

가고 또 가며 사랑의 정 떼어 버리고
빨리 달려 날로 멀리 와 버렸네.
아득한 삼천 리 길
언제면 다시 만날 수 있게 되려나?

내 배에서 나온 아들들 생각하니
가슴이 쪼개질 것만 같네.

도착해 보니 집 사람들 없고
또 안팎 친척들도 없네.
성곽은 산림으로 변하였고
집 마당에는 가시덩굴에 쑥 풀이 자라 있네.
누구의 것인지도 알 수 없는 흰 뼈는
여기저기에 덮이지도 않고 널려 있네.
문을 나가 보아도 사람의 소리는 없고
승냥이와 이리가 울부짖고 있네.
쓸쓸히 외로운 내 그림자 대하고 있으려니
슬픔에 간장이 문드러지네.
높은 곳에 올라가 멀리 바라보니
정신도 갑자기 날아가 버리네.
문득 목숨도 끊어질 것 같았는데
곁의 사람들이 담대하라고 달래 주네.
그래서 다시 억지로 둘러보며 숨을 쉬지만
비록 산다 하더라도 무엇을 의지해야 하는가?
새로운 사람에게 목숨을 기탁하고
마음을 다해 스스로 힘쓰려 하는데,
떠돌아다니어 천한 몸이 되었으니
언제나 다시 버림받을까 두렵기만 하네.
인생이 얼마나 간다고
걱정을 품고 세월을 보내고 있는가?

去去割情戀, 遄征日遐邁.

悠悠三千里, 何時復交會?
念我出腹子, 胸臆爲摧敗.

既至家人盡, 又復無中外.
城郭爲山林, 庭宇生荊艾.
白骨不知誰, 從橫莫覆蓋.
出門無人聲, 豺狼號且吠.
煢煢對孤景, 怛咤糜肝肺.
登高遠眺望, 魂神忽飛逝.
奄若壽命盡, 旁人相寬大,
爲復强視息, 雖生何聊賴?
託命於新人, 竭心自勖厲.
流離成鄙賤, 常恐復捐廢.
人生幾何時, 懷憂終年歲?

　여기에는 필자가 이 시를 세 단으로 나누어 놓았다. 첫 단은 앞머리에 동한 나라가 어지러워지고, 동탁이란 자가 난을 일으키어 황제를 잡아 놓고 못된 짓을 하자 이를 치려고 나라 안의 의로운 군사들이 일어났던 일을 읊고 있다. 이어서 동탁의 군대에는 오랑캐 병사들이 많아 싸움에 몰리면서도 약탈과 살인을 멋대로 하면서 남자들은 다 죽이고 여자들은 잡아서 오랑캐 땅으로 끌고 갔는데, 시인 자신도 이들에게 잡혀 끌려가면서 겪은 참혹하고 뼈아픈 파란만장의 경험을 노래하고 있다.

　둘째 단은 시인이 끌려가 있던 남흉노 땅의 거친 환경과 그 속에서의 고향 생각을 간단히 노래하고, 다시 그곳으로부터 고국으로 되돌아올 적에 두 아들을 떼어 놓고 떠나오는 어머니의 당혹스럽고 가슴이 찢어지는 것 같은 슬픔을 절절히 노래하고 있다. 엄마에게 매어달리는 자식들을 떼어 놓을 적의 울부짖음 같은 것은 비분의 극치를 느끼게 한다. 함께 오랑캐 땅에 잡혀와 있던 사람들은 자기를 전송하면서 돌아가게 된 사람을 부러워하고 함께 모두가 통곡한다. 그러면서도 시인이 오랑캐 땅을 떠나 고국으로 돌아가게 된 것을 기뻐하는 말은 전혀 보이지 않는다. 두 아들을 낳은 오랑캐 땅은 이미 자기가 사는 곳이며 자기 집이 있는 곳이 되어 있었다. 조조가 채염을 데리고 살던 남흉노의 좌현왕과 재물을 주고 교섭하여(혹은 압력도 가했을 것이다.) 채염을 중국으로 데려왔지만 채염 자신은 자기의 두 아들을 남겨두고 남흉노 땅을 떠나 고국으로 돌아오는 것을 별로 반기지 않았던 것 같다. 오히려 자기 자식을 떼어 놓고 남흉노 땅을 떠나오는 어려운 과정과 처절한 슬픔이 고국인 중국으로 돌아온 뒤까지도 이어지고 있다.

끝머리 셋째 단은 고국으로 돌아오는 발길도 자식들 생각에 얼마나 힘들었는가를 노래한 뒤 고국에 돌아와서의 정경을 읊고 있다. 오랑캐 땅에 두고 온 자식들 생각이 가슴 아프게 하고, 고국은 자연이며 세상이 썰렁하기만 하다. 고향에 가 보니 다 허물어진 집 주위에는 백골만 널려 있고 집 안에는 가족도 없으며 주변에 일가친척도 하나 없는 기가 막히는 실정이다. 마지막 대목에서는 그래도 살아 보려고 새로운 남편에게 목숨을 맡기고 다시 열심히 살아 보겠다는 다짐을 하고 있지만 어쩔 수 없이 인생에 대한 허탈감이 들어나고 있다. 그녀는 "인생이 얼마나 간다고 걱정을 품고 세월을 보내고 있는가?(人生幾何時, 懷憂終年歲?)"하고 시를 끝맺고 있다. 정말 중국에서는 보기 어려운 가슴을 울리는 긴 서사시이다. 서사에다가 서정이 융합되어 있는 건안 시대에나 나올 수 있었던 걸작 서사시이다.

초사체의 「비분시」는 오언체에 비하여 편폭이 짧다. 시인은 같은 경험을 각각 다른 시체로 읊고 있는데, 초사체에는 오언체 끝머리에서 고국에 돌아온 뒤 두고 온 자식 생각과 썰렁한 고향 같은 것을 노래한 대목이 없다. 초사체의 시를 먼저 쓰고 오언체는 약간 뒤에 쓴 것인 것 같다. 그러나 초사체의 시에서는 초사체의 표현이 안겨주는 독특한 '비분'을 느끼게 된다. 오랑캐 지역에서의 정상을 읊은 초사체 시의 중간 여섯 구절을 보기로 든다.

음산한 기운이 엉기어 여름인데도 눈이 날리고,
사막에는 모래가 언덕을 이루고 흙먼지 자욱이 날리네.
풀과 나무 있기는 하나 봄이 되어도 피어날 줄 모르고,
사람들은 짐승처럼 노린내 나는 짐승고기만 먹네.
말은 쑤군거리고 차림새는 요상한데,
해는 저물고 때는 흘러가기만 하네.
밤은 긴데 궁정 문은 닫혀 있고,
잠을 이룰 수 없어 일어나 서성거리네.

陰氣凝兮雪夏零, 沙漠壅兮塵冥冥.
有草木兮春不榮, 人似禽兮食臭腥.
言兜離兮狀窈停, 歲聿暮兮時邁征.
夜悠長兮禁門局, 不能寐兮起屏營.

「호가십팔박」 중에서는 오랑캐 땅에 떼어 놓고 온 두 아들을 생각하며 슬퍼하는 노래인 '십륙박(十六拍)'만을 떼어 아래에 소개하기로 한다.

십륙 박(拍)이 되니
생각은 아득하기만 하네.
나와 자식들 각각 멀리 떨어져
해는 동쪽에 달은 서쪽에 있듯이,
부질없이 서로 그리기만 하며
서로 만날 수는 없으니
공연히 애간장 끊어지네.
망우초(忘憂草)를 바라보아도 시름은 잊히어지지 않고,
거문고 뜯어 가락 울리니
마음은 얼마나 슬퍼지는가?
지금 자식들 버리고
고향으로 돌아와 보니,
옛날의 원한은 사라졌는데
새로운 원한이 자라나 있네.
피눈물 흘리며 머리 들어
푸른 하늘에 호소하노니,
어찌 태어나서
나만이 이런 재앙을 당하는가요?

十六拍兮思茫茫, 我與兒兮各一方,
日東月西兮徒相望, 不得相隨兮空斷腸.
對萱草兮憂不忘, 彈鳴琴兮情何傷?

큰 나무 큰 그림자

今別子兮歸故鄉, 舊怨平兮新怨長.

泣血仰頭兮訴蒼蒼, 胡爲生兮獨罹此殃?

    오랑캐 땅에 남겨 놓고 온 두 아들을 가슴 아프게 그리워하며 애
간장을 태우는 노래이다. 채염의 시는 서사에도 뛰어나지만 감정의
표현도 무척 진지하다. 곧 서사와 서정이 잘 배합되어 있다. 건안문
학은 시인들이 자각을 하고 성실한 자세로 작품을 쓰기 시작한 시
기의 산물인데, 채염의 시는 그중에서도 조조와 함께 가장 뛰어난
새로운 창작의 길을 연 문학작품이다.

    서릉(徐陵, 507~583)의 『옥대신영(玉臺新詠)』권1에는 「고시위초중
경처작(古詩爲焦仲卿妻作)」이라는 장편의 서사시가 실려 있는데 "한
나라 말엽 건안 연간에 여강부(廬江府)의 낮은 관리 초중경(焦仲卿)에
게 처 유씨(劉氏)가 있었는데, 시어머니가 친정으로 쫓아버렸다. 그
녀는 다시는 시집가지 않겠노라고 스스로 맹세하였는데, 친정집에
서 시집가라고 강요하자 물에 뛰어들어 죽었다. 초중경이 그 소식
을 듣고 그도 역시 마당의 나무에 목을 매어 죽었다. 그때 사람들이
그들을 가슴 아파하여 이 시를 지었다고 한다"[2]는 서문이 붙어 있
다. 이 시는 「공작동남비(孔雀東南飛)」라고도 부른다. 명대의 왕세정
(王世貞, 1526~1590)은 『예원치언(藝苑卮言)』권2에서 "「공작동남비」는
질박하면서도 야하지 않고 어지러우면서도 정돈되어 있으며, 서사

---

2 「古詩爲焦仲卿妻作」序; "漢末建安中, 廬江府小吏焦中卿妻劉氏, 爲仲卿母所遣. 自
   誓不嫁, 其家逼之, 乃沒水而死. 仲卿聞之, 亦自縊於庭樹. 時傷之, 爲詩云爾."

는 그림과 같고 서정은 호소하는 듯하니 장편지성(長篇之聖)이라 할 수 있다"[3]고 평하고 있다. 다만 서문 첫머리에 "한나라 말엽 건안 연간"이라 하였는데, 위나라 사람이라면 '건안 연간'이 '한나라 말엽'이라는 것을 알 수가 없을 것이라는 것 등을 근거로 이 시는 위나라 이후의 작품이라 주장하는 학자들도 있다. 어떻든 동한 이후에 와서 민간에 이러한 대작 서사시가 나올 수 있었다는 것도 조조로부터 발전한 '건안문학'이 그 뒷받침이 되어 주었기 때문에 가능하였다고 보아야만 할 것이다.

중국의 현대 작가 곽말약(郭沫若, 1892~1978)은 중국 사람들이 간웅(奸雄)으로 여겨 오던 조조를 위대한 영웅이며 시인으로 다시 평가하는 논문을 여러 편 썼는데, 「채문희의 〈호가십팔박〉에 대하여 얘기함(談蔡文姬的〈胡笳十八拍〉)」[4]이란 글에서 이런 말을 하고 있다.

채문희의 일생을 통해서 조조의 위대함을 발견할 수가 있다. 그녀는 조조가 구출해 준 것이다.[5]

이는 난리통에 채문희 곧 채염이 중국 땅으로 들어온 오랑캐인 남흉노 군대에 잡혀가 그곳 좌현왕의 부인이 되어 아들을 두 명 낳고 잘 살고 있었는데, 조조가 12년이나 남흉노 땅에 살고 있던 채문희

---

3 『藝苑卮言』卷二; "孔雀東南飛, 質而不俚, 亂而能整, 敍事如畫, 抒情若訴, 長篇之聖也."
4 『光明日報』(1950年 1月 25日字 所載).
5 郭沫若「談蔡文姬的〈胡笳十八拍〉」; "從蔡文姬的一生可以看出曹操的偉大. 她是曹操把她拯救了的."

를 중국으로 다시 데려온 일을 두고 한 말이다. 조조는 채염의 아버지이며 문학자인 채옹(蔡邕, 133~192)에게 자식이 없는 것을 걱정하여 그의 후손을 이을 수 있도록 해주려고 좌현왕에게 사신을 보내어 많은 돈을 주고 교섭하여 채염을 데려온 것이다. 채염을 남흉노로부터 다시 중국으로 데려온 것을 조조의 잘못이라 볼 수는 없지만 조조의 위대한 업적으로 보는 것은 순전히 중국인의 입장만을 드러낸 것이라고 여겨진다. 채염이 쓴 「호가십팔박」을 보면 채염이 아들 두 명을 떼어 놓고 남흉노 땅을 떠나오는 슬픔이 애절하게 노래되고 있다. 그리고 좌현왕도 채염을 놓아 주기 싫었을 것이다. 중국으로 돌아와 동사(董祀)라는 자에게 다시 시집을 갔는데 그 결혼 생활도 전혀 행복하지 않았다. 『후한서(後漢書)』에 실린 그녀의 전기를 보면, 결혼 후의 생활은 남편 동사가 둔전도위(屯田都尉)[6]로 있었는데 법을 어기어 사형을 당하게 되자 채염이 봉두난발을 하고 조조 앞으로 걸어 나와 사죄를 하여 목숨을 살리는 얘기만이 쓰여 있다.[7] 곽말약이 "채문희의 일생을 통해서 조조의 위대함을 발견할 수가 있다"고 한 말만은 이해하기 어렵다. 특히 채염이 조조의 노력으로 만년에 중국으로 돌아와 쓴 시들을 보면 채염은 남흉노 땅에 떼어 놓고 온 두 아들에 대한 생각에 애가 끊이도록 마음이 아팠다.

그리고 무엇보다도 중요한 것은 채염 시의 문학적인 성취이다.

---

6 屯田都尉는 둔전(屯田)을 관리하는 벼슬.

7 『後漢書』卷84 列女傳 董祀妻傳; "祀爲屯田都尉, 犯法當死, 文姬詣曹操請之.---
   及文姬進, 蓬首徒行, 叩頭請罪."

이 「비분시」는 중국 문학사에 있어서 가장 뛰어난 서사시의 출현이다. 이전에 나온 「맥상상(陌上桑)」이나 「우림랑(羽林郎)」과 왕찬(王粲, 177~217)의 「칠애(七哀)」 등은 시의 서사의 규모나 어떤 일의 묘사와 감정의 표현에 있어서 도저히 『비분시』를 따를 수 없다. 뼈아픈 경험을 바탕으로 한 절실한 서사나 그때그때 느낀 진지한 감정의 표현은 중국문학의 수준을 크게 한 단계 높이 발전시켜놓은 업적이다. 그리고 중국 문학사상 문학작품이 여기에서 진지한 자각을 바탕으로 이루어지기 시작하고 있다.

(2019.3.22)

잠참(岑參)의 시 「등고업성(登古鄴城)」

중당(中唐, 756~835)의 변새파(邊塞派) 시인으로 알려진 잠참(岑參, 715~770)의 시 「등고업성(登古鄴城)」을 읽으면서 그의 변새에 대한 관심의 일면을 발견하게 되었다. 이 시에 뚜렷하게 드러나는 시인의 변새에 대한 관심은 나라를 사랑하고 걱정하는 마음에 바탕을 두고 있다. 먼저 그의 시를 읽어보기로 한다.

말에서 내려 업성으로 올라가니
성이 텅 비어 있는데 또 무엇이 보이겠는가?
봄바람이 들판에 붙은 불을 몰고 와
저녁이 되자 옛 비운전(飛雲殿)으로 들어갔네.
성 모퉁이는 남쪽으로 망릉대(望陵臺)를 향하고 있고,
장수(漳水)는 동쪽으로 흘러가기만 하고 다시 돌아오지는 않네.
무제(武帝)의 궁전 안 사람들은 모두 사라져 버렸는데,
해마다 봄은 누구를 위해 찾아오고 있는 건가?

下馬登鄴城, 城空復何見?

東風吹野火, 暮入飛雲殿.

城隅南對望陵臺, 漳水東流不復回.

武帝宮中人去盡, 年年春色爲誰來?

──「등고업성(登古鄴城)」

이 시는 오언과 칠언을 반반 섞어 이루어 놓은 형식부터 재미가
있는 작품이다. 제목에 보이는 업성(鄴城)은 동한(東漢, 25~220) 말엽
위(魏)나라 조조(曹操, 155~220)의 도성으로 지금의 하남성(河南省) 임
장현(臨漳縣)에 있었다. 당나라 때는 이미 그곳 이름이 임장(臨漳)이
라 바뀌어져 있었으므로 제목에서는 앞에 "옛날(古)"이란 말을 붙인
것이다. 이 시의 특징은 세상에서는 일반적으로 간웅(奸雄)이라 여
겨 온 조조를 위대한 인물로 보고 그의 옛 도성에 남아 있는 유적들
을 둘러보며 조조의 삶을 되새겨 보고 있는 것이다.

시에 보이는 비운전(飛雲殿)은 옛 위나라 궁전 이름이다. 시인은
옛 위나라 궁전을 바라보면서 조조의 위업을 떠올리기 시작했던 것
이다. 다시 칠언 첫 구절에 보이는 망릉대(望陵臺)는 조조가 세운 유
명한 동작대(銅雀臺)의 별명이다. 조조는 죽기 전에 "내가 죽은 뒤에
도 이 동작대 위에서 기녀(妓女)들에게 풍악을 울리며 춤을 추게 하
고, 모든 사람들이 나의 무덤을 바라보며 즐기게 하라" 하고 유언을
남기었다. 이에 뒤에 가서는 '능을 바라보는 대'의 뜻으로 '망릉대'
라고도 부르게 된 것이다.

조조는 동한의 건안(建安) 15년(210)에 자기의 위나라 도읍인 업성

의 서북쪽에 동작대를 세웠다. 높이 67장(丈, 1丈은 대략 10尺)이었고, 그 안에는 100여 칸의 방이 있었는데 방의 창마다 동으로 조각한 용을 붙여 놓아 햇빛을 받으면 용의 모습이 번쩍이었다 한다. 지붕 위에는 1장 5척의 큰 동작이 나는 모습을 조각하여 세워놓아 '동작대'라는 이름이 붙여졌다 한다. 다시 건안 18년에 그 오른편에는 60보(步, 1步는 6尺) 떨어진 곳에 지붕 위에 금 호랑이 조각상이 놓인 금호대(金虎臺)를 세우고, 건안 19년에는 동작대 왼편 같은 거리에 어름과 석탄을 저장하는 방이 있는 빙정대(冰井臺)도 세웠는데, 세 누각이 복도로 연결되어 있었다 한다. 조조가 죽기 전에 "자기가 죽은 뒤에도 이 동작대 위에서 기녀들을 불러 풍악을 울리고 즐기면서 모두들 자기 무덤을 바라보도록 하라"고 유언을 남긴 것을 보면 후세 사람들로 하여금 자기의 위대한 업적과 포부를 잊지 않게 하려는 뜻을 가지고 동작대를 세운 것 같다.

조조는 중국 문학사상 올바른 문인 의식을 가지고 본격적으로 시를 쓰기 시작한 최초의 시인이다. 여기에 그의 아들 문제(文帝) 조비(曹丕, 187~26)와 조식(曹植, 192~232) 및 그들을 따르던 문인들이 가세하여 동한 말 헌제(獻帝, 190~20 재위)의 건안(建安) 연간(196~219)에 이른바 건안문학을 발전시키어 중국의 전통문학이 이루어지며 발전하게 된다. 따라서 중국의 전통문학은 조조로부터 이루어져 발전하였다고 할 수 있다. 조조는 다른 한편으로는 동한 헌제를 모시고 동한에 대하여 반기를 든 병력이 강한 여러 반역자들을 정벌하여 동한을 유지시킨 위대한 장군이기도 하다. 다만 명대 나관중(羅貫中, 1330?~400?)이 지었다는 소설 『삼국지연의(三國志演義)』에서 위나라와 싸운 촉(蜀)나라의 유비(劉備, 161~23)가 한나라 왕조의 혈통을 이어받은 정통적인 왕조라는 전제 아래 조조는 왕실을 배반한 간사한 반역자라고 하면서 얘기를 전개시키고 있다. 그리고 중국 민간에 유행하는 여러 가지 민간 연예도 모두 이것을 따라 중국 사람들은 거의 모두가 조조는 간사한 영웅, 곧 간웅이라고 알게 되었다. 그러나 실은 조조는 훌륭한 시인인 동시에 위대한 장군이었다. 시인 잠참은 이러한 조조의 옛 도성을 지나다가 조조가 세운 동작대에 올라가 조조의 위대한 업적과 함께 그의 복잡한 일생을 되새기면서 이 시를 읊게 되었던 것이다.

위나라가 망한 뒤에도 후조(後趙)·전연(前燕)·동위(東魏)·북제(北齊, 550~77) 같은 나라들이 연이어 그곳을 점유 하면서 이곳의 세 누대를 계속 관리하고 손질하여 한때는 본시의 모습보다도 더욱 화려하였다 한다. 그러나 겨우 200년 정도 지난 당나라 잠참의 시대에 와서는 이미 위나라 시대의 궁전이며 누대가 흔적만이 남았을 뿐이다. 이런 옛 터를 보는 시인의 마음이 평온하였을 이가 없다. "봄바람이 들판에 붙은 불을 몰고 와 저녁이 되어 옛 비운전(飛雲殿)으로 들어갔네" 하고 읊은 것은 옛 한나라 궁전 이름을 빌려 "위나라 궁전이 불에 타서 날아가는 구름처럼 사라졌음"을 표현하고자 하는 뜻이 있었을 것이다. 옛 업성의 궁전만이 모두 무너지고 불에 타버린 것이 아니다. 성 남쪽으로 보이는 조조가 세운 동작대도 흔적만이 남아 있다. 조조가 동작대를 두고 죽기 전에 남긴 유언도 모두 헛된 말이 되고 말았다. 동쪽으로 흘러가 다시는 돌아오지 않는 장수(漳水)처럼 세상이고 인생이고 모두 흘러가 버렸다는 것이다. 시인 잠참은 조조의 시를 높이 평가하는 한편 각별히 '변새'에 대한 관심도 일어나 조조처럼 오환(烏桓)과 흉노(匈奴) 같은 나라를 어지럽히는 오랑캐족을 제압해 주는 인물이 없는 그 시대에 대한 한숨도 쏟아내고 있다고 느껴진다.

시에 보이는 '무제'라는 호칭은 위나라 무제 조조를 가리킨다. 조조를 뒤이어 그의 아들 조비가 뒤를 잇자 동한 헌제는 자진하여 위나라 조비에게 천하를 다스리는 천자(天子)인 황제 자리를 조비에게 물려준다. 이에 조비는 위나라 왕에서 황제인 문제(文帝, 220~26 재위)가 되어 아버지 조조도 무제(武帝)라고 높여 부르게 된 것이다. 그리고 조조뿐만이 아니라 그의 아들 손자도 모두 시도 잘 짓고 학문을 숭상하는 한편 덕으로 나라를 다스리려고 애쓴 훌륭한 임금들이었다. 이처럼 조조는 시인 겸 장군으로 위대한 업적도 쌓았지만 그에 마땅한 대우도 누렸던 것이다. 이런 점이 시인의 감흥을 더욱 깊이 자극하여 "무제(武帝)의 궁전 안 사람들은 모두 사라져 버렸는데, 해마다 봄은 누구를 위해 찾아오고 있는 건가?" 하고 한숨짓게 하였던 것이다.

(2019.9.14)

군자(君子)의 올바른 행실

『논어(論語)』 술이(述而)편을 보면 공자가 군자의 올바른 행실에 대하여 한마디로 다음과 같이 가르치고 있다.

> 도에 뜻을 두고, 덕을 꼭 지키고, 인에 의지하고, 예에 노닐어야
> 한다.
> 志於道, 據於德, 依於仁, 游於藝.

사람에게 가장 중요한 것이 '도'와 '덕'과 '인'과 '예'의 네 가지라는 것이다. 꼭 사람들이 마음에 새겨 두고 살아가야 할 말이라고 생각된다. 이것은 이 세상에서 사람들에게 가장 중요한 교훈이 되는 말이기 때문에 이 공자의 말뜻을 좀 더 철저히 추구해 보고자 하는 의욕이 솟았다. 먼저 '도'와 '덕'과 '인'과 '예'란 어떤 뜻을 지닌 말인가 알아보고, 그것을 사람들이 어떻게 다루어야 하는가 알아보기로

하자.

'도'는 보통 '길'의 뜻으로 쓰이고 있지만 여기에서는 사람들이 살아가면서 꼭 지켜야 할 올바른 '도리(道理)' 또는 '규율(規律)'이다. 道라는 글자는 首(수) 자와 辶(착) 자가 합쳐져 이루어진 글자이다. 글자의 본 뜻에 대하여는 여러 가지 해설이 있다. 그러나 首는 사람의 '머리' 또는 '으뜸가는 것'이나 '가장 중요한 것' 등을 뜻하는 글자이다. 그리고 辶은 辵이 본 글자인데 '사람이 움직이어 어디론가 가는 것' 또는 '행동하는 것'을 뜻하는 글자로 보는 것이 가장 무난할 것이다. 따라서 道의 본 뜻은 '사람이 움직이어 어디론가 갈 때의 가장 중요한 방향' 또는 '사람이 행동할 적의 가장 올바른 길'을 뜻하는 글자이다. 그것은 바로 '사람의 도리' 또는 '사람이 살아가는 규율'이란 말로 풀이할 수 있음을 뜻한다. 그러기에 『논어』 안연(顏淵)편을 보면 공자는 "아침에 도에 대하여 들어 알게 된다면 저녁에 죽어도 좋다(朝聞道, 夕死可矣)"라고까지 말하고 있는 것이다. 성인 공자도 '사람의 도리'에 대하여 완전히 알지 못하고 있었던 것이다. 그처럼 '도'는 완전히 파악하기가 쉽지 않은 것이다. 노자(老子)와 장자(莊子)가 대표하는 도가(道家)에서 중시하는 '도'는 사람뿐만이 아니라 우주만물(宇宙萬物)을 생성케 하고 존재케 하는 '절대적인 원리'를 뜻하는 것이다. '도'의 뜻을 이해함에 있어서 도가에서 중시하는 '도'의 뜻과 잘 분별하여야 할 것이다.

'도'란 위대한 성인조차도 완전히 알고 그대로 실천할 수는 없는 것이다. 같은 일이라 하더라도 때와 장소 그리고 환경에 따라 최선의 길은 언제나 달라지고 있기 때문이다. 사람들은 '도'를 언제나 정확히 파악하고 '도'를 그대로 실천할 수가 없는 것이다. 그렇다고 '도'를 내팽개쳐서는 안 된다. 공자가 "도에 뜻을 두라(志於道)"고 한 것도 그 때문이다. 志 자는 본시 '간다'는 뜻의 之(지) 자와 마음을 뜻하는 心(심) 자가 합쳐져 이루어진 글자이다. 본시 사람의 '마음이 가는 것' 곧 '마음의 향방'이란 개념을 살려 사람들 마음속의 '뜻'을 가리키는 글자로 쓰게 된 것이다. 『논어』 위정(爲政)편에서도 공자는 "나는 열다섯 살에 학문에 뜻을 두었다(吾十有五而志於學)"라고 말하고 있다. "도"는 올바로 알고 그대로 실천하기 어려운 일이지만, 사람은 언제나 '도'를 추구하며 '도'를 따라 살겠다는 뜻을 지니고 있어야 한다는 것이다.

다음의 '덕'이라는 글자는 도덕(道德)이란 경우처럼 '도'와 합쳐져 흔히 쓰이고 있다. 그러나 '도'는 사람 없이도 존재하는 올바른 도리나 규율 같은 것이지만 '덕'은 그 '도'가 사람을 통하여 발휘되어 생겨나는 덕목(德目)이다. 곧 인(仁)·의(義)·예(禮)·지(知)·신(信) 같은 종류의 것이다. 德(덕)이라는 글자는 彳(척) 자와 悳(덕) 자가 합쳐져 이루어진 것이다. 悳은 惪(덕)으로도 쓰는데, 直(직) 자와 心(심) 자가 합쳐진 것으로 "곧은 마음"을 가지고 행동한다는 뜻으로 옛날에는 德(덕) 자와 같이 쓰였다. 彳(척)은 본시 사람의 행동을 뜻하는 行(행)과 같은 뜻을 지닌 글자이다. 그러니 '덕' 자는 '곧은 마음을 지니고 행동하는 것'을 뜻하는 글자였다. 『논어』 안연편에서 공자는 '덕을 숭상하는 것(崇德)'은 "충실과 신의를 위주로 하고 의로움으로 나아가는 것(主忠信, 徙義)"이라고 말하고 있다. 때문에 뒤에 사람들이 사는 세상에서의 도리를 강조하기 위하여 '도'와 '덕'을 합쳐 '도덕'

이란 말을 쓰게 되었을 것이다. 그러기에 공자는 "덕을 꼭 지키라(據於德)"고 가르친 것이다.

거(據) 자는 扌(수) 자와 豦(거) 자가 합쳐져 이루어진 것이다. 허신(許愼, 58?~147?)의 『설문해자(說文解字)』에서는 "몽둥이를 굳게 잡고 있는 것을 뜻한다(杖持)"고 풀이하고 있다. 그러나 扌(수)는 手(수)와 같은 사람의 손을 뜻하는 글자이고, 거(豦)는 다시 虍(호) 자와 豕(시) 자가 합쳐져 이루어진 글자인데 虍(호)는 호(虎)와 같은 '호랑이'를 뜻하는 글자이고 豕(시)는 멧돼지이다. 따라서 거(據)의 뜻은 "사람의 손으로 호랑이나 멧돼지처럼 힘세게 잡고 버티는 것"을 뜻한다. 따라서 앞머리에 "덕을 꼭 지키고"라고 옮긴 "거어덕(據於德)"은 사람이라면 무슨 일을 하거나 누구와 어디에 있거나 언제나 '도'를 바탕으로 하여 이루어지는 '덕'을 실현하려는 뜻을 굳게 지니고 있어야만 한다는 것이다. 보기를 들면 사람들을 상대할 적에는 언제나 상대방을 위해 주고 사랑하려는 마음을 지니고 인(仁)의 덕을 실현하도록 노력하여야 한다. 세상에서 활동을 할 적에는 언제나 바르게 행동하며 올바르게 일을 처리하여 의(義)의 덕을 실현하도록 노력하여야 한다. 사람들은 사람마다 성격도 다르고 능력이나 취향도 다르고 살고 있는 환경이나 직업도 모두 다르기 때문에 완전한 덕을 언제나 실현할 수는 없다. 그러나 어제나 '덕'을 추구하여 꼭 지키려는 마음을 지녀야만 한다는 것이다.

'인'은 공자의 윤리 사상을 대표하는 덕목(德目)이라고 할 수 있다. 때문에 『논어』에는 '인'의 덕을 강조한 대목이 도처에 보인다. 심지어 위령공(衛靈公)편을 보면 공자는 "뜻을 올바로 지닌 '인한 사람'은 삶을 추구하기 위하여 '인'을 해치는 일은 없고, 자신을 죽여서라도 '인'을 이룩한다(志士仁人, 無求生而害仁, 有殺身以成仁)"고까지 강조하고 있다. 仁(인) 자는 인(人) 자와 이(二) 자가 합쳐져 이루어진 글자이다. 곧 '두 사람' 이상의 원만한 관계를 뜻하는 글자이다. 『논어』 안연편을 보면 공자에게 한 제자가 '인'의 뜻을 묻자 스승은 바로 "사람을 사랑하는 것(愛人)"이라 대답하고 있다. 이를 근거로 당(唐)대의 한유(韓愈, 768~824)가 「원도(原道)」란 글에서 "널리 사랑하는 것을 바로 '인'이라 말한다(博愛之謂仁)"고 말한 뒤로 세상 사람들은 흔히 인애(仁愛)라는 말을 많이 쓰게 되었다. 때문에 기독교적인 '사랑'과는 완전히 같을 수가 없는 말이지만 '사랑'에 가까운 말임에는 틀림이 없다. 자기 못지않게 남을 위하고 도와 주고 아껴 주는 것이 '인'이다. 인덕(仁德)이란 말을 쓸 정도로 '덕'을 대표하는 덕목이 '인'이다. 군자(君子)는 무엇보다도 '인'해야 되기 때문에, 곧 남을 사랑하고 위하는 사람이어야 하기 때문에 여기에서 '도'와 '덕'에 이어 '인'을 논하고 있는 것이다.

공자는 군자의 행실을 논하면서 "인에 의지하라"고 "의어인(依於仁)"이라 하였다. 依(의) 자는 흔히 의지(依支)하다 또는 의뢰(依賴)하다의 뜻으로 쓰인다. 그런데 依(의) 자는 人(인) 자와 '옷'의 뜻을 지닌 衣(의) 자가 합쳐져 이루어진 글인데, 보통 衣(의)는 이 글자의 읽는 음을 나타내고 있다고들 풀이하고 있다. 그러나 '의' 자는 이 글자의 읽는 음을 나타내고 있을 뿐만이 아니라 뜻도 나타내고 있다. 곧 '사람'들이 몸에 '옷'을 걸치고 지내듯이 사람이라면 언제나 자기 몸에 지니고 있어야 할 것을 뜻한다. 따라서 사람들이 지켜야만 할 덕목에는 여러 가지가 있지만 '인'이라는 덕만은 언제나 몸에 지니고 있어야 한다는 뜻에서 공자는 "의어인(依於仁)"이라 말하고 있는 것이다. 남을 사랑하고 남을 위하는 '인'은 여러 가지 덕목 중에서도 가장 소중한 것이기 때문이다.

끝으로 '예(藝)'는 『주례(周禮)』 지관(地官) 보씨(保氏)에 보이는 서주(西周) 시대 학교에서 가르치던 교육과목인 육예(六藝)를 말한다. '육예'란 곧 예(禮)·악(樂)·사(射)·어(御)·서(書)·수(數)의 여섯 가지 과목이다. 예(禮)란 곧 예의(禮儀)의 뜻으로 사람들이 세상을 살아가면서 꼭 지켜야 할 도덕규범(道德規範) 및 여러 가지 예의제도(禮儀制度)를 말한다. 악(樂)은 곧 음악·시가(詩歌)·무용을 말한다. 주나라 사람들은 '예'로서 사람들의 행동과 사람들 사이의 관계를 바로잡고, '악'으로서 사람들의 마음과 감정을 깨끗이 지니도록 하려 하였다. 때문에 '예'와 '악'은 단순한 예의와 음악에 한정되지 않고 매우 넓은 뜻으로 쓰였다. 그리고 옛날의 교육과목 중에서도 가장 중요한 것이었다. 사(射)는 본 뜻이 '활쏘기'이다. 그러나 여기의 '사'는 활쏘기에만 국한되지 않고 여러 가지 운동 곧 스포츠와 검술(劍術) 같은 무예(武藝)까지도 포함하고 있다. 어(御)는 '수레몰이'의 뜻이다. 중국은 나라 땅이 무척 넓어서 옛날부터 가장 중요한 교통수단이 말이 끄는 수레였다. 나라의 군대의 중심 세력도 전차부대(戰車部隊)였다. 때문에 여러 나라가 갖고 있는 수레의 수는 바로 나라의 세력을 표시하기도 하였다. 일반적으로 천자(天子)는 만 대의 수레 곧 만승(萬乘)을 지니고 있어서 만승천자(萬乘天子)라고 불렀다. 그 밑의 제후(諸侯)들은 천 대의 수레 곧 천승(千乘)을 갖고 있었고, 대부(大夫)

는 백승(百乘)의 수레를 보유하고 있었다. 가장 대표적인 수레는 복마(服馬) 두 마리와 참마(驂馬) 두 마리를 합쳐 네 마리의 말이 함께 한 대를 끄는 수레였다. 물론 그 밖에도 여러 종류의 수레가 있었다. 때문에 '수레몰이'의 기술은 군자라면 반드시 갖추어야 할 기능이었다. 서(書)는 글씨 쓰기 곧 서예(書藝)이다. 한자를 상용해 온 중국에서는 지금까지도 글씨 쓰기는 중요한 공부 과목 중의 하나이다. 그러나 '서'도 다만 글씨 쓰기에만 한정되지 않고 글씨로 쓰여 있는 책을 중심으로 하는 모든 공부를 가리키고 있다. 수(數)는 셈하기 곧 산수(算數)이다. 그러나 여기에서도 '수'는 산수뿐만이 아니라 숫자와 관계되는 과학(科學)을 비롯한 여러 가지 공부를 가리킨다. 그러므로 육예는 여섯 가지라 하였지만 기본적으로는 현대 소학교에서 대학에 이르는 여러 학교에서 가르치는 학과 과목 전체가 그 속에 포함된다고 할 수 있다.

앞머리에서 공자의 가르침인 "유어예(游於藝)"를 "예에 노닐어야 한다"고 옮겼다. 유(游)는 遊(유)로도 쓰고 일반적으로 '노는 것' 또는 '노니는 것'을 뜻하는 말로 쓰이기 때문에 '노닐어야 한다'고 옮겼던 것이다. 그런데 游(유) 자는 물을 뜻하는 氵(수) 곧 水(수)와 같은 자와 '깃발'을 뜻하는 斿(유) 자가 합쳐져 이루어진 것이다. 여기에서 氵(수)는 연못이나 호수의 물처럼 언제나 바람결을 따라 잠시도 쉬지 않고 물결치고 있는 물이다. 따라서 "유어예(游於藝)"는 군자라면 일을 하는 여가에는 조금도 쉬지 않고 물결치고 있는 물처럼 언제나 학교에서 가르치고 있는 학과목인 육예(六藝) 중의 한 가지를 접하고 있어야 한다는 것이다. 斿(유)는 游(유) 자의 읽는 음을 나타내고 있다고 하지만, 깃발도 언제나 바람결을 따라 한편으로 펄럭이고 있기 때문에 역시 氵(수) 자를 도와 '언제나 쉬지 않고 꾸준히 하라'는 뜻도 나타내고 있다고 할 수 있다.

"지어도(志於道), 거어덕(據於德), 의어인(依於仁), 유어예(游於藝)"라는 말 네 구절을 놓고 볼 때, 앞의 것이 뒤의 것보다는 더 근본적이고 중요한 말이라고 볼 수 있다. 곧 '도'가 가장 중요한 것이고, '덕'은 '도'를 바탕으로 이루어지는 것이며, '인'은 다시 '덕' 중의 한 종목이다. '예'는 여러 가지 학교의 교과과목이므로 전체를 종합하여 말하면 사람들에게 매우 중요한 것들이지만 한 과목 한 과목 따로 떼어 놓고 보면 앞의 '도' '덕' '인'과는 성격이 전혀 다른 것이다. 그리고 '예'는 사람의 현실 생활과 직결되어 있는 것이다. 먼저 잘 "예에 노닐어야(游於藝)" 이어서 "인에 의지할 수도 있게 되고(依於仁)", 다시 "덕을 꼭 지키게 되고(據於德)", 또 "도에 뜻을 둘 수 있게 되는(志於道)" 것이다. 그러니 군자는 언제나 육예(六藝)를 닦아 가지고 모든 사람들을 사랑하고 위하는 '인(仁)'을 추구하여 '덕(德)'을 이룩함으로써 '도(道)'로부터 벗어나는 일이 없어야 한다. 그래야만 군자가 되는 것이다. 이것은 고금을 통하여 변할 수가 없는 진리이다.

(2017.7.15)

이상옥

불법과 합법 사이

반반한 영어사전을 구해 볼 수 없었던 중학교 시절에 고등학교 입학시험을 준비하면서 나는 서점에서 구입한 영어 단어장 한 권을 송두리째 외워 본 적이 있습니다. 그때 일을 회고할 때마다 떠오르곤 하는 낱말들 중에는 sin과 crime이 있습니다. 이 두 낱말의 뜻을 '죄'라고 외웠을 텐데, 두 낱말의 의미상 차이에 대해서는 물론 알아볼 생각을 하지 않았습니다. 우리말에 '죄'와 '범죄'가 있듯이 영어에서도 sin과 crime이 섞여 쓰이기도 하나 보다고만 여기고 있었을 것입니다.

이 두 낱말의 의미에 분명한 차이가 있다는 것을 알게 된 것은 몇 년 지나 영영사전을 이용하기 시작했을 때였습니다. 그 차이는 sin이 "(신학자들이 보기에) 하느님의 뜻에서 어긋나는 행위"를 뜻하는데 비해, crime은 "(인간의 법에 의해) 처벌될 수 있는 행위"를 뜻한다는데 있었습니다. 그러므로 처벌이라는 측면에서 볼 때 sin과 crime 사이에는 문자 그대로 천양지차(天壤之差)가 있습니다.

Sin의 개념에 대해서는 영문학 전적을 섭렵하다가 마주친 '일곱 가지 중죄(seven deadly sins)'라는 말 덕분에 좀 더 명확하게 이해할 수 있었습니다. 성경에 명시적으로 나오는 말은 아닌 듯합니다만, 서양 기독교에서는 전통적으로 오만, 탐욕, 정욕, 분노, 탐식, 질투, 나태 등의 일곱 가지를 기독교인들이 경계해야 할 '중죄'라고 여겨 왔습니다. 이 일곱 가지는 하나같이 고약한 죄목들이지만 절대적 군주가 전횡적 권력을 휘두르던 시절이 아니고서야 처벌할 도리가 없습니다. 하지만 하느님 앞에서는 이런 죄들이 모두 용서될 수 없을 거라는 믿음이야 어디 기독교 신자에 한정될까 싶습니다.

여기서 이 sin과 crime 사이의 차이점과 sin의 성격에 대해 새삼스럽게 짚어 본 것은 다름 아니라 최근에 있었던 국정 책임자의 발언이 도무지 쉽게 납득되지 않기 때문입니다. 어떤 고위직 공무원의 임명을 앞둔 인사 청문회에서 후보자의 몰염치한 과거 행적이 문제되자 그는 후보자의 소행이 "합법적 불공정"의 사례일 뿐이라고 하면서 임명을 강행했던 것입니다. 그 후보자의 소행이 사회적으로 '불공정한' 것이기는 하되 실정법을 위반한 것은 아니라는 뜻이었겠지요. 다른 말로 하면, sin은 될지언정 crime은 아니기 때문에 처벌될 수 없고 따라서 고위직 임명에 흠결이 될 수 없다는 것이지요.

하지만 '합법적 불공정'이라는 말은 얼핏 보아도 모순어법(矛盾語法)의 한 극단적 사례입니다. 공정이라는 사회적 가치를 두고 생각할 때 불공정이 실정법의 테두리를 벗어나지 않고 따라서 사법적으로 처단될 수 없다고 해서 '합법적'이라고 우길 수는 없습니다. 다시

큰 나무 큰 그림자

말해 불법이 아닌 모든 것이 '합법적'일 수는 없습니다. 불공정한 소행은 불법이냐 합법이냐에 관계없이 사회적으로는 용납될 수 없고 또 되어서도 안 됩니다. 그러므로 다른 자리도 아니고 국정을 좌우할 수 있을 정도의 높은 자리에 불공정한 짓을 자행한 자를 앉히지는 말아야 합니다.

내가 기억하기에 소위 인사 청문회라는 것이 제도화된 후 고위직 공무원의 임용 후보자들 중에 이른바 위장 전입, 다운 계약서, 투기, 탈세, 병역 기피 같은 비행을 하나도 저지르지 않은 사람이 있었던가 싶습니다. 이를테면 남들이 병역 의무를 수행하느라 군대에서 몇 년씩 '썩고' 있을 때 혼자서 국가고시 준비를 해서 이른 나이에 출세한 사람들이 직책과 관련된 수상쩍은 짓을 하거나 부동산 투기 등으로 재산을 불리며 승승장구하다가 이제는 가문의 영광까지 챙기기 위해 고위직에 오르겠답시고 의회 청문회 자리에 선 사례를 우리는 무수히 지켜보았습니다. 그들은 자기네가 자행한 불법적이거나 불공정한 짓을 '사회적 관행'이었다느니 범죄 시효가 끝났다고 우겼고 기껏 "국민의 눈높이에 미치지 못하는 짓을 해서 미안하다"고 변명했습니다. 국민의 기대에 부응하지 못했음을 자타가 공인하는 사람이라면 국민을 앞장서서 나랏일을 맡아 수행하겠다는 생각을 버리는 것이 도리 아니겠습니까. 하지만 그들은 참으로 뻔뻔스럽게도 부끄러이 여기는 기색조차 보이지 않기 일쑤였습니다.

그런데도 임명권자들은 청문회의 결과에 아랑곳하지 않고 애당초 마음먹은 대로 임명을 자행하곤 했습니다. 혹시 내심으로 자기

이익을 민첩하게 챙기지도 못하는 무능력자에게 나랏일 같은 중대사를 맡길 수 없다고 생각했을까요? 아니면 이것저것 다 가리다가는 적임자를 구할 수가 없다고 생각했을까요? 하지만 이 두 가지는 모두 잘못된 추론입니다. 자기 이익 챙기기에 소홀한 것이 반드시 무능의 증좌가 아니고, 코드 맞추기 같은 패거리 의식을 버리고 적임자를 찾는다면 도덕적 결함 없이 능력을 갖춘 사람들을 얼마든지 구할 수 있을 것이기 때문입니다.

실정법을 어기지 않는 범위 내에서 범하는 몰염치하고 위선적인 짓은 굶주린 사람이 불법인 줄 알면서 빵을 훔치는 짓보다도 윤리적으로는 더 고약합니다. 예수의 눈에는 계율이나 실정법을 엄격히 준수하면서도 실제로는 독선적이고 위선적이었던 바리새인들보다도 율법의 준수와는 상관없이 선뜻 긍휼의 손길을 내민 사마리아 사람이 더 귀하게 보였다고 합니다. 그런 안목의 논리적 배경에는 sin이 crime에 못지않은, 아니, crime보다 더 위중한 죄가 될 수도 있다는 믿음이 있습니다.

나랏일을 책임지는 사람이라면 어떤 행위가 불법이냐 합법이냐만을 피상적으로 따지는 데 그쳐서는 안 되고, 몰염치하고 불공정한 짓을 합법으로 위장하여 서슴치 않고 저지르는 무리를 철저히 가려내어 국정에서 엄격히 배제해야 합니다. 그것이 민심을 얻고 나라의 평안을 기하는 길입니다.

(2020)

영화 〈보헤미안 랩소디〉 유감

내가 영화 〈보헤미안 랩소디〉를 보게 된 데에는 한 지인의 권유가 있었습니다. 한담을 하던 중에 영화 이야기가 나왔고, 마침 그 무렵 시중에서 인기리에 상연 중이던 〈보헤미안 랩소디〉가 화제에 오르게 되었습니다. 그간 몇 차례 만나 이런저런 이야기를 나눈 적이 있기에 그분은 내가 평생 대중음악을 멀리해 왔고 영화관에는 좀처럼 가지 않는다는 것을 알고 있었습니다. 하지만 그날 그분은 그 영화만은 꼭 보라며 은근히 권했고, 나는 마지못해 그러겠다고 했습니다.

〈보헤미안 랩소디〉에 대한 대중적 관심이 잦아들 무렵 나는 실로 여러 해 만에 동네 영화관을 찾아갔습니다. 그날 내가 그 어려운 걸음을 한 것은 그 영화를 권한 분의 취향을 존중했기 때문이지만 "대체 어떤 영화이기에!" 하는 호기심도 없지 않았습니다. 사실 그날까지 나는 〈보헤미안 랩소디〉라는 곡이 있는 줄 몰랐고 프레디 머큐리라는 가수나 퀸이라는 악단에 대해서도 들어 본 적이 없었습니다.

영화를 보는 내내 나는 한 영국 가수의 반생을 이야기하고 있나 보다고만 여기며 이런 영화를 두고 왜 그리 야단들일까 싶었습니다. 그러다가 영화의 마지막 부분에 이르러 스크린을 꽉 채운 웸블리 스타디움의 청중—그 광기 어린 장면에서 나는 엄청난 충격을 받았습니다. 무대 위의 가수와 악단 그리고 그들의 공연에 열광적으로 호응하는 청중 사이의 영적 교감 같은 것이 나에게까지 전해 온 듯, 나는 부지불식간에 그 장면 속으로 몰입하고 있었습니다. 영화가 끝나자 나는 "그간 참으로 많은 것을 놓치며 살아왔구나" 싶었습니다.

1972년 여름철 어느 날, 미국의 한 대학에서 과정 이수를 마친 후 귀국 준비를 하던 나는 몇 년간 내 학업을 지켜보던 지도교수의 연구실에 들러 작별 인사를 했습니다. 이런저런 이야기 끝에 지도교수는 나에게 귀국 소감이 어떠냐고 물었습니다. 나는 그 난데없는 질문에 별생각 없이, "미국의 대중문화에 접근해 볼 여유를 가지지 못해서 아쉽다"는 요지의 답을 했습니다. 그랬더니 그분은 대뜸 "You missed nothing!"이라고 잘라 말하지 않겠습니까. 미국의 대중문화를 가까이하지 못해서 놓친 것은 아무것도 없으니 그리 아쉬워할 필요가 없다는 뜻이었겠지요.

내가 그 대학에서 공부하던 기간 내내 캠퍼스는 몹시 시끄러웠습니다. 흑인 민권 운동이 활발하던 시절이었지만 그것보다는 베트남전 참전 반대 시위가 극단적으로 치닫고 있었고, 그 이면에는 기성

체제를 반대하는 이른바 뉴레프트 이념의 부추김이 있었습니다. 블랙팬서('검은 표범')라는 극좌무장 단체들이 횡행하는 가운데 걸핏하면 캠퍼스는 시한폭탄 설치 경보에 시달렸습니다. 대부분의 젊은이들은 대마초를 피웠고 더러는 LSD라는 환각제를 복용하는 눈치였습니다. 그리고 적잖은 수의 젊은이들이 기성 사회의 질곡을 벗어나서 그들만의 자유로운 정신세계를 추구하기 위해 히피족으로 나서거나 적어도 히피 문화를 선망하고 있었습니다.

그런 시대적 조류에 편승한 대중음악은 당대의 사회적 추세를 조장하는 데에도 일조하지 않았나 싶습니다. 그 당시 나이가 겨우 20대 후반이었던 봅 딜런과 조운 바에즈 같은 가수들은 민권, 반전 및 반체제 운동의 맨 앞장에 서서 많은 히트곡들을 부르고 있었습니다. 이를테면 〈We Shall Overcome〉이란 노래가 시위 현장에서는 널리 합창되었고, 딜런의 〈Blowin' in the Wind〉 같은 곡들을 흥얼거리는 소리가 캠퍼스의 어느 구석에서나 들렸습니다. 하지만 나는 그 가락만 이럭저럭 따라할 수 있었을 뿐 가사를 익히려 하지 않았습니다. 뿐만 아니라 그 무렵 뉴욕주의 우드스톡에서 열린 팝음악 축제에서 조운 바에즈를 포함하는 여러 명의 가수들이 40만 명이라는 엄청난 규모의 청중으로부터 열광적 환호를 받았다고 하지만, 같은 뉴욕주에서 공부하고 있던 나는 그 '소동'을 두고 그저 기성 문화를 반대하는 젊은이들의 반항적 제스처에 불과할 거라고만 여겼습니다.

그보다 몇 년 앞서, 영국에서 공부하던 시절에는 비틀즈라는 4인조 록밴드가 온 영국을, 아니, 온 세상을 흔들어 대고 있었습니다.

그들이 낸 LP 음반이 세계적 베스트셀러가 되어 많은 외화를 벌어들이자 급기야 여왕 엘리자베스 2세는 그들에게 대영제국훈장(MBE)을 수여했는데, 그때 나는 그 젊은 가수들이 실로 문화예술계의 최고 기사훈위(騎士勳位)를 누릴 자격이 있을까 싶어 무척 의아했습니다. 나는 물론 그들의 노래를 따라 부를 생각을 전혀 하지 않았습니다.

그 시절에 나는 그처럼 대중음악의 소용돌이에 휩쓸려 살면서도 서양의 고전음악만을 흠모하며 그 속에 침잠한 채 스스로 갇힌 삶을 살고 있었습니다. 그런 자기폐쇄적 삶은 그 후 반세기가 넘는 긴 세월이 흐르도록 조금도 변하지 않았습니다. 하지만 그 취향은 어떤 외부적 요인에 의해 부과된 것이 아니고 순전히 자초한 것입니다. 그러므로 이제 와서 그런 삶을 살게 된 경위를 두고 어느 누구 혹은 어떤 계기를 핑계 댈 수는 없고 기껏 내 자신의 질긴 속물적 취향이나 탓할 수 있을 뿐입니다.

포크 가수들이 기타를 목에 걸고 반전 시위를 시작하던 시절이 어언 50년이 지났습니다. 영화 〈보헤미안 랩소디〉의 마지막 장면이 보여준 그 록 콘서트도 30여 년 전의 일입니다. 그러니 그들의 음악이 20세기 팝음악의 고전으로 간주되고 있을 것임이 분명합니다. 하지만 비틀즈의 멤버들이나 밥 딜런 및 조운 바에즈 그리고 프레디 머큐리 같은 가수들의 세계는 여전히 나에게 캄캄한 미지의 땅으로 남아 있습니다. 그들 말고도 팝 음악계에서는 엘비스 프레슬리, 마이클 잭슨 등 많은 별들이 떠올랐다가 이울었고 오늘날에는 BTS니 뭐니 하는 이른바 한류 스타들까지도 온 세계를 떠들썩하게 하고 있는 모양이지만, 나에게는 어디까지나 영문 모를 소동으로 비칠 뿐입니다.

돌이켜 생각하건대, 대중문화 특히 팝음악이 관계되는 한, 그간 내가 정막한 암흑의 터널을 길게 거쳐 온 기분입니다. 나는 자신만의 세계 속에 갇힌 채 주변을 둘러볼 생각은 전혀 없이 내 나름으로만 살아왔습니다. 그 과정에 알량한 고고함을 지키느라 나는 참으로 많은 것을 외면하고 있었습니다. 아니, 많은 것을 잃어버리고 있었음이 분명합니다. 영화 〈보헤미안 랩소디〉에서 내가 받은 자기 인식의 충격이 바로 그것을 증언해 주지 않나 싶습니다.

(2019)

서점 출입이 일상이던 시절

　나는 6·25사변이 끝난 다음 해인 1954년에 대학에 입학했습니다. 그 시절 전쟁의 상흔이 역연하던 서울에는 마음을 붙일 곳이 별로 없었습니다. 신학기를 맞아 강의실에 들어가 보아야 많은 학과목이 몇 주나 지나서야 개강했고 일찌감치 종강하기 일쑤였으니 한 학기 동안 배우는 것이 별로 없었습니다. 가르치거나 배우는 일이 그처럼 부실하던 시절이었지만 학문에 대한 열망만은 대단했습니다. 우리는 교정에서 만나 당대의 문학예술 사조를 논했고, 철학이나 문학으로 이미 명성을 떨치고 있던 몇몇 선배들의 발언과 동정을 유심히 살피곤 했습니다. 또 학생들끼리 연구 모임을 만들어 발표회를 가졌는데 매번 발표장으로 쓰이던 강의실이 청중으로 가득했습니다.

　그러니 우리의 화제가 거의 언제나 책 주변을 맴돌고 있었던 것도 당연합니다. 하지만 책을 실제로 구해서 읽기는 쉽지 않았습니

　큰 나무 큰 그림자

다. 대학의 중앙도서관에는 1920~30년대에 구입한 서양의 고전들이 꽤 많이 갖춰져 있었지만 그 후에 간행된 책은 거의 없었습니다. 그런데 도서관 장서의 충실성 여부와는 관계없이 책은 언제나 자기 책으로 읽어야 제맛이 나는 법입니다. 빌려 온 책은 행여나 훼손될세라 마음 놓고 펼 수도 없고 낙서를 할 수는 더더욱 없습니다. 그러므로 여백에 즉흥적 소감을 긁적일 수 있고 또 읽다가 졸리면 읽던 면을 접어 둔 후 그 자리에서 베고 낮잠을 잘 수도 있는 그런 '내 책'이 늘 편합니다.

나는 광화문과 명동 혹은 청계천에 산재해 있던 고서점을 찾아다니는 일을 일상생활의 일부로 삼고 있었습니다. 그런 서점에서 볼 수 있는 책은 전쟁 중에 개인 및 공공 도서관 장서에서 흘러나왔거나 미군부대 도서관에서 폐기한 고본들이었는데 모두 내용이나 가격 면에서 우리의 구미를 당겼습니다. 그러다 이내 미국의 전후 원조 자금으로 수입해 들여온 신간 외서 취급점도 몇 군데 생겨났습니다. 그래서 나는 여기저기 서점에 들러 책을 들여다보며 많은 시간을 보낼 수 있었고, 주머니 사정이 허용하는 한 책을 사들였습니다.

어느 비 내리는 여름날이었습니다. 한 고향 친구와 광화문의 고서점에서 책을 훑어보고 있는데 머리가 희끗희끗한 중년 사내가 들어오더니 들고 온 책 보자기를 풀고 있었습니다. 그는 몇 권의 책을 내놓고 주인과 흥정을 하더니 이내 곁에 서 있던 교복 차림의 소녀에게, "안 되겠다. 다른 데 가 보자"고 했습니다. 판매대 위에 놓여 있던 책들을 슬쩍 훔쳐보니 붉은색 표지의 일본 겐큐샤(研究社)

영문학 주석본 총서 몇 권이 섞여 있지 않겠습니까. 얼른 다가가서 제목들을 살펴보니 칼라일의 *Sartor Resartus*와 존슨의 *The Vicar of Wakefield*였고 그 밖에 옥스퍼드 판의 *Essays of Elia* 등 모두 일곱 권의 영문학 고전 작품들이었습니다. 그 순간 나는 생각했습니다. 고등학교에 다니는 딸이 학교 공납금을 장기 체납하고 등교 중지를 당하자 부친이 애장하던 책 몇 권을 들고 고본점을 찾았지만 주인이 너무 헐값을 때리는 통에 기가 막혀 다시 책 보자기에 주워 담고 있었으리라.

나는 무작정 그 부녀를 따라 서점을 나와 책값으로 얼마를 받고 싶으냐고 물었습니다. 그가 원하는 가격은 만만치가 않았고 그날 나에게는 그만한 돈이 없었습니다. 그래서 곁에 서 있던 친구 P군에게 돈을 좀 빌려 줄 수 있느냐고 물으니 주머니에는 없지만 은행에서 저금을 인출해 줄 수 있다는 것이었습니다. 그 친구는 고향 아랫장터에서 큰 고무신 가게를 하는 집 아들이라 용돈이 떨어지는 일이 없어 친구들이 모두 부러워하고 있었습니다. 우리는 함께 전차를 타고 종로4가 조흥은행 지점까지 가서 책값을 치렀습니다. 일곱 권의 책을 들고 돈암동 전차 종점까지 돌아오면서 나는 개선장군처럼 기고만장했었습니다. 그날 부친을 따라 나왔던 그 여학생도 지금은 나이가 여든쯤 되었을 텐데 그 비 오는 날에 있었던 일만은 아직도 잊지 않고 있을 것입니다. 손주들에게 그 어려운 시절의 가슴 아팠던 일을 이야기해 주고 있을지도 모르겠습니다.

신간 외서 한 권을 손에 넣으려고 잔꾀를 부린 적도 있습니다. 학부 시절 어느날 동급생 C군을 만나니 명동의 한 신간 서점에 I. A.

리처즈의 *Principles of Literary Criticism*이 들어왔는데 돈이 없어서 못 샀다고 하지 않겠습니까. 그 책이 영문학도의 필독서라는 소문을 들은 적이 있었기에 나는 즉시 명동으로 나가 그 책이 서가에 꽂혀 있는 것을 확인했지만 그날도 내게는 그 호화양장의 책을 살 여유가 없었습니다. 하지만 그 책이 곧 팔려 나갈 것 같은 생각이 들어 그냥 나올 수가 없었습니다. 곰곰이 생각한 끝에 그 책을 다른 책들 뒤에 숨겨 두고 고객들의 눈에 띄지 않게 했습니다. 그때부터 이따금 그 서점에 들러 숨겨 둔 책이 잘 있는지 몇 차례 확인하다가 용돈이 생기자마자 명동으로 달려갔던 기억이 아직껏 생생합니다. 연전에 세상을 떠난 C군에게는 끝내 그 이야기를 하지 않았습니다.

또 이런 일도 있었습니다. 기발한 언행으로 캠퍼스에서 명성을 떨치고 있던 학과 후배 I군이 어느날 불쑥 찾아오더니, "형, 이것 줄 테니 돈 좀 줘"라고 했습니다. 그가 내민 것은 토머스 벌핀치의 *Mythology*였습니다. 그의 사연인즉 한동안 난잡하게 지냈더니 급하게 항생제를 투여받아야 한다는 것이었습니다. 그 책이 무척 탐났지만 그날도 나에게는 돈이 없었습니다. 그 후 얼마쯤 지나 명동의 어느 고서점에서 나는 그 책을 만났습니다. 책갈피에 I군의 도장이 찍혀 있었으니 그가 들고 왔던 바로 그 책임이 분명했습니다. 그날 나는 그 책을 손에 넣었고 오랫동안 소중한 참고서로 이용했습니다. 훗날 언론계에서 이름을 떨친 I군에게는 그 후일담을 들려준 적이 없습니다.

이렇게 온갖 곡절 끝에 어렵게 사들인 책이니 어느 한 권 소중하지 않은 것이 있겠습니까. 그래서 고등학교 시절부터 시작된 버릇대로 구입하는 족족 장서 대장에 일련번호, 제목, 저자, 출판사, 출판 연도, 가격, 구입일자, 서점명 등을 기입해 두었습니다. 그처럼 아낀 책인데도 친구들이 빌려 달라거나 모르는 사람이 친구를 통해 빌려 달라고 하면 거의 언제나 빌려주었습니다. 빌려준 책들이 많아지자 대출 대장도 만들었으나, 급하게 필요한 책이 아니고는 반환 독촉을 하지 않았습니다. 대부분 되돌아왔지만 영영 돌아오지 않은 책도 많습니다.

그러던 중 황당한 일을 겪게 되었습니다. 내가 빌려준 책이 명동의 어느 고본점에 매물로 꽂혀 있었던 것입니다. 졸업할 무렵 『문리대학보(文理大學報)』에 실을 글을 쓸 때 구입한 헤밍웨이의 작가 수련 시절에 대한 책인데 미군 부대서 흘러나온 호화양장의 고본이었습니다. 지금은 그 저자의 이름이 기억나지 않고 *The Apprenticeship* … 어쩌고 하는 제목의 첫머리만 떠오릅니다. 외대에서 졸업 논문을 쓴다는 사람이 내 친구를 통해 빌려 가서는 돌려주지 않고 고서점으로 들고 갔던 것입니다. 나는 책점 주인에게 그 책이 내 것이라는 증거를 댈 수 없었고 물론 그 '장물'을 되찾지 못했습니다.

그런 일을 겪고 나서 나는 책에다 내 책이라는 표시를 해 두기 시작했습니다. 제목이 나오는 첫면에 도장을 찍거나 영문 서명을 했고 그것도 못 미더워 특정 페이지 하단에 내 영문 이니셜을 써 넣기도 했습니다. 공공도서관 소장 도서에서 볼 수 있는 밀인(密印)을 대신하기 위해서였습니다. 더러는 책에다 내 장서인을 찍기도 했습니다. 그 도장은 내가 책을 좋아하는 것을 눈치챈 선친이 마당에서 캔 회양목―우리는 그 관목을 도장나무라고 불렀다―뿌리를 손수 다

듦어 만든 인재(印材)를 우리 고향 최고의 인각장(印刻匠)에게 맡겨 새기게 한 것인데 좀처럼 사용하지는 않았습니다.

이처럼 어렵게 손에 넣어 오랫동안 소중히 간직해 온 책인데도 지금은 책꽂이를 쳐다볼 때마다 중압감을 받습니다. 대학에서 퇴임하기 전에 많은 전공 서적을 후배들에게 나눠 주었고 우리말 전적은 한 시립도서관에 기증했습니다. 퇴임 후에는 옛날에 다닌 고등학교 도서관으로 보내기 시작했고 요즘도 이따금 포장한 책을 우체국으로 들고 갑니다. 하지만 서양 서적은 아직도 꽤 남아 있는데 마땅히 보낼 데가 없습니다. 그래서 요즘은 영문 지장본들을 골라내어 내 도장이나 서명이 보이는 책장을 찢어내고 폐지로 내다 버리기도 합니다. 한 권을 집어 들고 버릴까 말까 망설이다가 다시 책꽂이에 되올려 놓는 경우도 종종 있습니다. 그 구매 경위나 읽은 소감 또는 교재로 사용했던 기억 따위가 뇌리에 스쳐 차마 버리지 못하기 때문입니다.

흔히 좋은 사람들을 만나 사귀기는 어렵고 헤어지는 일은 더 어렵다고 하는데, 나에게는 책을 구입해서 소장하다가 끝내 처분하는 일도 좋은 사람들의 경우나 별로 다를 바 없는 듯합니다.

(2020)

트리어—고대 로마를 기억하는 고장

2019년 독일 기행 (1)

해마다 연례 행사처럼 해 오던 가을철 유럽 여행을 작년에는 건너뛰고 올해는 일정을 당겨서 부활절 연휴 기간에 잡았습니다. 유럽의 가을철 악천후를 피할 수 있을까 하는 바람 때문이었는데 다행히 여행하는 동안 날씨가 내내 쾌청하고 온화했습니다. 여느 때처럼 독일 북서부 지역의 부퍼탈에 베이스캠프를 친 나는 막 봄방학을 맞은 외손녀 모녀를 앞세우고 라인강과 그 지류들 및 일부 다뉴브강 지역을 두 차례 탐방했습니다. 그중의 하나는 라인강의 지류인 모젤강 상류의 고도시 트리어(Trier)와 라인 강변의 소도시 뤼데스하임(Rüdesheim)을 탐방하는 2박 3일의 일정이었습니다.

부퍼탈에서 트리어를 찾아가자면 코블렌츠(Koblenz)라는 곳에서 기차를 지방선으로 갈아타야 합니다. 모젤강이 라인강과 합류하는 지점에 놓인 그 교통 요충지를 그냥 환승만 하고 지나칠 수는 없었습니다. 왜냐하면 나에게는 1965년 여름에 본(Bonn)대학에서 영문학

박사 과정에 있던 한 독일 친구와 그곳에서 라인강 유람선을 탔던 추억이 있기 때문입니다.

두 강이 합류하는 지점에는 그해 여름에 보았던 도이체스 에크("독일의 모퉁이")라는 유람한 석재 구조물이 예전 모습 그대로 서 있었습니다. 이미 반세기가 넘는 세월이 흘렀습니다만, 영국의 어느 대학에서 한 기숙사에 머물며 함께 영문학을 공부했던 그 독일 친구는 여름방학 때 나를 자기 집으로 초대했고, 하루는 우리가 코블렌츠에서 강 건너 언덕 위의 요새를 둘러보았습니다.

친구는 슈베르트의 〈보리수(Der Lindenbaum)〉와 민요 〈로렐라이(Lorelei)〉를 독일어 가사로 부를 줄 아는 한국의 20대 영문학도를 위해 일삼아 보리수나무를 찾아내어 가리켰고 유람선에서는 함께 로렐라이 언덕을 바라보았습니다. 북부 독일의 어느 대학에서 영문학 교수로 있던 그 친구도 지금은 은퇴했는데 서로 연락이 끊어진 지 꽤 오래되네요.

그해 여름에 올라갔던 언덕 위의 요새를 근년에 강을 가로질러 개설된 케이블카를 타고 올라갔는데 이른 오전 햇빛을 담뿍 받고 있는 코블렌츠 시가지가 마치 드넓게 펼쳐 놓은 한 폭의 그림처럼 내려다보였습니다.

모젤강은 독일 서남쪽 프랑스와 룩셈부르크 접경 지역에서 발원하여 동북 쪽으로 협곡을 따라 꾸불꾸불 흐르는 강인데 상당히 큰 화물선과 유람선들이 빈번히 왕래하고 있었습니다. 기찻길은 대체로 강을 따라 나 있었고, 차창에서 내다보이는 강 양안의 가파른 경사에 펼쳐진 포도밭들은 그곳이 유명한 모젤 와인 명산지임을 말해 주고 있었습니다.

트리어에 이르러 호텔 방에서 내다보니 바로 길 건너편에 서 있는 포르타 니그라("검은 문")가 한눈에 들어왔고, 고대 로마의 유적을 답사하겠다고 그 고장을 찾아온 나의 가슴은 그때부터 설레기 시작했습니다. 이 문은 기원후 2세기 후반 이 고장에 6킬로미터에 달하는 성벽이 축조될 때 그 북문으로 처음 세워졌다고 합니다. "검은 문"은 중세 때 사암으로 된 석재의 표면이 풍화작용으로 검은색을 띠게 되자 붙여지게 된 별명이라고 합니다.

우리가 다음으로 찾아간 로마 시대 연고지는 카이저테르멘("황제 목욕탕")이라는 광대한 유적지였습니다. 4세기 때 트리어가 오늘의 프랑스, 스페인 및 영국에 걸치는 서부 로마 지역을 통합하는 거점이 되자 그곳에 황제의 거처가 지어졌고 그때 목욕탕도 함께 축조되었다고 합니다. 그 현장에서는 원래 계획된 전체 건축물들의 투시도를 볼 수 있었고 지하에도 방대한 유적이 보존되어 있습니다. 트리어에는 그곳 말고도 옛 목욕탕 시설이 두 군데나 더 있는데, 이는 고대 로마인들이 어느 지역을 정복하든 그곳에 제일 먼저 건설한 것이 목욕탕이었을 것이라는 내 평소의 심증을 굳혀 주었습니다.

하지만 로마인들이 어디 목욕을 즐기는 데에만 집착했겠습니까. 그들은 어디를 가나 원형 극장을 짓는 일도 게을리하지 않았습니다. 나는 일찍이 스페인 세비야 근교와 프랑스 지중해 인근 도시 아를 등지에서 옛 로마인들이 세운 원형 극장을 보고 놀란 적이 있기 때문에, 트리어의 원형 극장 유적에는 그리 놀라지도 않았습니다.

이 극장은 성곽에 연접하여 지어졌고 성문 중의 하나로 이용되기도 했답니다. 2만 명의 관중을 수용했다는 이 원형 극장에서 로마인들이 동물 사냥, 검투사들의 시합뿐만 아니라 음악회와 각종 축제까지 즐겼을 거라고 생각하니 옛 로마 생활 문화의 풍성함이 새삼스럽게 실감되는 기분이었습니다.

우리가 둘러본 또 하나의 로마 유적은 모젤강에 축조되어 있는 고대의 다리였습니다. 2세기에 건조되었다는 이 다리는 교각들이 오늘날까지 잘 보존되어 있어서 트리어가 자랑하는 유네스코 세계문화유산 중의 하나로도 등재되어 있다고 합니다.

하지만 트리어에 와서 옛 로마의 흔적만을 찾는다면 그야말로 트리어를 그 반쪽밖에 보지 못하는 꼴이 되겠습니다. 왜냐하면 그곳에는 독일에서 가장 오래된 교회가 있기 때문입니다. 역시 유네스코 세계문화유산으로 등재된 성 베드로 대성당과 그 곁에 이어서 지은 리브프라우엔 키르헤("성모 마리아 성당")가 바로 그것입니다.

성 베드로 대성당은 기독교를 압제로부터 해방시킨 황제로 숭앙받는 콘스탄티누스 대제의 뜻에 따라 4세기에 처음 건설되었고 독일 땅에서는 가장 오래된 성당이라고 합니다. 처음 지어질 때에는 로마를 제외한 유럽에서 규모가 가장 큰 성전이었지만 프랑크족과 바이킹족의 침공으로 두 차례나 파괴되었다고 합니다. 오늘날 우리가 볼 수 있는 교회 건물은 11세기에 재건된 것으로, 앞면을 포함하여 대부분은 로마네스크 양식을 보이고 있으나 훗날 시대의 변천에 따라 교회의 내부에는 고딕 천장, 르네상스 조각품들, 바로크 채플 등의 다양한 양식들이 추가되었다고 합니다.

이 대성당은 가톨릭 순례자들에게 각별히 중요시되고 있는데 그 것은 그곳에 예수가 세상을 떠나던 날 입고 있었다는 성의가 보물로 보관되어 있기 때문입니다. 「요한복음」 19장 23절에 언급되고 있는 "호지 아니하고 위에서부터 통으로 짠" 옷이 바로 그 옷이라는 겁니다. 천의무봉(天衣無縫)이라더니 그야말로 성의무봉(聖衣無縫)인 셈이지요. 하지만 워낙 성스러운 물건이라 속인(俗人)들의 친견은 물론 허용되지 않았습니다.

이 성전에는 성의 이외에도 콘스탄티누스 대제의 모친 성(聖) 헬레나의 두개골과 십자가에 박혀 있던 못이 보관되어 있습니다. 이런 것을 보면 부처님의 진신사리라는 것을 불교권 국가들이 나누어 보존하고 있듯이, 옷, 면류관 및 십자가 등 예수와 관련 있었다고 전해지는 물품들을 유럽 각지에서 소중히 보관하고 있음을 알 수 있습니다. 그런 것들이 모두 진품이냐 아니냐를 놓고는 논란이 있을 수 있지만 종교적 믿음이 꼭 합리적으로 설명되거나 증명되어야 할 필요가 있을까 싶습니다. 그런 것은 그저 전설대로 믿어 주는 것이 온당하지 않을까요? 이 밖에도 이 성당에는 화려히 장식된 파이프 오르간이 눈길을 끌었는데, 그것과는 대조적으로 스테인드글라스만은 상대적으로 아주 수수한 편이었습니다.

대성당에 연접해서 지은 성모 마리아 성당은 건물의 평면 배치가 원형으로 된 아담한 교회입니다. 13세기에 처음 지어졌다는 이 교회에서 가장 먼저 눈에 들어온 것은 그 아름다운 스테인드글라스였습니다. 비교적 근년에 조성되었음이 분명한 그 아름다운 채색 창들이 무엇보다 우리나라의 전통 조각보 무늬를 본따 만든 것처럼 보여서 눈길을 끌었습니다. 그리고 성모교회와 대사원 곁에 붙어 있는 주랑(柱廊) 또한 13세기에 지어진 것이라는데, 들어가 보니 두 엄숙한 교회가 숨을 고르는 공간처럼 편안하게 다가왔습니다.

트리에는 무엇보다 고대 및 중세 역사와 관련해서 주목할 만한 곳이지만 19세기의 독일 사상가 칼 마르크스(1818~1883)의 출생지로도 우리에게는 흥미롭습니다. 시내에 있는 그의 생가는 18세기 초반에 지어진 3층 건물인데 서로 연결된 앞뒤 두 채가 오늘날에는 기념관으로 쓰이고 있습니다. 개신교로 개종한 유대인 법률가 집안에서 태어난 마르크스는 본대학과 베를린대학에서 법률과 철학을 공부하여 23세에 철학박사 학위까지 받았다고 합니다. 그가 국가와 종교를 거침없이 비판하면서 정치적 급진주의를 추구하던 당대의 젊은 헤겔학도 그룹의 일원이 되었다가 끝내 온 세상을 크게 뒤흔들면서 파란만장한 일생을 살게 되는 과정을 기념관의 전시물들이 여실하게 보여 주고 있었습니다. 그러므로 관람자들이 마음먹고 시간을 들인다면 마르크스의 생애와 업적에 대해 상당한 교양을 쌓을 수 있을 정도로 전시물들은 체계적이고 충실했습니다. 나는 전시회장을 나오면서 트리어 시민들이 자기네 고장이 낳은 한 혁명적 사상가에 대한 긍지가 이만저만이 아닐 거라는 생각을 했습니다.

지금까지 나는 한 유서 깊은 고장의 역사적 측면만 들춰 보았습니다만, 트리어는 살아 있는 도시로도 꽤 흥미 있는 곳이었습니다. '검은 문'에서 옛 시장터까지는 번화한 상가였는데 널찍한 길 한복판에 임시로 가설된 포도주 시음장은 대낮부터 그 지방의 명산 포도주를 마시며 흥겹게 담소하는 사람들로 흥청거리고 있어서 그 고장이 모젤 와인 명산지임을 실감하게 했습니다.

　저녁 식사를 하기 위해 찾아간 식당에서 나는 고대 로마식 양념을 했다는 돈육 요리를 고른 후 슈펫 부르군더(Spätburgunder)라는 늦게 익는 포도로 빚은 그 지방 적포도주를 한 잔 주문했는데 웨이트리스는 우선 샘플링부터 해 보라며 작은 소주잔에 담은 술을 가져다주지 않겠습니까. 그런 풍습이 조금은 과잉 서비스라고 여겨졌지만 아무튼 그날 저녁 나는 맛있는 식사를 하며 아주 기분 좋게 여독을 씻을 수가 있었습니다.

(2019)

뤼데스하임―한 성녀의 자취를 찾아

2019년 독일 기행 (2)

여러 해 전의 일입니다만 내가 바흐(Bach) 이전의 르네상스 시대 작곡가들을 닥치는 대로 섭렵하던 중에 엉뚱하게도 그들보다 수백 년이나 윗대인 중세의 힐데가르트라는 성녀의 음악과 마주치게 되었습니다. 그녀의 행적과 업적을 짐작하게 되자 언젠가 그 연고지를 찾아가 보았으면 좋겠다는 생각이 들었지만 그 꿈이 실현될 가능성이라고는 물론 조금도 없었습니다. 그러다 올해 독일 여행에서 라인강과 모젤강 유역을 답사하려고 마음먹게 되자 성(聖) 힐데가르트와 연고가 있는 뤼데스하임(Rüdesheim)이라는 고장이 우선 순위에 오르게 되었습니다.

트리어에서 뤼데스하임으로 가는 도중에 마인츠라는 꽤 큰 도시에 들렀는데 우리는 거기서 기차를 갈아타기 전에 시내로 들어갔습니다. 길잡이 노릇을 하고 있던 여식이 두 곳의 성당 탐방을 강력히 추천했기 때문입니다.

먼저 찾아간 곳은 성(聖) 스테판 교회라는 아담한 성당이었는데 마르크 샤갈이 그 교회에 조성해 놓은 스테인드글라스를 보기 위해서였습니다. 벨로루스 출신의 유대인 화가로 나치를 피해 해외로 탈출해야 했던 샤갈은 1978년부터 1985년 세상을 떠나기까지 그 교회에서 도합 아홉 개의 창문에다 그 특유의 화풍을 여실히 드러내는 스테인드글라스를 만들었습니다. 그의 의도는 유대인과 독일인 사이의 화해를 도모하자는 데 있었다고 합니다. 샤갈의 사후에는 그의 제자 샤를 마르크가 스테인드글라스 작업을 이어받았고 그가 만든 유리창의 청색 기조(基調)는 두 화가가 사제지간임을 확연히 보여 주고 있습니다.

우리가 다음으로 찾아간 곳은 스테판 교회에서 지척간에 있는 마인츠 대사원이었습니다. 이 성전은 10세기에 신성로마제국에서 막강한 권세를 휘두르고 있던 한 마인츠 대주교가 그 고장을 "제2의 로마"로 만들겠다는 꿈을 가지고 세운 것인데 처음에는 로마네스크 양식의 건물이었지만 훗날 고딕과 바로크 양식의 부분들이 추가되었다고 합니다.

공식적으로 성(聖) 마르틴 대사원이라고 호칭되는 이 성당 안에서 먼저 주목을 끈 것은 무엇보다 예수의 행적을 그린 프레스코 벽화들과 고딕 양식의 창문들이었습니다. 특히, 다른 많은 교회의 사례들과는 달리, 예수와 사도들의 행적을 그리는 대신에 오직 다채로운 배색과 문양만으로 만든 스테인드글라스 창문들이 너무 아름다워 앞으로도 오랫동안 나의 뇌리에서 쉽게 사라질 것 같지 않습니다.

이 대사원을 주교좌(主敎座)로 삼고 있던 대주교는 신성로마제국 시대에 선제후를 겸하고 있었으므로 말하자면 제정일치(祭政一致) 방식의 막강한 통치자였고 지방의 군왕들을 마인츠로 불러 왕관을 씌워 주는 권세까지 누렸다고 합니다. 그러고 보니 지금으로부터 500년 전에 마르틴 루터가 면죄부 판매의 부당성을 지적하는 95개 조항의 신학 테제를 써서 가장 먼저 마인츠 대주교에게 보낸 것도 이해가 됩니다. 그리고 오늘날까지도 마인츠 대주교는 교계뿐만 아니라 정계에서 상당한 발언권을 행사하고 있다는데 그것 역시 우연이라고 할 수 없겠습니다.

대주교가 선제후를 겸하고 있던 주교좌는 마인츠 말고도 쾰른과 트리어가 있었는데, 내가 기왕에 쾰른 대성당을 여러 차례 탐방한 적이 있으므로 이제는 역사적으로 중요했던 그 세 곳을 다 찾아가 본 셈이라 자못 흐뭇합니다.

뤼데스하임은 마인츠에서 완행열차를 타면 라인강 상류 쪽으로 미처 한 시간이 걸리지 않는 곳에 있습니다. 예약해 둔 호텔에서 체크인을 할 때 프런트의 직원이 투숙객을 환영하는 방식이 아주 특별했습니다. 아무 말 없이 백포도주를 담은 작은 유리잔 세 개를 카운터 위에 내어놓았거든요. 마셔 보니 스파클링 와인이었습니다. 나중에 알고 보니 바로 그 호텔은 그 고장의 한 와이너리가 직영하는 업소였고, 그 사실을 알게 되자 비로소 호텔 앞 길가에 세워둔 대형 포도주 통이 눈에 들어오더군요.

여장을 풀자마자 근처에 있는 케이블카를 타고 뒤쪽 언덕으로 올라갔습니다. 오후의 햇빛이 빗겨 든 라인강과 강 양쪽 언덕의 포도밭을 조망하기 위해서였습니다. 유유히 흐르는 라인강에는 크고 작은 화물선, 여객선 및 유람선들이 빈번히 오가고 있었고, 가까이 강가에는 우리가 찾아온 뤼데스하임이라는 작은 고장이 한 폭의 아름다운 풍경을 이루고 있었습니다. 그리고 강 건너에는 빙엔이라는 보다 큰 도시가 길게 펼쳐져 있었습니다. 포도주의 명산지로 이름을 떨치고 있는 그 지역 일대는 유네스코 세계유산의 일부로 등재된 곳이라고 합니다.

뤼데스하임은 워낙 작은 고을이므로 중심 시가지라고 해야 호텔 주변의 드롯셀가세라는 골목을 포함하여 좁고 짧은 길 몇 가닥이 사실상 전부였습니다. 호텔, 식당, 포도주 바, 기념품 가게 및 케이블카 승강장 등이 모두 그곳에 밀집되어 있었으니까요.

이제 성(聖) 힐데가르트 이야기입니다. 독일에서는 그녀를 Hildegard von Bingen 즉 '빙엔의 힐데가르트'라고 부르는데 이는 그녀가 뤼데스하임의 건너편에 있는 빙엔에서 수녀 생활을 시작했기 때문입니다. 또 그녀는 '라인 지역의 여선지자(女先知者)'라는 별명을 가지고 있었고, 전통적으로 성녀 호칭을 받아오고 있었습니다. 그러다 2012년에 독일 출신의 교황 베네딕트 16세는 정식으로 힐데가르트의 시성(諡聖) 선포를 했고, 성 힐데가르트를 '교회의 스승(Doctor of the Church)'으로 추존했습니다. '스승'은 가톨릭교의 역사에서 오직 서른 명의 남자와 네 명의 여자에게만 바쳐진 존귀한 호칭이라고 합니다.

1098년에 라인강 유역의 부유한 귀족 집안에서 열 번째 아이로 태어난 힐데가르트는 여덟 살 때 베네딕트 교단의 수도원으로 들어

가서 1179년에 세상을 떠날 때까지 70여 년간 수녀로 있었습니다. 그녀는 자기 스스로 세운 수녀원의 원장이 되어 스무 명의 귀족 출신 수녀들을 끌어들여 값진 보석과 사치스러운 모자를 과시하는 엘리트 수녀 공동체를 만들었다는데, 이는 검약과 절제를 덕목으로 삼는 수녀원의 전래 풍속에서 한참 벗어난 풍조였습니다. 하지만 그녀는 신비주의 비전을 가진 예언자로서 신학, 음악, 과학 등 여러 분야에서 많은 업적을 남겼으며 오늘날 그녀가 '스승'으로 숭앙되는 소이(所以)도 바로 그 점에 있으리라 여겨집니다.

내가 뤼데스하임의 아이빙엔 구역에 있는 성 힐데가르트 연고지 두 곳을 찾아간 것은 부활절 당일 오전이었습니다. 먼저 들른 곳은 마을 변두리에 있는 작고 아담한 성 힐데가르트 순례교회였습니다. 이 교회는 힐데가르트가 세운 옛 아이빙엔 수도원의 일부를 전후에 복원할 때 붙여서 지었다고 합니다. 그리고 교회 입구의 벽 모서리에는 석회암으로 조각한 성 힐데가르트의 입상이 서 있습니다.

교회의 제단에 덩그렇게 놓인 가옥 형상의 금빛 궤 속에는 성 힐데가르트의 유골이 안치되어 있습니다. 그리고 성당 내의 한쪽 벽에는 힐데가르트가 생전에 보관하고 있었다는 브뤼셀의 주보성녀 성(聖) 구둘라의 유골이 전시되어 있습니다. 이처럼 성녀들의 유골을 함에 넣거나 드러내어 전시하는 취지가 어디 있는지 잘 이해가 되지 않았습니다. 기왕에 나는 유럽의 몇 곳에서 무수한 인골로 장식된 교회를 찾아가 본 적이 있지만 그것이 죽음을 상기시켜 현세의 삶을 경계하게 하는 단순한 '메멘토 모리(memento mori)'인지 그 이상의 깊은 뜻이 있는지 모르겠습니다.

다음으로 찾아간 곳은 1900년대 초엽에 근교 아이빙엔에 새로 지은 성 힐데가르트 수도원입니다. 로마네스크 양식으로 지은 이 수도원에는 오늘날 약 50여 명의 수녀들이 살고 있다고 합니다. 그곳에 부속된 교회는 뜻밖에도 규모가 상당히 큰 편이어서 놀라웠습니다. 7년 전에 교황 베네딕트 16세가 성 힐데가르트를 '교회의 스승'으로 추대한다고 선포한 곳이 바로 그 교회였다고 하므로 그 성전의 위상을 짐작할 수 있습니다. 교회 내부의 벽면에 차분한 색조의 벽화가 그려져 있어서 특이했고, 앞면 천장 쪽으로 크게 그려 놓은 예수 상이 특히 인상적이었습니다.

부활절 일요일을 맞아 성 힐데가르트와 연고가 있는 위의 두 교회를 찾아 나서면서 나는 마음속으로 힐데가르트가 지은 성가나 합창 또는 오르간 곡 연주를 듣게 되는 행운을 은근히 기대하고 있었습니다. 하지만 두 곳 모두 이미 부활을 기념하는 미사는 끝나 있었고 예배당 내에서는 탐방객들만 볼 수 있었습니다. 뿐만 아니라 수녀들이 손수 재배한 포도로 포도주를 빚는다는 와이너리도 궁금했고 가급적이면 와인 맛도 보게 되기를 바랐지만 불운하게도 부활절 당일에는 와이너리와 매점이 문을 닫는다는 것이었습니다. 그래서 아쉽지만 수도원의 아름다운 경내나 둘러보고 나오는 수밖에 없었습니다.

하기야 그날 나는 제사에는 관심이 없고 젯밥에만 마음을 두었던 격이니 그런 낭패를 보았다고 한들 누구를 탓하겠습니다. 일찍이 영국 시인 알렉산더 포프(Alexander Pope)는 「비평론」이라는 시에서

교리를 배우기 위해서가 아니라
음악을 듣기 위해 교회를 찾는 자들이 있듯이,
정신적 교양을 위해서가 아니라
예쁜 목소리나 듣기 위해 시신(詩神)을 찾는 자들

이야말로 '바보'라고 꼬집은 바 있거니와, 내가 바로 그런 바보가 된
기분이었습니다.

그날 오전에 나는 교회 탐방을 시작하기 전에 우선 전날 올라갔
었던 뒷산에 다시 올라갔습니다. 식전에 스리랑카에서 여러 교회의
부활절 예배 시간에 맞춰 동시다발적으로 일으킨 끔찍한 테러 뉴스
를 듣고 심란해진 나머지 아침 햇살이 비치는 포도밭과 강물을 내
려다보며 마음의 안정을 찾아보기 위해서였습니다. 열 시가 되자
온 동네의 교회들이 한꺼번에 예수의 부활을 기리는 종을 치기 시
작했습니다. 멀리 언덕 위에 보이는 아이빙엔 수도원에서, 그리고
강 건너 빙엔의 여러 교회에서 울려오는 종소리들도 그 속에 섞여
있었을 겁니다.

분명히 기쁨의 종소리였을 텐데도 내 귀에는 몇 시간 전에 먼 나
라에서 죽은 무고한 목숨들을 애도하는 조종처럼 들리기도 했습니
다. 사방이 숙연해지는 기분이었고 문득 마음이 경건해졌는데 그
럴 때 느끼는 종교적 감정에는 신자와 속인 사이의 무슨 차이가
있을까 싶습니다. 그날 그 언덕 위에 함께 있었던 외손녀는 며칠
후에 "라인강 양쪽에서 메아리치듯 울려 퍼지던 종소리"가 무척
감동적이었다고 말했는데, 나는 아무 망설임 없이 그 말에 공감했

습니다.

나의 힐데가르트 자취 찾기는 그렇게 마무리되었습니다.

(2019)

뉘른베르크—단죄에서 화해로

2019년 독일 기행 (3)

2019년 독일 여행에서 또 하나의 일정은 라인강의 지류인 마인강 상류에 위치한 뉘른베르크와 그 주변을 둘러보는 3박 4일로 짜 보았습니다. 뉘른베르크라면 1945년에 제2차 세계대전이 끝난 후 패전한 독일의 전범들을 치죄하기 위해 특별재판소가 설치되었던 곳으로 알려져 있고 그곳에 대한 나의 사전 지식도 그 정도에 그치고 있었습니다. 하지만 그 주변에 산재해 있는 밤베르크와 레겐스부르크 같은 오래된 소도시들에 대한 궁금증 때문에 나는 그 일대를 올해 탐방 지역에 포함했습니다.

뉘른베르크 중앙역에 내려 일부러 대중교통을 이용하지 않고 도심을 향해 걸어가는데 가장 먼저 눈에 띈 것은 해자(垓子)를 끼고 있는 육중한 성벽이었습니다. 나중에 지도를 보니 뉘른베르크는 예전부터 성벽으로 둘러싸여 있던 상당히 큰 도시였더군요. 그런 내력에서 오늘날까지도 그곳은 독일의 도시 규모 서열에서 10위권 내외에 있습니다.

오늘날 기념관으로 보존되어 있는 전범재판소는 도심의 서남쪽에 있는데, 지하철에서 올라오자 저만치 대로변에 미국, 영국, 프랑스 및 옛 소비에트연방 등 4개 연합국의 국기가 기념관으로 들어가는 입구를 가리키고 있었습니다. 기념관은 뉘른베르크의 법조 단지 속에 있는 한 3층 건물인데 그 2층과 3층에 걸치는 넓은 공간에 많은 전시물이 있고 옛 법정도 똑같지는 않으나 그런 대로 재현되어 있습니다.

별도의 전시물들 중에는 피고인들이 앉아 있던 두 개의 목조 벤치가 있었습니다. 하지만 홀로코스트를 포함한 온갖 악행을 저지른 모든 나치 수괴들이 그 자리에 앉았던 것은 아닙니다. 아돌프 히틀러를 비롯하여 그의 수석부관 역을 맡았던 육군대장 빌헬름 부르크도르프, 육군참모총장 한스 크렙스, 나치의 계몽선전 책임자로 하루 동안 수상직을 맡았던 요셉 괴벨스, SS 친위대의 책임자 하인리히 힘러 등은 종전을 전후하여 자결했기 때문입니다.

그 벤치를 거쳐 간 죄수들의 직위는 다양했습니다. 공군참모총장 헤르만 괴링, 잠수함사령관 칼 뒤니츠 등의 군 고위 장성들뿐만 아니라 나치당에서 총통을 대행한 헤르만 헤스, 외무장관 요아힘 립벤트롭 같은 민간인도 다수 있었습니다. 그 밖에도 여러 점령 지역의 관할 책임자들, 무기 생산 책임자들, 중앙은행 총재, 방송국장 등 다양한 직종에 종사했던 사람들도 있었습니다. 그들은 각각 사형에서 사면에 이르는 여러 단계의 판결을 받았고 더러는 수감 중에 자결하기도 했습니다. 그런데 그들이 받은 형의 종류가 직위의

큰 나무 큰 그림자

높낮이보다는 저지른 죄상과 관계 있었음이 분명해 보였습니다.

이 전범 재판의 법적 적정성 여부에 대한 논란도 없지는 않았다고 합니다. 무엇보다 종전 후에 승자 논리에 의한 심판이 정당화될 수 있느냐는 논란이 있었지만, 전시에 인류와 특정 인종을 상대로 자행된 범죄를 처단하는 수단으로서의 전범 재판의 정당성은 여러 학술적 논구 끝에 재확인되어 왔다고 합니다. 오늘날 헤이그에 설치되어 있는 국제사법재판소 같은 단죄 기관도 그런 사법 논리가 빚어낸 결실이 아닌가 싶습니다.

나치 시절에 뉘른베르크는 군중 집회 및 증오에 찬 대중 선동 등을 통해 독일의 다른 어느 도시보다도 더 악명을 떨치고 있었다고 합니다. 하지만 나는 이 도시에서 놀랍게도 화해의 아이콘이라고 할 만한 것을 보았습니다. 호텔에서 지척간에 있던 성(聖) 제발트 교회를 탐방했다가 뜻밖에 화해와 평화를 간구하는 기도를 만날 수 있었던 겁니다.

이야기는 제2차 세계대전 발발 후 얼마 되지 않았던 1940년 11월 13일로 소급합니다. 그날 독일 공군이 영국 공업지대인 버밍엄 인근의 중소도시 코벤트리를 폭격해서 막대한 피해를 입혔고, 중세의 고다이바 부인(Lady Godiva) 전설이 어려 있던 그 유서 깊은 고장은 그날 14세기에 세워진 대사원을 잃었습니다. 그때 독일 공군사령관 헤르만 괴링은 "앞으로 우리는 영국 도시들을 한 곳 한 곳씩 코벤트리처럼 파괴할 것"이라고 호언했습니다. 그러나 영국 성공회 측의 반응은 달랐습니다. 폭격 몇 주일 후에 성탄절을 맞아 그 폐허의 현장에 나온 성공회 신부 딕 하워드는 BBC 방송을 통해 독일에 대한 보복을 부추기는 대신에 용서와 화해를 위해 노력하자고 호소했던 것입니다.

내가 1981년에 코벤트리를 처음 방문했을 때에는 허물어진 옛 사원 곁에 새로이 현대적 대사원이 세워져 있었지만, 폭격의 잔해는 그대로 보존되어 있었고 그 속에서 타다 남은 목재로 만든 허름한 십자가 하나를 볼 수 있었습니다. 그후 15년이 지난 1996년에 그 폐허를 다시 찾아갔지만 나는 그 십자가의 내력이나 제단에 새겨 놓은 "하느님 아버지, 용서하소서(Father Forgive)"라는 명문(銘文)에는 여전히 주목하지 않았습니다. 그러니 그 폐허를 두 차례나 찾아가면서도 대체 무얼 보고 무얼 배웠는지 모르겠습니다. 아마도 바질 스펜스라는 유명한 건축가가 설계해서 새로 지은 대사원을 둘러보는 데에만 정신이 팔려 있었을 겁니다.

그러다 뒤늦게 뉘른베르크에 와서야 그 명문의 뜻을 알게 된 것입니다. 그것은 하워드 신부가 작성한 호칭기도(呼稱祈禱, litany)의 일부였습니다. 그리고 타다 남은 목재로 만든 나무 십자가 이외에도 역시 폐허에서 찾아낸 세 개의 대못으로 십자가를 조립해서 새로 지은 대사원에 설치해 두었다는 사실도 이제 와서야 알게 되었습니다.

코벤트리가 폭격당한 후 4년 남짓 지나 1945년 1월 2일에 500대가 넘는 영미 공군 폭격기들이 뉘른베르크를 초토화했을 때 성 제발트 교회도 파괴되었습니다. 오늘날의 교회는 전후에 재건된 것인데 그 벽면에 걸려 있는 세 개의 대못 십자가는 1999년에 코벤트리 대사원으로부터 기증받은 복제품이라고 합니다.

그리고 그 대못 십자가 곁에는 독어와 영어로 된 코벤트리 대사원

'화해의 호칭기도'가 걸려 있는데, 그 내용은 일곱 가지 죄악의 용서를 기구하고 있습니다. 그 일곱 가지는 대체로 기독교에서 전통적으로 경계해온 일곱 가지 중죄(seven deadly sins)와 일치하고 있지만 새로이 추가된 증오와 무관심이라는 죄가 눈에 띄었습니다. 특히 "민족과 민족, 인종과 인종, 계층과 계층 사이를 갈라놓는 증오"의 용서를 맨 먼저 기구하고 있는 것이 눈에 띕니다. 성 제발트 교회에서는 매주 금요일 정오에 이 코벤트리 호칭기도를 올린다고 합니다. 그 교회를 무심코 들렀다가 그간 단죄의 고장으로만 알고 있던 뉘른베르크가 속죄와 화해의 땅이기도 하다는 것을 새로이 알게 되어 나는 내심 무척 흐뭇했습니다.

뉘른베르크의 대표적 탐방지로는 언덕 위의 고성을 빠뜨릴 수 없습니다. 거대한 암반 위에 자리 잡은 이 성은 그 나름의 튼튼한 방벽을 가지고 있지만 오늘날 우리가 보기에는 난공불락의 요새라기보다도 지배 계층 사람들이 고자세로 위엄을 부릴 수 있는 곳 정도로만 보였습니다.

또 한 곳 찾아가 보아야 할 곳은 성벽 바로 아랫동네에 있는 알브레히트 뒤러 하우스입니다. 르네상스 시대 독일 미술사에서 가장 중요한 위치를 차지하고 있는 화가 알브레히트 뒤러(1471~1528)의 생애와 업적을 기리기 위해 이용되고 있는 그의 5층 고택입니다. 아주 흥미로운 곳이었으나 한 가지 아쉬웠던 것은 후세 화가들이 모사(模寫)한 뒤러의 그림들이 전시되어 있었다는 점입니다. 귀중한 원화를 전시하기엔 부적합한 공간이라 부득이했으리라 짐작됩니다. 가령 그곳에 전시되어 있는 1507년 작품 〈아담과 이브〉는 그 원화가 마드리드의 프라도 미술관에 소장되어 있다고 합니다. 뉘른베르크 시내의 미술관을 찾아가면 뒤러의 작품들을 더러 볼 수 있지 않을까 싶었지만 유감스럽게도 빡빡한 일정에 쫓겨 그럴 여가를 내지 못하고 말았습니다.

그 밖에도 뉘른베르크에서 찾아가 볼 만한 곳으로 성(聖) 로렌츠 교회를 빼놓을 수 없습니다. 성 제발트 교회와 쌍벽을 이루고 있는 이 우람한 교회는 종교개혁 초기부터 개신교 교회로 전용되어 왔다고 하는데, 육중하다는 인상을 주는 외모와는 달리 그 내부는 의외로 탐방인의 마음을 편안하게 해 주었습니다.

대표적 가톨릭 교회로는 중앙 시장에 접해 있는 성모 마리아를 기리는 프라우엔 키르헤(성모성당)이 있습니다. 건물의 앞면이 특이한 건축양식으로 된 이 교회는 그 아담한 외모와 다소곳한 내부가 유난히 인상적이었습니다.

뉘른베르크에서 보낸 두 번째 날 나는 인근 고도시 밤베르크를 둘러보고 일찌감치 돌아온 후 호텔의 창가에 앉아 맞은편 프라우엔 성당의 전면(前面)에 빗겨 든 석양을 느긋이 바라보고 있었습니다. 마침 땅거미가 들기 직전이었는데 노천에서 스낵을 먹거나 포도주를 마시거나 기념품을 사는 관광객들로 옛 장터는 부산했습니다.

그러다 며칠간 외면해 온 세상 일이 궁금해서 TV를 켜니 CNN에서는 파리의 노트르담 대사원에 화재가 났다며 현장 중계를 하고 있지 않겠습니까. 치솟는 연기 사이로 날름거리던 불길은 점점 더 거세졌고 끝내 제단 쪽의 첨탑이 무너져 내리는 참담한 광경을 나는 실시간으로 지켜보아야 했습니다. 그러는 사이에 맞은편 프라우

　　　　　　　　　　　　　　큰 나무 큰 그림자

엔 성당에 비치던 저녁노을은 조명등 불빛으로 바뀌어 있었습니다. 역시 성모를 기리는 파리의 노트르담 대사원이 날름거리는 불길에 속절없이 시달리고 있는데도 그 자매 격인 프라우엔 성당의 세모진 전면(前面)은 이웃나라의 대성당이 처한 곤경을 아는지 모르는지 이글거리는 황금빛만을 자랑하고 있는 듯했습니다.

나는 어쩌다 해외여행을 할 때마다 자연 경관의 탐승보다는 옛사람들이 살던 흔적들을 탐방하고 그중에서도 특히 유서 깊은 교회들 찾아가서 그 아름다운 내부 구조와 스테인드글라스를 쳐다보는 데서 커다란 보람을 느끼곤 합니다. 그리고 오랜 세월 동안 풍상(風霜), 화마(火魔), 전화(戰禍) 같은 재앙에 시달리면서도 그 사원들이 유지와 복원을 위해 기울여 온 노력에 늘 경의를 표해 온 편입니다. 그러므로 오늘날 많은 사원들이 자연 재해뿐만 아니라 인간의 악의 찬 파괴 행위로 인해 자꾸만 손상되는 것을 바라보는 것은 가슴 아픈 일입니다. 이번 노트르담 화재는 방화나 테러와 관계없는 단순한 사고였다니 그나마 다행입니다. 하지만 부활절 일요일에 스리랑카에서 자행된 몇몇 교회 상대의 테러 같은 만행은 더이상 없었으면 좋겠다는 생각이 간절합니다.

제2차 세계대전을 일으켜 수천만의 인명 피해뿐만 아니라 엄청난 문화유산의 파괴 같은 사상 최대의 재앙을 초래한 전쟁 장본인들을 단죄하고 끝내 화해를 찾고자 했던 그 역사적 고장에서 그날 저녁 나는 새삼스럽게 평화를 염원하면서 노트르담의 불길이 사그라지는 것을 끝까지 지켜보지 못한 채 자리에 들었습니다.

(2019)

이상일

친일파 대 반일종족주의자

공연평론의 낙수(落穗)들(下)

친일파 대 반일종족주의자

일본에 사는 친구 하나가 국내 학회에서 친일파로 낙인 찍혔다. 내가 보기에 그는 일본을 잘 아는 지일(知日)파로 분류될 사람이다. 그는 국내 대학 일본 학과와 민속인류학 계열의 인재였지만 결국은 일본 대학 전임으로 자리를 옮겼고 일본제국주의 식민지 연구 테마로 문부성 지원금을 잘 타낸다 싶었다. 일제 식민지 연구가 아무리 객관적이고 중립적이라 해도 받은 연구비 출처가 일본이다 보니 돈줄의 그림자가 느껴지는지 국내 학자들에 의해 친일로 따돌림을 당하다 정년퇴직 후를 고려해 마침내 그는 일본으로 귀화하였다. 이름은 한국식 그대로 지닌 채―그렇게 되면 '친일파'라는 욕이랄까 별칭이 무색하게 그는 일본에 동화되어야 하는 일본인이다.

최근 들어 '종족주의자'라는 못 듣던 용어가 들리기 시작했고 거기에 '반일'이 붙는다―반일종족주의, 반일종족주의자…… 종족은 부족(部族)이라는 원시민족 단위를 가족·씨족으로 확대한 사회집단인 민족학(Voelkerkunde) 개념이다. 민족학이 현재는 거의 문화(사회)인류학으로 흡수된 상황에서 새삼스럽게 '민족'보다 하위 개념으로 보이는 '종족'을 들고 나오는 것은 분명히 '의도적'으로 보인다. 종족주의자는 민족주의자보다 더 원시적이고 편협하고 단시안적인 이데올로거로 비친다. 따라서 거기에 '반일'이라는 지시어가 붙으면 반일 행동으로 먹고사는 원시종족처럼 언어적인 변신이 가능하다.

일본 식민지 연구, 라기보다 식민지 경제 연구의 서울대학교 이영훈 교수가 한국에 대한 일제의 식민지 역사를 개화기의 '긍정적' 문명 이식, 근대적 제도 도입론으로 해석한 책을 일본 극우 세력들이 크게 받들고 나왔다. 그의 연구 저서가 『반일종족주의』이다.

일본 우익 진영의 전략이 한국 민족의 반일 사상을 반일종족주의쯤으로 격하시키려는 홍보 수단 아닌가 했더니 종족주의를 내세운 장본인은 한국 지식인이다. 36년간 일제 식민지 사관에 오염된 일부 한국인들이 스스로를 낮추고 멸시·자학하는 '엽전(葉錢)' 의식을 키워 낸 것처럼 이 교수의 '반일종족주의'라는 표제가 뜻하지 않게 민족보다 더 원초적인 종족으로 한민족을 깎아내리는 데 기여한 요소는 없는 것일까. '반일종족주의자' 집단은 민족 집단도 아니고 기껏해서 종족·부족 집단 정도에 지나지 않고 극단적으로는 타고날 때부터 '왜놈'을 닮아서 '토착왜구'라고 입빠른 논객들이 극언도 서슴치 않는, 그런 무리가 반일을 깃발로 흔들고 있다는 정도라면 '반일종족주의'는 그 원뜻을 이미 상실한 것이다.

2

친일파인 내 친구가 최근 펴낸 책을 읽으며 그의 일본제국주의 식민지 역사에 관한 친일적 안목을 지탄하기 위해 '식민 역사'에 문외한인 내가 일부러 '꼰대 보수', '반일종족주의자'라는 탈을 쓰고 서평을 쓰기로 했다.

구 총독부 철거 사실을 저상에 놓고 우리끼리 이메일상의 논쟁을 펴 보자는 것이었다. 주제는 이미 과거지사가 되어버린 총독부 청사의 보전이냐, 파괴냐였다.

우리 둘의 논리와 주장, 우리 둘 사이의 프라이버시가 보장된 낮은 두 목소리 사이에 걸쳐지는, 친일파와 반일종족주의자(이하 반종파) 사이에 상호 이해의 유형이 만들어질 수 있을까―우리 둘 사이의 소통 신호는 식민지 역사의 '사실'과 그 반사로 떠오르는 민족 역사의 긍지와 '정신적 진실'에 접근해 보자는 것―지금 생각해 보면 우리의 주제는 일본제국주의 식민지 역사의 '사실과 진실'에 관한 탐구였다는 것이 옳을 것이다.

처음 이메일의 출발은 그의 저서를 주고받으며 시작되었다.

2019.8.15.

최 선생께,

어제 『위안부의 진실』 잘 받았습니다. 이 문제는 최 교수를 또 친일 논쟁으로 끌어들일까 봐 내가 애써 외면하던 문제입니다. 걱정하던 대로 최 선생은 위안부라는 신분 구조를 일본제국주의, 내지는 전통적 일본인들의 호색 본능과 연계하고 여러 전쟁범죄 가운데 하나인 섹스 사업으로 봐 주려는 듯합니다. 최 선생이 친일 논쟁에 말리지 않기를 바라는 선배로서 한마디 한다면 출판사의 선전 문구 −"위안부, 내지 매춘부는 강제 연행되어 왔다고 말할 수 없다"는 표현이 진실을 가리게 하는 말장난이라는 사실입니다.

2020.6.21.

이 선생께,

메일 감사합니다. 오래 끊어졌던 메일 잇게 되어 반갑습니다. 홍 교수의 서거를 애도합니다. 나의 연구는 경성제대 아키바 교수, 임석재, 이두현으로 이어지는 식민지 연구에 접속될 운명입니다. 나의 새 저서 『제국 일본의 식민지를 걷다』를 보내드립니다. 남아공의 로즈 씨 동상이 흑인들의 ×물 세례를 받았습니다. 그런 민중들로부터 칭찬을 받아야 하는지 회의적입니다. 한국의 반일, 흑인들의 반(反)식민지 의식 등 이제는 넓게 봐야 할 때가 되었다고 말하는 일본의 유명한 식민지 연구가 야마지 선생이 격려의 메일을 보내 왔습니다. 이 선생의 감상 서평을 기다리겠습니다.

2020.6.24.

최 선생께,

『제국 일본의 식민지를 걷다』의 첫 장을 읽으며 우리의 입지가 서로 많이 다르다는 데 놀라고 있습니다. 나 자신 일본을 좀 안다고 생각해서 지일파 정도는 된다고 여기고 있었는데 꼰대 보수 반일주의자쯤 되는 나를 발견해서 놀라고 국내의 골수 반일주의자들이 왜 최 교수를 친일파로 모는지 그 정서를 이해할 듯합니다.

우선 최 선생이 일본에서 공부했다는 사실 자체가 그들보다 일본을 더 많이 안다는 측면에서 못마땅하고 다음 국내에서 대학의 일본학과 교수를 거쳐 다시 일본으로 돌아가 일본 대학의 전임이 되어 한국 문화의 전파자가 되어 주기를 바라던 염원을 저버린 채 일본에 귀화해 버린 이력 때문에 배신감을 느낀 점을 들 수도 있습니다. 자, 그만하면 한국의 편협한 국수주의자들이 최 선생을 친일파로, 식민지 사관에 물든 엽전 의식을 들이대고, 친일이 모자라 반일 종족주의자, 반일종족파로 구분하다가 끝내 타고나기를 일본 지향적인 태생왜구, 토착왜구로 따돌리려는 근거를 좀 이해하시겠습니까.

억울하고 분통 터질 이야기겠지만 이제 나는 한국의 편협한 민족주의자들 가운데 일부가 최 선생을 친일로 낙인 찍는 심리적 근거를 짐작할 수 있을 듯합니다. 나를 포함해서 그들은 생리적으로 일본제국주의 식민지 통치를 겪었던 세대들이라 반일적일 수밖에 없습니다. 우리 보수 꼰대 반일주의자들은 '반일종족주의자'들은 아닙니다.

최 선생은 일본제국주의 식민지 연구자이기 전에 한국 무속(巫俗) 연구 전문가입니다. 우리는 한국 무속 필드워크 현장에서 우정을 카워 나왔지요.

나를 포함한 반일주의자들은 조선의 일제 식민지 36년 역사를 지워 버리고 싶어 합니다. 유럽의 강대국들이 아프리카나 인도, 동남아를 식민지로 삼은 것은 이른바 선진국들의 문명력이 후진국들을 압도하여 무력과 경제적 수탈과 종교적 소명 의식만 앞장세운 선진국, 강대국들의 일방적 수탈 논리만 국제적으로 통용될 수밖에 없던 시대이기도 했습니다.

그러나 한일 간, 조선과 일본 사이에는 밉거나 곱거나 양국 사이에 주고받는 역사적 교류가 있었고 그 교류도 한반도가 우위에 있었던 것이 사실이었지요. 그런 변두리의 왜국이 개화의 물결에서 몇십 년 앞섰다고 이웃 봉건조선을 덮쳐 왕조의 숨통을 끊고 총독부와 군대와 경찰 같은 관력(官力)으로 철도를 놓고 전기 · 우편 등 이른바 문명 행정 기구와 교육 제도를 도입 · 시설하면서 그 결과 끝내 내선일체, 고유 언어 말살, 창씨개명을 강요한 광기의 역사가 되었습니다. 그런 현상은 구미(歐美) 식민 지배 역사에서는 볼 수 없는 역사적 사실입니다.

그런 식으로 역사가 흘러갔으면 조선반도는 제국주의 일본의 본령이 되고 조선과 한국의 국토와 국호는 현재 일본의 변방 오키나와(류큐)와 북해도의 아이누 종족처럼 일본화되었을지 모른다―그런 일본의 변방이 되어 버린 조선(한국)에 대한 상상은 류큐나 아이누 종족 후예들은 몰라도 꼰대 반일민족주의자, 심지어 반종파들에게 있어서도 참을 수 없는 굴욕이자 치욕이고 분노의 멍이자 상처로 잠재의식 깊이 뿌리박혀 있습니다. 일제 36년은 사실이 아니라 정신적 트라우마의 멍이요, 언제나 선혈이 철철 흐르는 상처로 되살아나 치욕이 되고 분노의 활화산으로 뒤끓어 올라―그러니 잊자, 잊자 하면서 바래져 가던 식민지 역사가 계기만 주어지면 분노로 터져 끓어오릅니다.

그래서 최 선생도 꼰대 반일주의자 대열에 한번 끼어들어 봐야 한다는 극단론이 나오는 것입니다. 그래야 객관적이네, 중립적 학술적 연구 차원이네 하는 핑계를 걷어치운, 한 민족의 정서적 정신적 진실의 정직한 체험을 하게 될지도 모른다는 생각입니다.

6.24.

이 선생께, 나보고 '꼰대' 반일주의자가 되라고요. 이 선생이 독일에서 공부한 서구 보편적 학문의 자세는 한마디 언급도 없군요ㅡ조선이 우세했는데 식민지가 되어서 분통이 터진다는 말은 학자의 입에서 절대로 나올 수 없어요. '분통이 터집니다.'

6.28.

최 선생께,

대학교수 생활 40년에 공연평론가 활동 45년 생리 때문에 직설적이며 독단적인 글쓰기에 익숙하여 상대방 입장을 고려하지 않는 나의 일방적인 메일에 불쾌감도 많았을 것입니다. 그럼에도 그런 걸 개의하지 않고 며칠간 상대해 주신 것을 감사하게 생각합니다.

3

(요는 일본제국주의 식민지 역사의 기록적 증언 자료인 구 총독부 청사의 보존과 철거를 두고 사실의 수용과 식민 지배의 진실에 대한 질문, 곧 '사실과 진실'의 추구가 우리의 목표였다. 식민지 역사

의 사실에 대한 연구가 아무리 중립성에 바탕을 둔다 해도 연구하는 최 아무개 교수가 조선 민족 출신이라는 한계를 넘어설 수 없다면 그에게는 역사적 사실도 식민지 피지배 민족으로서의 자존과 금도의 손상은 어쩔 수 없는 마이너스 요소로 작용할 것이다. 그런 손상에서 벗어나고 싶은 소망이 식민지 지배민족에 대한 저항과 적의와 대립 감정으로 분출할 때 역사적 사실보다 감정적 대립 요소의 진실성을 고조하지 않을까 하는 나의 심리학은 첫째로 그의 '친일파' 모함을 거두어들이게 하고 둘째로 나의 편협하고 감정적인 '반일종족파' 의식에서도 벗어나게 하고 싶은 잠재의식이 반영되고 있었다고 봐야 한다.

그의 친일적 경향은 그가 마침내 일본에 귀화해 버리고 일본에 동화되는 기본 입장에서 보면 그에게 붙여진 '친일파'라는 별칭이 아무런 의미가 없어졌음을 뜻한다. 그는 더 친일적으로 일본에 동화되어야 할 것이다.

그런 반면 '꼰대 보수 반일종족파'로 나를 귀속시킨 내 수준도 달리 명명되어야 할 것이다. 일본제국주의 지배하에 있었던 36년은 우리의 경험적 식민지 역사로 봐서도 이제는 무시해도 될 시간이다. 내 개인적 시간으로 보면 90년 생애의 3분의 1 시간이다. 식민지 사관에 찌든 세월에 '엽전'이라는 자조적 자학적 별칭이 생긴 것을 못마땅해하는 한국 국민들은 최근에 갑자기 자리를 잡기 시작한 '반일종족주의'에서 '반일종족주의자'를 엽전 의식의 연장선상에서 본다.

조선 민족을 자학적으로 모멸하는 엽전이라는 단어처럼 민족 단위를 더 협의로 규정하는 민속인류학적 부족, 종족 등 더 낮추고 격하시키는 종족이 왜 하필이면 반일에 적용된 것일까. 조선(한국) 민족을 쓸모없는 화폐 단위인 엽전에 비유한 비슷한 사유로 반일민족주의를 반일종족주의로 평가절하하는 식민사관의 엉뚱한 발로가 거기 어딘가에 스며 있지 않을까.

그런 오해를 불러일으킬 소지가 있는 이영훈 교수의 인터뷰(추오코론 작년 11월호 66쪽) 기사는 무속신앙에 의한 물질주의적 한국의 사회 형성과 그런 집단이 자유로운 사고를 지닌 개인의 성장을 막은 종족(부족)사회 아닐까 하는 문제 제기를 담고 있기에 이에 대해 식민지 연구가이기 전에 한국 무속 연구의 대가인 최 선생이 대답을 내실 차례라고 나는 생각한다.

나는 친일파와 반일 종족파 사이의 반목과 대립을 부추기려는 것이 아니라 이웃 일본에 대해서만은 신경질적으로 우위를 유지하려는 한국인의 의식 바닥에는 나라를 제국주의 일본에게 넘겨 버린 과거에 대한 우리 세대의 속죄 의식이 깔려 있고 친일파라는 타겟에는 우리의 죄의식 플러스 유아병적인 공물(供物) 제의 의식(儀式)이 드러난다고 생각한다. 친일파는 제물입니다.

8 · 15 패전날이면 야스쿠니 신사에 바치는 아베 일본 수상의 공물(貢物) 같은 것―그런 미숙한 원초신앙의 잔재들은 이제 성숙한 성인의 정신으로 극복하는 것이 옳다. 그런 식으로 말하면 민족주의 의식을 한 단계 낮추어 부족 · 종족주의자의 의식 수준으로 낮추어 '반일종족파'를 부추겨 사라진 일본제국주의자 망령을 불러내는 일본 극우파들의 이데올로기적 정치 홍보 선전 대열도 유치하고 미

숙하기는 마찬가지다.)

4

2020.7.14.
최 선생께,
7월 7일자 나의 "진솔한 답변을 듣고 싶은 글"부터 교신이 끊어졌
습니다. 6일자 최 선생 답신에서는 진솔한 심경이 담겨 전달되는 듯
해서 이제부터 즐거운 메일이 되겠구나 했더니 무슨 심경의 변화가
있는 것입니까.

2020.7.6.
최 선생께,
"더 이상 논의하고 싶지 않으시다구요. 알았습니다. 나도 중단하
고 싶습니다"라는 글을 읽으며 최 교수의 한국어 이해력이 좀 떨어
졌나 보다—그런 느낌, 좀 지나친 건가요? 나는 더 이상 논의하고
싶지 않다고 말한 적이 없어요. 단지 사회학도와 인문학도 사이의
평행선 논쟁이 무의미해 보인다는 생각을 피력한 것뿐인데—그러
니까 내가 최 선생을 흔드는 까닭은 어쩌면 '아니다! 아니다!' 하는
부정과 거부의 목소리를 끌어내기 위한 작전일지도 몰라요.
　내 속에는 일제 식민 통치에 대한 반감과 거부의 정신이 충만해
있어요. 그 역사적 사실에 대한 정서적 거부가 반일주의라는 정신
적 이데올로기로 한국(조선) 민족을 단합시키는 열쇠가 된다는 사실

도 크게 긍정합니다. 하라리가 그의 명저『사피엔스』에서 설파한 신화나 종교나 이데올로기로서의 허구적 논리-언어의 관념성이 만들어내는 가짜 뉴스의 위력을 오늘날의 우리는 일상으로 겪고 있지 않습니까.

최 교수의 식민지 연구가 그런 철학적 경지까지 가서 사실을 넘어선 진실-강자가 약자를 수탈하는 제국주의 식민 지배에 이르게 되어 종교마저 제국주의 앞잡이 노릇을 하게 만든 쓰라린 과정에서 아일랜드의 케이스먼트(Casement)의 대역죄 기소와 처형 같은 역사적 사실 다음, 그의 동상이 서는, 그런 비극은 막았어야 한다는 것이 제국주의 일본, 전세계 제국주의 침략사의 '진실'이기를 기대하는 것은 과욕인가요?

2020.7.4.

이 선생께,

일본 식민지 연구의 대가인 야마지(山路勝彦) 교수의 코멘트-'정서적' 감정은 (개념) 정의와 관계가 없다. 한국에서 말하는 '민족적 정서'는 한국에서만 통용되는 '자라파고스' 현상(자판+갈라파고스 합성어)이 아닌가, 하는-

2020.6.30.

최 선생께,

일본 신문에 기고한 최 선생의 칼럼「서울에서 온 메일」과 야마지 선생 글에서 우리 둘만의 조용한 메일이 실명(實名)으로 드러나 버려 우리 둘만의 프라이버시가 깨어졌습니다. 더 이상 논쟁할 계기가 사라졌습니다. 끝 마무리로 몇 가지 사족을 달겠습니다.

첫째, 나는 인문학자이며 공연평론가라서 일제 식민지 통치하의 사회경제사적 논쟁을 이어갈 여력이 없고, 둘째, 따라서 '갈라파고스 사학'에도 관심이 없습니다(그러나 일본에서의 논쟁 과정은 언제 한번 들려주십시오). 셋째 일제 총독부 청사의 철거는 한국 민족의 긍지와 자존심을 위한 국민적 시민적 의견 수렴 과정을 겪었고 그 수렴은 한국 민족의 정서적 정신적 진실을 추구하는, 여론을 반영한 '팩트'입니다. 그 건물은 역사적 사실을 보전하고 교육하는 독일 아우슈비츠 강제수용소 잔재 같은 '다크 투어리즘'의 역사적 잔존물이 될 수 없습니다. 잘못하면 한때의 식민 지배를 일본 민족의 우수성으로 간주하는 그릇된 역사의식의 현장이 될 위험이 있었으므로 없애고 사라지게 하는 한국 정부의 처리는 옳았습니다. 나는 조선반도가 일본제국주의에 의해 일본 영토의 일부, 일본 민족의 일부로 연명되지 않은 것이야말로 역사의 '진실'이며 '정의'라고 굳게 믿고 있습니다.

5

이제 최 선생 실명을 밝혀도 우리 사이의 사적인 프라이버시를 침해하는 것으로 불쾌해하지는 않겠지요. 그러나 역시 최 선생은 그냥 일본 귀화민으로, 일본인으로 남게 되기를 바라겠습니다.

공연평론의 낙수(落穗)들 (下)[*]

일제하의 국악운동 선도자 – 서연호의 〈박석기를 생각한다〉

박석기(朴錫驥)라고 하는 거문고의 명인이 있었다는 사실을 아는 사람은 거의 없다. 1920년대 일제 치하에서 일본 경도3고를 거쳐 동경제국대학 불문과를 나왔을 정도면 당대의 엘리트 가운데서도 가장 엘리트라고 할 그의 경력은 거의 규명되어 있지 않다. 그가 향리에 '지실초당'이라는 음악 교육기관을 설립했으며 판소리를 바탕으로 한 창극(唱劇)이라는 전통 연극 분야를 개척했다는 사실도 거의 알려져 있지 않다.

그의 가족 계보도 알려진 게 거의 없다. 그러나 우리 당대의 국악계 전반에 걸쳐 명인, 인간문화재로 칭송되었던 판소리의 대가 김소희의 남편이었으며 현재 그의 유일한 혈연인 서울예술대학 박윤

---

[*] 『모나지 않은 집』(숙맥 12호)에 수록된 「공연평론의 낙수들」의 남은 부분.

초 석좌교수의 시창(詩唱) 가운데 아버지의 예술가적 DNA를 남기고 있는 박석기라는 인물은 어쩌면 시대적으로 가장 불우한 선각자일 수도 있다(2015.9.10~12, 국립국악원 정기공연).

그는 대학 졸업 후 고향인 전남 담양으로 돌아와 동경제대 출신으로 관변에 고개를 내미는 법도 없이 아무도 돌보지 않던 조선 향토음악에 민족의식을 쏟아 국악 분야 최초의 교육자로서 지실초당이라는 음악당을 설립했다. 판소리 명창 박동실과 함께 한갑득, 한승호 형제, 김소희, 박귀희, 임춘앵, 유앵 자매, 김녹주 등 뒷날 국악계의 거물들을 양성해 냈고 1940년 조선성악연구회와 별도로 화랑창극단을 만들어 1942년 '조선창극단'으로 합쳐 판소리 국극(國劇) 장르에 획기적인 업적을 이룩한 그의 이름은, 그러나 불행하게도 창극의 쇠퇴와 더불어 차츰 잊혀져 간 것이다. 인접 예술 분야의 후학 입장으로 봐서는 있을 수 없는 한국 근대 예술사상 커다란 함몰 부분이 아닐 수 없다.

박석기의 업적이 일제 만주국 주폴란드대사직을 지낸 형 석윤(錫胤)의 친일 행적으로 지탄을 받을 이유는 없다. 형은 형이고 동생은 동생으로 독립된 인격이며 연좌제 폐지 등으로 우리의 시민의식도 공사를 구분할 정도로 성숙되어 있는데 이제서야 그의 행적에 눈을 돌린 후학들은 어쩌면 대본 구성 작가 서연호 교수를 제외하고 석고대죄를 빌어야 할지 모른다.

〈박석기를 생각한다〉의 오리지널 텍스트를 구성한 작가 서연호는 평론가이자 학자로서 국악 운동 선구자 박석기를 자기 나름으로 '생각한다'. 생각한다는 사유(思惟)는 우리의 옛글에서 '사랑한다'와

통한다. 서 교수는 사랑하는 마음으로 국악 선도자 박석기를 사유의 세계로 끌어냈다. 오늘을 사는 우리로 봐서는 국악의 선각자에 대해서 궁금한 것이 많다. 형은 관변으로 나가 출세를 꿈꾸었는데 왜 동생인 그는 조선 향토음악에 몸을 바쳤을까. 호남 갑부의 아들로서 동경제국대학 출신의 엘리트라면 그 시대 망국의 한을 서럽도록 직접 체험도 했을 것이며 그런 그의 지적 방황은 쉽사리 감정이입으로 추적될 수도 있었을 것이다. 그러나 작가 서연호는 작가로서의 감정이입을 극도로 자제하며 객관화될 수 있는 부분만 클로즈업시킨다.

그런 까닭에 박석기의 귀향과 동경역에서의 안익태, 형 석윤과의 갈등만 고조되고 그의 내면의 소리는 들리지 않는다. 따라서 지실초당이라는 음악 교육과정에서도 뒷날 유명해지고 그와 개인 차원에서 끈적한 인연을 맺게 되는 인물들에 대한 추적은 일부러 멀리하듯 한다. 〈심청가〉 등 창극을 통한 감정이입 부분들이 드라마를 생생하게 만드는 요인들이라는 사실을 모를 리 없는 작가는 그저 거리를 둔 '생각'을 강조할 뿐 그런 극적 긴장 관계를 회피해 버린 것이다. 따라서 작가는 음악당 경역의 자료 발굴이나 창극단 결성의 갈등 요인 등은 눈감아 버리고 가장 고비가 될 해방 공간의 박석기 행적의 극화(劇化)를 다음 과제로 남겨 둔 채 국립국악원 민속악단 정기공연 형태 차원에서 박석기의 삶을 마무리할 수밖에 없었던 것일까. 당대의 제자들 입을 통한 구전(口傳)은 전혀 없이 서연호의 평론가적 학자적 시각으로 '생각하는' 한 인물의 평전(評傳)적 발굴 작업은 '생각'에서 '시적 상상력'으로 성장해 가야 할 것이고 박석기의 예술 작업이 어떤 작품으로 이루어질는지에 대한 착화(着火)가 이제 이루어진 것만은 틀림없다는 점을 지적하고 싶다.

새 예술공간 문화역서울-〈놀이의 놀이〉와 페스티벌 284 〈미친광장〉

문화역서울 〈놀이의 놀이〉 두 번째 작품은 아프리카 나바로 공동 연출인 〈나의 위대한 작업〉(2015.9.11, 중앙홀)이었고 각본 및 연출, 그리고 퍼포머 모두 다비드 에스피노사가 노는 '역설적'인 작은 공연이었다. 역설적이라는 뜻은 〈나의 위대한 작업〉이라 해 놓고 도무지 크지 않은 책상 위의 작은 고무판 위 인형놀이가 아주 작은, 거의 미세할 정도의 양철 도형(圖形)들의 산개(散開) 방식이고 고도의 의식적 집중을 요구하는 공연이기 때문이다.

관객들의 의표를 찌르는 이런 인형극 관람은 나도 처음 겪는다. 미니어처 세트들은 많이 보았지만 이런 미세할 정도로 작은 인형이라기보다 도형이라는 표현이 맞을 평면 그림들이 살아 움직이듯이 퍼포머의 손끝에서 대형을 이루고 이미지를 만들어 낼 줄 누가 상상했으랴. 연출자는 입만 열지 않을 뿐 이른바 극장인(Theaterleute)의 기능을 다 하고 있다. 책상 서랍 속에 두었던 인형들을 일으켜 세워 음향, 음악, 조명 효과를 받으며 책상 위 작은 고무 매트 위에 세워지는 인형 대열들은 군악대, 락밴드를 형성하고 커다란 운동장, 연병장 내지는 서커스 공연장을 가득 채우는 환상의 연극 물결을 조성해 낸다.

도형 같은 인물상에 비해 말이나 코끼리, 자동차, 헬기 같은 실물들은 리얼한 입체감을 풍긴다. 그리고 그 인형 집단의 솔로나 듀엣, 그리고 대열의 진퇴를 지휘하고 통솔하는 것은 연출 에스피노사의 섬세한 손가락 끝이다. 그 손끝을 좇던 관객들은 최면에 걸린 것처럼 마냥 도판에 집중하고 그 책상 앞에 버티고 앉아 인형놀이를 지배하고 있는 손끝과 퍼포머의 리얼한 존재감을 잊게 될 뿐만 아니라 그 작은 고무 매트 위에서 벌어지는 작업이 무한히 커지는 착각에 빠져든다. 연출자가 노린 점은 바로 그러한 감정이입의 체험이다. 그래서 이 큰 작업이 이루어지는 리얼한 관람 공간을 20명 내외가 둘러싸서 볼 수밖에 없이 현실적인 시력 한계 안에 좁게, 작게 제한하고 있다.

공연예술의 크고 작은 규모는 상상 속의 산물인지도 모를 일이다. 환상의 극장 공연 운영은 보다 큰 극장 설계와 운영으로 연계되어 그리피우스의 대극장 내지 축제 극장, 마침내 리얼한 대규모 야외 극장 구조로 발전되어 나간 것이 극장 발달의 역사였다. 그런데 역설적으로 작은 소극장 규모나 인형극장이 대극장으로 발전할 수 없으면 아예 더 작은 극장, 더 작은 극장 공간으로 줄어들어 미니어처 형식, 아니면 에스피노사처럼 상상의 힘으로 소규모 작은 극장 공간을 우리 의식의 세계, 상상의 영역 안에서 확대할 수도 있다는 역발상의 방향으로 나간 공연 형태가 바로 에스피노사(그는 원래 무용수였다)의 〈나의 위대한 작업〉이다.

〈미친광장〉(2015.10.7~18)이 열리던 문화역서울의 페스티벌 첫날 10월 7일 하루에 회전 파빌리온 〈댄싱 포레스트〉를 체험하고 서울

평양 간 139킬로미터의 달리기 트랙(천경우 작)을 뛰는 154명의 참가자들은 참여 퍼포먼스가 존재한다는 사실을 처음 깨닫는다. 서울역 광장 한 코너에서 재즈 장르의 이한진 밴드 연주가 들리는 가운데 문화역서울 284에 어울리지 않는 광장의 주정꾼들 술판과 홈리스들의 어지러운 자유가 대조되어 보인다. 이 미친광장에는 문화예술의 각종 여울목들이 파동친다. 축제 기간(10.7~18)에 결이 다른 강산에와 현대무용, 최민수 등 36.5도씨 락 밴드도 이 미친광장을 정화시킨다.

첫날 저녁 8시에는 영국의 뮤지션 마틴 크리드가 한 시간에 걸친 기타 연주를 통해 현대적인 시사 발라드를 선보였다. 그는 노래하며 아프리카를 탈출하는 난민들의 행렬을 개탄한다. 이른바 영웅들의 이야기를 들려주던 고대나 중세의 방랑 음유시인들의 서사시처럼 그는 자기 기타 음률에 맞추어 난민들, 빈민들, 사회적 약자들에 대한 비분강개한 감정을 피력해서 음악 공동체 안에 감정이입을 조성하려 한다. 그러나 언어 소통 문제가 장애가 된다. 통역이 운율을 리드미컬하게 옮길 수가 없고 뮤지션의 발라드 가사가 뜻대로 전달되기가 어렵다. 우리나라 판소리판에서도 그런데 하물며 번역 자막이 나오는 연극이나 오페라, 뮤지컬보다 생생하게 공감대 형성이 어려울 수밖에 없다.

회전 파빌리온 〈댄싱 포레스트〉(염상훈+이유정)는 전면의 다섯 개, 후면의 대형 파빌리온이 비대칭적으로 끊임없이 회전하며 출입구가 맞물리지가 않는다. 그래서 관람객들의 동선과 시선을 다채롭게 만들어 제한된 장소에서 경험할 수 있는 공간의 다양한 체험을 극대화한다.

문화역서울 페스티벌에는 뜻밖의 초대손님들이 나온다. 국제적으로 명성을 얻어 가고 있는 음악가, 무용가, 그리고 융복합 실험 무대에서 성과를 올리고 있는 신진 예술가들의 설치미술, 영상, 무용 연극 공연 등 장르를 넘나드는 융복합예술이 문화역서울 광장에서 뿌리를 내리기 시작하였다.

참담한 6 · 25전쟁을 비극의 축제로 ─오태석 연출 〈한강은 흐른다〉

드라마센터 무대에는 쥐들이 우글거린다. 폭탄이 터질 때마다 벽이 우르르 무너져 내리는 가운데 한강 폭파로 서울에 갇힌 피난민들은 깡패와 사기꾼들과 창녀들의 어두운 먹잇감이 되어 살아남으려고 발버둥을 친다. 서울 탈출과 부산행에 꿈을 싣는 순정의 남녀 한 쌍이 이 비극의 혼란스런 축제장에서 흐르는 강물처럼 도도하다. 작가 유치진이 다 깨어진 리얼리즘에서도 끈질긴 생명의 불꽃을 다루는데, 연출 오태석은 연극이라는 무대를 축제라는 불꽃으로 활성화한다.

드라마센터가 서울예술대학이 된 지도 오래되었다. 창립자 유치진 선생 탄생 100주년 이후 10년째를 맞아 서울예대 총동문회가 제작한 유치진 작 오태석 연출의 〈한강은 흐른다〉는 비극의 축제로 리메이크되어 한국전쟁 발발 65주년을 기념하고 있다.

일제 치하에서 연극을 시작하여 사실주의적 작가로 규정되던 유치진의 마지막 작품이 전쟁의 리얼리티로 극대화된 동족상잔의 고통과 비극을 보여 주면서도 강물처럼 흐르는 역사의식을 심어 준 데에는 오태석에 의한 리얼리티의 축제 연출이 바탕이 되었다. 지난 세기의 80년대에 독일의 극(極)사실주의 연극과 축제극이 극장 무대를 확대해 나갔을 때만 하더라도 축제극과 사실주의는 다른 장르의 연극으로 간주되었다. 그러나 세기말의 포스트모더니즘이 장르 간의 간극을 허물며 장르 넘나들기가 다반사가 되면서 총체예술 이론이 통합 문화 현상으로 자리매김되었고 비극의 극사실주의조차 축제의 마당이 되고 극장 무대에 비극의 리얼리티가 난무하는 가운데 연극으로서의 감정이입과 정화가 성취되기에 이른다.

리메이크된 〈한강은 흐른다〉에서도 한국의 사실주의 강물은 도도히 흐른다. 강물은 흐르는데 폭파된 한강 다리에 갇혀 전쟁 난민들이 살기 위한 생존경쟁을 치열하게 전개한다. 순정은 사랑을 갈구하고 장사꾼과 사기꾼과 매춘과 폭력은 술과 맺어진다. 전쟁의 시련에 쓸려 가는 인간이라는 동물은 괴물들이고 백귀가 횡행하는 전장의 장터에는 그로테스크한 삶의 찬가가 평화의 종소리로 울려 퍼지며 바로 그 현장이 축제의 자리임을 일깨워 준다. 한강만이 아니라 흐르는 강물은 모두 삶을 성찰케 하는 시간의, 역사의, 그리고 영원에 대한 축제의 강물임을 축제판으로 흩어 버린 무대 공간을 통해 오태석 연출이 메시지를 던진다.

창작발레의 구조적 함정-유니버설발레단의 그램 머피 버전 〈지젤〉

문훈숙 단장이 이끄는 유니버설발레단이 한국의 고전문학 소재를 바탕으로 발레 〈심청〉과 〈춘향〉을 처음 만들어 냈을 때만 하더라도 한국 발레의 가능성에 대한 회의는 거의 절대적이었다. 그러나 발레 본고장 투어를 통한 한국 발레의 가능성은 유니버설발레단의 명성과 함께 굳건한 토대를 잡아 간다. 그런 자신감이 고전발레 〈지젤〉에 대한 그램 머피의 새 버전 〈지젤〉(2015.6.13~17, 오페라하우스)로 나타난 것처럼 보인다. 유럽 오리지널 발레에 한국적 요소의 결합은 전통 타악기의 작곡 도입만이 아니라 무속의 큰무당 격인 제사장의 성격 부여, 그리고 무속 공동체와 유사한 바위암벽 지하종족의 등장 같은, 인간사회와 다른 두 차원의 종족들끼리의 교류를 통해 신화 세계와 세속 사회의 모순된 구조가 너무 예술적 인공성(人工性), 내지 조작성으로 이어져 나가는 것은 아닐까.

새 버전은 도전이다. 그러나 그 도전은 창작을 클래식으로 다듬어 나가는 끝없는 성장을 향한 도전일 뿐만 아니라 세계 초연을 실현시키기까지 그 과정에 담긴 기대와 실망과 희망 등 작가와 제작진과 출연진 사이의 인간적 교감 역시 커다란 도전이 아닐 수 없다. 그런 의미에서 현대적 고전을 만들어 낸 매튜 본이나 마츠 에크의 〈백조의 호수〉, 혹은 〈지젤〉의 창조적 새 버전 출연을 발레 마니아라면 갖지 않을 수가 없는 것이다.

새 버전도 상연을 거듭하면서 고전이 된다. 클래식 발레 〈백조의 호수〉를 남성들만의 새 버전으로 번안했던 매튜 본의 새 버전 〈백조의 호수〉는 어느덧 현대의 고전이 되었다. 그램 머피의 창작발레 버전도 그의 이름을 딴 현대적 고전 〈지젤〉이 되지 말라는 법이 없다. 유니버설발레단의 머피 버전 〈지젤〉이 오리지널 〈지젤〉의 명성을 뒤엎을 수도 있는 것이다.

그런 측면에서 머피의 창작발레, 〈그램 머피의 지젤〉 세계 초연에서 드러난 몇 가지 구조적 함정을 지적하는 것은 명품에 대한 추고(推敲) 과정이라고 생각하면 된다.

창작발레 머피 버전의 첫 번째 함정은 미르트, 베르트, 올탄의 프리퀄이다. 프리퀄(prequel)을 한 작품의 본편보다 시간상 앞선, 곧 과거의 이야기를 다룬 속편쯤으로 본다면 우리식으로 말해 전생담(前生譚) 같은 지젤 가계(家系)의 선대(先代) 계보가 너무 생략되어 있다. 작가 겸 안무가는 그 가계를 명증하게 드러내고 이해시키기보다 혼자 알고 기정 사실로 넘어가는 경로를 밟기 때문에 관객들이 스토리텔링 측면에서 따라잡기가 쉽지 않다. 미르트가 왜 악의 화신이 되었는가. 어찌하여 베르트가 사제장인가. 울탄의 성격은 어떻게 형성되었는가 등등이 설명 부족이다. 따라서 이런 인물들은 도형(圖形) 정도면 충분하다.

둘째는 오리지널 〈지젤〉이 상민과 귀족 계급의 대칭을 이루고 요정 윌리들의 푸른 숲 상징과 이미지의 서정성으로 특색을 삼는 반면 〈머피 지젤〉에서는 암벽 바위산의 잿빛 컬러와 동굴 지하 세계에 기대어 사는 종족이 인간사회와 대칭을 이룬다는 사실이 보다 극적으로 전개될 수 있었을 것이다. 지젤과 알브레히트와 힐라리온의 삼각관계에서 지젤과 힐라리온은 인간계에 속하고 알브레히트는 귀족 계층 출신이 아니라 종족이 다른 정령 차원에 속한다고 보는 것이 옳다. 그렇게 냉온이 다른 두 차원의 종족이 지젤을 두고 치열하게 싸우는 설정은 결국 지젤로 하여금 서정주의적 품위를 지속시킬 수 없는 요인이 된다.

셋째는 암벽 바위산을 동양화의 수묵화 정도의 미술장치로 치장하는 연구 수준－지젤의 어머니 베르트를 사제장으로 삼는 한국 샤머니즘의 굿판 의식 도입－그것과 표피적인 관련을 맺는 한국 타악기들 활용 작곡조차 지젤의 심정적 순수성에 어울리지 않는 천박한 〈전설의 고향〉 취향이 되어 은발과 화사한 의상에 겹쳐지는 것 등이 부조화를 이룬다. 여기에는 더 암울한, 구원 없는, 절망의 마그마처럼 솟는 열정이 감지되기를 바랐던 머피의 〈지젤〉에 대한 기대가 크게 투영되어 있음을 첨부하고 싶다.

눈에 안 보이는 권력과의 처절한 싸움－카프카의 〈소송〉

카프카의 〈변신〉 〈학술원에 드리는 보고〉라든지, 〈성(城)〉 〈아메리카〉 같은 장단편 소설들이 부조리한 현실을 예시(豫示)하고 고발하는 실존주의 철학이라는 사실은 널리 알려져 있다. 카프카가 죽은 지 한 세기가 가까워지는데(1883~1924) 여전히 그의 입김이 살아 있다는 사실은 우리 사회가 여전히 부조리하고 진보 발전했다는 현대 문명 사회 자체가 부조리의 모순된 구조에서 벗어나지 못한다는 그의 예언자적 안목을 받아들이게 하는 것인지 모른다.

〈소송〉은 〈재판〉으로 알려져 있기도 하고 법이 주도하는 국가사회와 인간적 갈등을 조명하기 때문에 인류의 수천 년 된 묵은 법과 권력과 관료주의와 맨살의 사람이면 야기되지 않을 수 없는 문제점을 제시한다.

어느 날 느닷없이 체포된 조셉 K는 어쩌면 keiner(아무것도 아닌 사람)이라는 한 개체의 이니셜일 수도 있는 익명성의 사회적 존재, 그 가운데 한 단자(單子)일 뿐일 수도 있다. K라는 개체가 개성을 주장하면 그는 국가권력이라는 집단으로부터 혹독하게 두들겨 맞아도 호소할 데가 없다. 인권 따위는 배부른 넋두리요 너스레 같은 것이다.

그런 법과 그 법을 휘둘러 권력을 자랑하는 조직은 표면적으로 드러나지 않는다. 그 눈에 보이지 않는 조직체에 의해 부당하게 폭력을 당해도 어디에 호소할 데도 없는 선남선녀들은 왜 부당한 핍박을 당해야 하는지를 알지 못한다. 설령 안다 하더라도 그 거대한 힘에 꿈쩍을 못한다. 그래서 우리 조상님들은 관청을 상대로 한 소송을 횡액으로 여겼던가! 결국은 힘에는 힘으로 조직된 개체의 힘이 혁명으로 기존 권력을 까부순다.

부조리를 문제 삼는 정신은 역시 예술가 개인이거나 예술가 그룹이다. 임도완/이수연 연출도, 그리고 K 역 이호철, 김미령, 이은주, 노은정, 장성원 등 등장인물들과 책상, 의자들을 소도구 삼아 변신을 추구하는 사다리움직임연구소 소속 모두가 예술 정신으로 뭉쳐 있다. 그래서 오브제로 활용된 소도구들은 독특한 표현의 메소드로 고정관념을 깨고 살아 있는 무대 구조물로 작품 〈소송〉의 재판 과정에 드러나는 공포와 불안과 전율의 괴기성을 체현하는 전체가 되고 공동 창작의 가변적 공간―체포와 심리 등 열네 개의 장면(Plot of

큰 나무 큰 그림자

Scene)을 형성한다.

그렇다 하더라도 이 오래된 작품은 오래된 만큼 참신하지는 않다. 소설가 카프카에게 부과되었던 글쓰기의 작업으로 심연에서 건져 올려진 서구 시민사회의 현대적 징후들—불안, 소외, 무력감, 소통의 부재 등 소설에서 리얼하게 부각되었던 세부적인 묘사는 이제 우리 사회의 일상사가 되었기 때문에 그만큼 자극적 메뉴가 되지 못한다. 물론 어떤 메뉴가 건강식일는지를 모르는 우리는 사다리움 직임연구소의 가변 무대 공간의 또 다른 활용 방안을 기대한다.

2천 년의 역사적 틈을 채우는 수법 – 한태숙의 〈서안화차〉

진시황의 병마총 발굴에서 확대된 시간과 인간의 접촉을 공연으로 묶는 연극적 주제의식은 2천 년의 역사적 간격을 가까운 우리의 현실로 끌어당긴다.

화차에 몸을 싣고 병마총 발굴 현장을 찾아 서안으로 가는 작가는 시공을 한순간으로 형상화시켜 영원과 연결시킬 수 있는 조각가 상곤(박지일 분)이다. 화교 출신 어머니의 불륜을 목도한 어두운 기억이 잠재의식이 되어 한 예술가의 여인 불신과 동성애의 깊은 골짜기의 푸른 불씨가 되었는지 아는 사람은 작가밖에 없다. 화차(열차) 내 회상과 11구성의 현실적 이야기들은 어머니의 불륜과 어긋난 호모의 뒤얽힘으로 한 개인의 상처받은 트라우마를 서사적으로 펼쳐낸다.

호모 같은 마이너리티의 어두운 내면 공간을 통해 정상인의 허무한 일상을 반사시키는 한태숙의 작가정신은 무겁고 장중하다. 외부

살갗의 상처는 이그러지고 뭉친 재생 근육으로 흉하게 두드러지지만 내상(內傷)은 어떤 행동으로 드러날지 아무도 모른다. 그렇게 2천 년의 역사를 품은 진시황의 영생 욕망이 트라우마가 되어 병마총의 토우(土偶), 토용(土俑)으로 재현되고 무대에는 그렇게 억울하게 죽은 병사들과 노예들의 원혼으로 떠돌고 현대를 사는 한 조각가의 리얼한 작업장에서는 흙으로 빚어진 파편으로서의 토르소가 피가 고여 흐르는 인간의 세계고(世界苦, Weltschmerz)를 보편화시킨다.

그렇게 조각가 상곤의 호모 상대였던 비정한 찬승(이찬영 분)은 죽임을 당하고 상곤의 트라우마를 머금은 죽음이 되어 조각장의 현대적 토용이 된다. 구원이 보이지 않는 어두운 미로를 떠돌다가 현대에 발굴되는 2천 년 전의 역사와 직면하며 우리와 상관없는 것으로 간주했던 과거의 진시황릉과 현대 작가의 작업실 연계는 살짝 소름이 끼친다. 2003년 초연, 연기상 등 9개의 연극상을 휩쓸었고 이번 대학로예술극장 소극장(5.7~31) 재공연은 작년에 이은 극단 물리(대표 한태숙)의 대표적 레퍼토리 작품이다.

살아 있음의 증좌로서의 숨결과 도사가 다 된 무용예술가
- SIDance 2018 산견(散見)

먼 북구의 테로 사리넨의 이름이 먼 극동의 우리나라에 알려진 것은 국립무용단을 차용한 2014년의 〈회오리〉 바람이었다. 당시의 내 블로그에 적힌 글을 보면 정중동의 국립무용단 무용문법을 동(動) 중심의 구심점과 원심력으로 휘몰아치게 한 윤성주 단장과의 합의

−당시 국립무용단 단장이었던 그녀는 사리넨에게 한국무용의 드라마 창출을 그런 식으로 밀약한 것은 아니었을까−한국무용의 정중동을 〈동의 미학〉이라는 충격파에 실어 춤이라는 몸 전체에 전류 흘려보내듯 해 보이는 것이 그들 밀약의 진의였을 수도 있었다는 것이다. 일본 가부키춤이나 안고쿠부토를 통해 체험적으로 동양을 알고 있던 사리넨이 정(靜)의 폭발력을 동(動)으로 옮기는 것은 그다지 어려운 작업이 아니었을 것이다.

이번 SIDance 2018의 주제는 '난민 문제'라지만 작품 주제나 안무가 예술 의지와는 상관없는 관객의 수용은 개막 공연 마룰로/이레알리 무용단의 〈난파선−멸종생물 목록〉(10.1~2, 서강대 메리홀)만 하더라도 반드시 주최 측의 의도대로 받아들여지지 않는다. 나에게 다가온 〈난파선〉은 바다 밑의 괴기(怪奇)라는 아이디어보다 원시적인 벌거벗은 인간이 바라보는 공포의 자연환경에 더 가깝다. 갓난아기 같은 무력한 인간에게 덤벼드는 거친 자연은 그대로 괴물이 아니었을까. 그런 측면에서 소도구가 아닌 대(大)도구로서의 검은 수중 공기주머니는 설치미술의 공간 지배 도식(圖式)이고 벌거벗은 무용수들은 한낱 소도구에 불과하다. 무용수들은 춤을 잃고 바다의 괴이에 한없이 잡아먹힌다. 그러니까 무용수들에게 무용 형식이 제대로 이루어질 수가 없고 난민의 주제도 춤이 없이 벌거벗은 알몸의 용기에 주눅이 든 무용수들에게는 논리화, 곧 사상화나 이념화되기가 어려워 보인다.

그런 측면에서 보면 사리넨의 〈Breath(숨)〉(10.9~10, 서강대 메리홀)은 난민 문제를 떠나서 생명의 근원을 징표하는 숨결을 통해 두 남성 무용수들이 그려내는 목숨의 바닥을 긁는 소리의 바탕, 곧 음원 (音源)의 지도를 따라 그리면 된다.

대칭적인 두 플랫폼 위에서 우주선의 생명줄 하나로 발을 떼지 못 하는 우주인 두 사람이 하나는 음악과 소리의 원천인 악기 아코디 언을 마치 음원처럼 다루고 사리넨은 라디오 같은 기기를 우주적 음향의 근원처럼 다루면서 움직임의 첫걸음을 시작하듯 실험한다. 아코디언의 대가 킴모 포흐요넨은 지미 헨드릭스로 불릴 정도의 수 준 높은 음악 무용가라 한다. 그 말은 지미 헨드릭스가 어느 정도 의 수준에 있는 음악가인지를 모르는 우리로서는 그저 둘이 만들 어 내는 총체예술적인 조화가 두 플랫폼의 미세하고 강력한 효과적 인 조명과 함께 그들의 신체적 움직임의 상호 조응(照應)을 통해 긴 서사성을 풀어내어 난민 이야기를 끌어낼 수도 있고 난파한 우주선 의 긴박한 구조를 풀어내기도 하면서 소리의 바탕과 신체적 움직임 의 바탕을 서로 얽어 남성적인 근육의 힘과 질긴 억제의 천을 직조 (織組)하면 된다. 일개 아코디언 하나지만 그 음원은 우주의 깊은 바 탕과 연결되어 있어서 마치 라디오가 어느 방송국이 전파에 실어 보낸 말이나 소리나 음악을 각각의 안테나가 붙드는 것처럼 이 세 상, 이 우주 어디나 음악이 녹아 있어서 각각의 아코디언 소리가 그 것을 형상으로 만든다. 우주는 리듬으로 넘실대고 세상은 드라마로 가득 차 있는 형상이다.

〈숨〉은 어쩌면 사리넨과 아코디언의 무용수 호흡—서로의 호흡으 로 아운의 일치를 보이며 서로의 자리를 양보하는 법이 없다. 그런 대립의 공식이 마지막에 가서 대칭적 플랫폼 사이에 마련된 좁은 자유의 공간에서 두 무용수의 극적인 드라마의 높낮음을 조명빛의 미세한 음계와 일치시키는 것이다. 포흐요넨의 검은 무예복 의상과 공중에 흩뿌리는 사리넨의 장의(長衣)도 짝을 이루는 매혹적이고 강력한 호흡법이다. 우주선의 생명줄로 조심스럽게 한 걸음 한 걸음씩 떼내는 부조리한 인간 상황을 결국은 너그럽게 긍정적으로 보듬는 이 총체적 드라마는 소리와 빛과 움직임의 총체적 드라마로 압축된 긴장미로 박수를 받는다.

한국 등 동양권의 예술가들은 그들의 예술 의지로 작품을 불후의 명작으로 다듬으려고 하기보다 스스로 본인이 도통(道通)하려는 버릇이 있다. 그래서 한길로 나가던 예술가나 장인의 경지가 어느 날 도인이나 도사로서 신도들을 모으는 종교적 차원으로 바뀌어 버린다. 반드시 현대무용가 홍신자가 그렇다는 건 아니지만 예술가들이 어느 경지에 이르면 그런 유혹을 뿌리치기가 어려워지는 것 같다. 그래서 홍신자가 오래간만에 들고 나온 〈거울〉(10.13~14, 예술의전당 자유소극장)은 그런 장인의 명상의 산물처럼 받아들여진다. 이 작품에서 그는 예술가라기보다 도사가 된다. 붓글씨의 달인들이 서도(道)를 지향하듯 무예의 검객이 검도를 내걸듯 화가는 화도를, 음악가는 악도(樂道)를, 그리고 무용가 또한 무도(舞道)를 꿈꾸지 않는다고 단정할 수 없다. 그런 까닭에 홍신자가 작품 〈거울〉을 가지고 도사가 되거나 도인으로 자처한다고 해서 탓할 수는 없다.

그러나 관객으로서의 우리는 도인의 명상에 동참하기 위해 극장 무대에 모인 것이 아니라 그의 무용작품과 그의 무용예술에 공명하기 위해서 자유소극장으로 간 것이다. 그 예술가 개인의 사적 공간이라면 그와 더불어 명상에 잠기고 그의 마술에 걸려 최면 상태로 들어가 환상을 봐도 된다. 그러나 무대는 공적 공간이다. 우리의 의식들이 저마다 꿈틀대는 공적 공간인 것이다. 그의 제자가 들어 올린 리얼한 차 도구가 막판에 이르러 사라지고 무용수의 짓거리만 남는 것을 보면서 예술이 도술이 되어 버리면 예술이 아니라는 단정을 내리게 된다. 어쩌면 거울 속의 나는 허상이 아닐까. 거울 속의 그림은 대칭 좌우가 도착되어 있는 현실이다. 그런 의미에서 홍신자는 의도적으로 우리에게 허상을 강요하고 있을지도 모른다.

그의 작품들은 걸작도 있고 졸작도 있다. 어느 예술가치고 그렇지 않은 경우가 있는가. 오래간만에 홍신자를 직접 무대에서 보고 싶어 가서 그녀의 특징적인 걸음과 팔의 움직임에서 명상의 형상을 좇다가 주제인 거울 너머로 그의 내면을 보다가 허상을 보다가 그런 방황의 고뇌 끝에 모든 것을 포기하고 누워 버린 그녀에게 은총의 꽃비가 내린 것까지는 좋은데 그 다음 그의 예술은 도술이 되어 차 한 잔도 비현실적인 초월적 현상이 된다. 그런 도인의 표정이 예술가의 표정인 것이 한 가닥 나의 구원이 되었다.

난창난창한 연희통합예술 –박정자, 〈노래처럼 말해줘〉

칠순과 팔십 고개는 〈위대한〉 고비일 수도 있고 그냥 하잘것없는 통과의례의 한순간일 수도 있다. 일흔아홉 살의 연기자 박정자의 일인극 〈노래처럼 말해줘〉(2020.2.6~16, 예술의전당 자유소극장)는 그의 예술적 다재다능함을 총체적 무대로 정비해서 보여 주는 '하룻밤의

큰 나무 큰 그림자

축제'였다. 칠순 마지막에 죽거나 여든 살이 될 수밖에 없는 그녀의 축제장에 내가 간다. 마침 토요일 2시 관람이었으니까 그 하룻밤은 '낮의 축제'였다. 연극만이 아니라 무대에 오르는 모든 공연예술을 하룻밤의 축제로 본 사람은 '정치극'의 명명자 멜힝어(S. Melchinger) 교수다. 그가 살던 지난 세기만 하더라도 연극은 밤에만 불 밝히던 하룻밤의 회상(回想)이었다.

그렇게 지나가는, 잡히지 않는 환상이 극장 무대에 정착되는 순간에 함께 몰입하는 〈노래처럼 말해줘〉에서는 피아노 반주(음악감독 허대욱)에 맞춘 흐름의 구성이 대본(작가 이충걸) 작성의 기본과 핵심으로 봐서 박정자 한 사람의 인간 됨으로 맞춰진다. 그런 면에서 제목이 너무 난창난창하다. 연출(이유리) 면에서 유의할 점은 예술가의 진지함에다 광대놀이꾼의 연희 통합으로 모든 극장요소를 지배하는 그녀의 '짓거리'가 이른바 브레히트가 말하는 '사회적 거동(gestus)'이라는 사실이 두드러진다.

18살의 소년 상대인 80세 노파 역으로 나이를 초월하고, 배짱에 미나 늙은 리어 왕으로 남녀의 성을 넘어선 작중인물의 캐릭터를 자기화한 박정자의 안정된 연기력은 '동시대인'으로서의 우리 시대 '위대하다'는 형용사가 그대로 들어맞은 연기자로 부를 수 있다. 특히 이러한 예술가들이 드문 현장에서 그렇게 흔한 출연이 아닌 만큼 더 감격적이다.

회상은 기억이고 기억은 시간의 줄다리기에 다름 아닐 것이다. 그렇게 한국의 연극인 박정자가 21세기의 한낮과 한밤에 그의 삶을 건 축제의 불꽃을 올린 것이다. 그것도 연극인 박아무개의 생애가 담긴 이야기를 노래로, 대사로, 그리고 결정적으로는 '짓거리로' 보여 주고 '들려' 준다. 들려주는 청각 쪽에 비중을 더 두고 싶은 작가의 마음이 제목에 묻어난다. 그의 다재다능함은 짓거리를 넘어 노래를 넘어 대사를 넘어 결국은 연극 양식이라는 일인극(모노드라마) 형식으로 만들어내는, 극중극 인물상의 재현이 되어 피아노 협주, 영상 이미지와 어우러져서 박정자라는 한 예술가의 인간적 · 인격적 · 인간성으로 빚어진 조상(彫像)이 된다. 그래서 관객들은 감정이입으로 끌려 들어가고 마침내 감정에서 정서의 해방으로 넘어간다.

이 고전적 미학의 감정이입과 해방은 문화인류학에서 자주 언급되는 통과의례와 근원에서 맥을 맞춘다. 감정이입과 해방이 형성해 내는 탄생과 죽음에 걸친 사람들의 통과의례는 하늘에 제사지내던 풍요의 계절 제의, 월력(月曆) 제의의 월령가(月令歌) 속에 깃든 자연 제의 같은 회상과 기억과 추억의 연상작용으로 귀결될 것이다. 탄생에서 죽음까지의 민속지(民俗誌)적 기록은 인생론과 자연론의 연계로 체계화되고 상징화되어 있다.

통과의례라는 인간론은 시간의 고비에 정점을 찍고 민속 제의, 계절 제의는 4계절의 고비에 제의를 바친다.

제의를 '굿'으로 바꾸어 부른다면 자연의 굿과 사람의 굿으로 나누어진다. 공연예술가 박정자의 예술혼이 칠순과 팔십 고개의 인간론적 통과의례에 기대어 자연의 계절제의에 연동되어 끼와 흥을 곁들인 〈노래처럼 말해줘〉의 드라마가 되었을 때는, 그의 육체와 목소리의 연기력에 노래 실력이 깃든 무대 표현력으로 극장 공간이 꽉 찬다. 여기에는 그의 예술가적 연륜만이 말을 하고, 표현되고,

그의 인간 됨이 말하고 표현될 뿐이다. 그리고 극점은 '위대하다'는 한마디로 끝난다.

서정성으로 푸는 무용의 손짓 – 김병종미술관 특별전 〈사포, 말을 걸다–11〉

남원의 춘향테마파크 일각에 남원시립김병종미술관이 새로 서서 우리를 기다린다. 이 미술관 개관을 기념하여 〈색다른 풍경〉 전시 (4.17~5.26)가 열린다. 그리고 5월 25일 5시 미술관 정면 광장과 출입구를 통해 김화숙 현대무용단사포의 '색다른' 퍼포먼스 〈사포, 말을 걸다–11〉가 우리를 맞이한다. 공간과 환경 변화에 따른 안무를 시도한 지 열한 번째 – 극장 무대라는 익숙한 공간에서 벗어나 찻집, 레스토랑, 미술관 야외 등 주어진 환경에 맞추어 관객과의 대화를 시도하는 사포무용단의 주제는 뚜렷하다. 춤이 소통을 주도하겠다는 예술 의지이다.

남원시립김병종미술관은 과묵한 직각의 시멘트 덩어리다. 정면의 출입문을 들어서야 비로소 전시실의 작품들이 서정의 따뜻한 품을 열어 준다. 반대로 문을 나서면 작은 광장이 기하학적인 구조로 서정을 차단한다. 끊어진 서정을 '비밀의 문'을 통해 사포의 대표적 춤꾼 셋(박진경, 김남선, 송현주)이 이어간다. 광장 바닥은 자갈밭, 물바다, 딱딱한 보도블록인데 배경인 미술관 좌우는 숲이고 일꾼들이 공연과 상관없이 작업하고 있는 풍경도 보인다. 저녁 무렵 – 어쩌다 연상(聯想)은 과학화된 삭막한 광야에 버려진 인간 군상들이 살을 부비며 '안녕하세요?' 인사를 나누고 서로의 낯선 듯 친숙한 듯 알은 체 인사하는 풍경이 보인다.

그 가운데 추억을 더듬으며 '기억 저편'에 떠오르는 사포의 '말을 거는 방식'은 단순화를 거쳐 순화(醇化)의 과정이다. 이 장면에는 드라마가 있다. 시작도 없고 끝도 없을 것 같은 제4장에 내가 있고 네가 있으며, 두 남녀(문지수, 고성수)의 추억이 관객의 몫으로 공유된다. 그렇게 이어진 서정성(抒情性)은 에필로그 '사라지는 것들'과 함께 과묵한 시멘트 미술관 건물, 딱딱한 광장 바닥, 자갈밭, 그리고 물 바닥의 현실 앞에서 무대 공간 이탈과 주변 환경과 하나 되는 앞선 의식의 현대화가 얼마나 어려운 작업인가를 새삼 깨닫게 만든다. 그러나 한편 시선을 돌려 광장을 부감(俯瞰)하면 거기 환경 속에 아름다운 춤의 서정이 서로의 소통을 기약하고 있다.

신화의 서사를 현대화한 최성옥의 〈안티고네〉

성악가 김호정이 노래로 〈안티고네〉 도입을 조율하고 끝마감까지 매긴다―갈색 머리의 오스트리아 여배우 율리아 샤우어가 무대바닥에 열심히 안티고네의 개인사와 신화의 서사(敍事)를 적어 내려가면 배경화면에 영상이 흐르며 해체된 음악과 그림이 신화의 강물이 된다.

청바지를 입은 대학생인 그녀가 내레이터가 되어 안티고네 신화의 줄거리를 끌어가면 최성옥 안무의 메타댄스프로젝트의 무용극 〈안티고네〉는 주제 구성이 탁월한 집단무용으로 형상화된다. 집중

된 각종 극장 요소들을 동원하여 전방위적으로 융복합 총체예술로 끌어올리는 연출 기법이 두드러진다.

법과 제도에 묶인 반역자의 시신을 땅에 묻으려 하는 한 여인의 집념이 죽은 자를 곱게 묻어 주는 데 구원을 거는 일관된 키워드로 키워지고 채워진다. 단적으로 말하면 매장의식(埋葬儀式)의 도덕율을 새삼스럽게 높여 주는 현대의 신화가 만들어진다.

음악은 음원에서부터 해체되어 있고 배경의 영상 흐름 또한 색깔의 바다이고, 어쩌다 신화의 성좌 그림이 배경 호리존트에 비치기도 한다. 여러 매체들이 연출에 의하여 교직(交織)되고, 안무에 의하여 옷이 입혀져 뛰어난 그림이 되며, 고대 그리스 이야기가 현대 한국의 사회상으로 폭로되기도 한다─버닝썬의 젊은 난장판과 아무개 고관의 묵은 성희롱이 붉은 한 줄 선 아래 펼쳐진 긴 벤치 위에서 우리의 무의식을 까밝힌다. 그런가 하면 오이디푸스 왕가의 저주받은 근친상간의 이인무, 군무(群舞) 모드가 법과 도덕률 사이의 섬세한 갈등과 대립 요소들을 이 잡듯 잡아낸다. 음악이 음원에서 해체되고 영상이 색원에서 풀어지고 무용수들의 몸마저 해체되었다가 〈안티고네〉라는 거대한 관념으로, 그리고 마침내 도덕적 인간상으로 다듬어진다.

모든 극장의 요소들이 집합되며 해체되어 점으로, 선으로 이야기되고 회전하여 이야기가 선으로 점으로 해체되어 무덤에 눕지 못하는 주검들을 무덤으로 잠들게 하려는 피로 맺힌 혈연 누이의 집념이 타오르는 안티고네 신화는, 타락한 현대 사회와 우리의 역사의식 그리고 신화의 현대적 재창조를 직설적인 화법으로 우리 앞에 들어내 보인다.

한국의 무용가 최성옥과 오스트리아의 연출가 오토 브루자티(O. Brusatti)가 성남아트센터(이사장 박명숙)의 지원을 받아 공동제작한 그리스 고전극 〈안티고네〉(5.17~18, 앙상블시어터)는 근친상간을 다룬 유명한 오이디푸스 신화의 확대판이자 고대의 정치극이다. 국가권력의 통치자 크레온에 의해 죽임을 당한 혈연들의 버려진 주검들은 장례 금지와 사체 능욕의 행정적 형법을 반영하고 있다. 법을 어기며 혈연들의 주검을 거두어들임으로써 법으로 고시된 죽은 자들의 명예를 지켜 주려는 동양적 혈연의식 저 너머ー무덤에서 파내어 능지처참했던 사자훼손(死者毁損) 의식과 연계되어 있을지 모른다. 현대화된 안티고네 융복합예술 공연을 통해 장례 금지와 사체 능욕 벌칙에 맞서 죽은 자들의 품격을 지켜주려는 도덕률을 지킨 '법과 관행'의 논쟁을 원천적으로 다시 한번 제시하면서, 근본적인 통과의례를 선명히 한 이 작품은 인위적인 권력의 폭력, 그 제도와 법을 뒤엎어 버린 인문학적인 예술가들의 안목을 높이 펼친다.

말(언어)를 파괴한 무용적 표현-장은정, 〈매스?게임!vol.2〉

〈매스?게임!〉은 무너진 낱말이다. 그렇다면 무용작품의 주제가 될 수 있는가. 무너지고 깨어진 작품의 주제라면 몰라도 어엿하게 상도 받는 무용작품의 주제에 무너지고 깨어진 낱말이 제명(題名)으로 붙을 수 있는가ー있다. 있으니까 논평으로 나는 이 작품을 다룬다.

디지털과 아날로그가 뒤섞인 세태에서는 의식의 혼돈과 함께 일상의 혼돈도 비극적으로 겪으며 살아야 한다. 그래서 뒤죽박죽의 삶을 살아가면서 가장 혼돈을 체험하는 분야가 말(언어)의 단락(短絡)을 따라잡지 못하는 준말(줄임말)과 일상어 속의 생략 부문이다. 고전적인 한문식 약자로 大韓民國이 '한국'으로 축약되면 언어경제학적으로 편리해진다. 그러나 '갑자기 분위기가 싸해져' '갑분싸'가 된, 아이스 아메리카노가 '아아'가 되는, 맥락이 닿지 않는 디지털 약자와 함께 '매스게임' 같은 정상적 외래어마저 '매스?게임!'으로 분열·재배치되면 일상의 혼돈은 더욱 가중된다. 매스게임이라는 정상적인 낱말이 '매스?게임!' 식으로 분열되는 언어 파괴가 디지털/아날로그 세태 속에서 어떻게 무용적으로 용납될까.

예술적 천재들은 우선 자기 말, 자기 언어부터 창조해낸다. 그것이 문학이면 더 말할 것도 없고 음악이나 미술도 작가의 가락이 있고 빛깔이 있다. 무용에도 그런 나름의 춤말이 있을 것이지만, 제목이 〈매스?게임!〉으로 단락되면 어떤 무용작품이 만들어질 것인가. 나의 평론가적 관심과 호기심은 좀 별나게 그런 엉뚱한 지점을 향한다.

장은정 무용단의 〈매스?게임! vol.2〉(2020.7.4~5, 대학로예술대극장)는 2018년도 창작산실지원 신작이었다가 2020년도 지원작으로 승격되었다. 그만하면 작품으로서는 공적으로 보장받은 셈이다. 나는 작품의 주제와 줄거리를 따라가는 습성이 있다. 혹은 이미지의 연계로 전체적인 작품의 그림을 내 머릿속에 그리며 주제가 의도하는 작가의 예술 의지를 파악하려고 노력한다. 그러니까 자연히 〈매스?게임! vol.2〉도 시놉시스의 이미지 구성이라거나 줄거리 흐름을 머리에 담으려고 한다. 관념론이 되더라도 관념의 구성이나 논리가 이해될 수 있으면 버리지 않는다. 그러나 대개 관념론은 작가의, 혹은 안무가나 연출가의 일방적인 생각뿐일 경우가 많고, 무대 위에 그려진 그림(형상)과 생각은 따로 노는 경우가 많다. 장은정 무용단의 〈매스?게임!〉의 경우 매스게임이라는 낱말은 깨어졌고 무용작품으로서의 주제는 무너진 주제를 무용 형상으로 그려나가는 난제를 안고 있다. 그러니까 무용의 표현이 큰 충격이 되거나 미니멀한 감동으로 다가오지 않을 수 없다. 따라서 무용적 거대담론이 되거나 미니멀리즘으로 관객들의 시선과 감명을 사로잡아야 한다.

시놉시스를 보면 ① 아이의 천진난만함이 자리 잡은 몸, ② 시스템을 만나는 몸, ③ 가속된 시스템, ④ 해체된 몸들의 자유로운 상생으로 구성되어 있다. 그러나 이런 무용 무대에 따르는 시놉시스라든지 이미지 구성 같은 것은 믿지 않는 것이 좋다. 한때 극작가들이 써 준 무용 대본은 무용 현장에서 안무가에 의해 거의 오리지널리티를 몰라보게 바뀌어 버렸다. 아무리 단단한 대본이라도 무용 현장의 안무가 시각이 형상과 구도를 바꾸어 버릴 수 있기 때문이다.

자, 그러면 제명(題名)에 명시된 작품의 주제—여기서는 무너진 낱말 〈매스?게임!〉의 주제가 시놉시스대로 드러나 있는가, 그리고 무용작품 구도나 영상에 반영되어 있느냐가 문제이다.

제명은 이미 깨어졌다. 그 무너진 주제를 매스라는 집단이나 게임이라는 이미지로 거두어들여 '작품'으로 만들어내는 것이 작가, 안무가의 능력일 것이다.

나는 주제를 펼쳐나가는 작가의 이미지 구성 능력을 높이 평가한다. 생각, 이른바 무용가의 관념은 작품 속에 녹아서 발언되면 그뿐이다. 생각이 정리되지 못한 채 무대 위에 버려지는 작품들이 얼마나 많은가. '날것'으로 관념을 덧칠하는 짓은 3류 철학자나 할 일이다.

2018년도 작품과 2020년 vol.2 작품 사이의 근본적 차이는 매스와 자아 사이의 무용적 언어 선택이다. '스스로 춤'이라는 튀는, 관념적인 동양적 무용론과 방법론을 내세웠던 김기인 교수의 서거 10주기에 맞춰 〈매스?게임!〉을 〈매스?게임! vol.2〉로 한 번 더 언어파괴적 수법으로 선보인 이 무용작품은 무엇을 드러내 보이려는 주제일까.

매스게임이 집단경기·체조라면 그 집단성은 파괴되고 뿔뿔이 흩어져 소수화되어 감정적인 의문부호나 감탄부호 '?!'로 귀착된다. 장은정은 매스의 존재나 힘을 그에 대비되는 작은 나의 존재나 우리의 관계와 대비시키며 관념적 거대담론을 작품을 통해 무용수들의 몸이라는 미세한 미니멀리즘으로 드러내려고 한다. 적어도 시놉시스가 풍기는 분위기는 그렇다.

준말이라고 해서 반드시 언어파괴라고 말할 수는 없다. 그러나 분명히 '매스게임'과 '매스?게임!' 사이에는 디지털 시대의 아날로그적 거리가 있다. 그런 거리가 작품의 소재이다. 그 거리가 관념으로서의 거대담론이고 무용작품으로서의 미니멀리즘적 움직임과 의상의 색상과 음악이다.

그렇게 작품이 되었고 두 번째 작품 〈매스?게임! vol.2〉로 탄생되었다. 그 탄생은 기구하였다. 코로나 19 사태로 인한 비대면 접촉과 자기 무용세계의 중심에 습관적으로 나오는 익숙한 동작들을 엄정하게 스스로 자기표절이라 규정지을 뿐만 아니라 무용수들과의 작업 가운데서도 그들의 개성들을 많이 찾아내고 다시 그것들을 가지치기하여 최소한 남은 움직임을 줄인다는 안무가 장은정의 안무 수법, 그런 무서운 자기고백이 나올 수 있는 수준이었다면 준말의 극대화와 언어 파괴의 극치점이 보다 과장되게 지적되어도 좋을 것 같다.

이런 주제의 언어적 파괴는 최소한의 움직임마저 줄여 관념과 무용언어가 정지하는 경지까지 갈 것 같고, 급기야 관념과 무용언어는 거대담론의 매스와 시스템과 개별적인 무용수들의 작은 움직임들이 〈매스?게임!〉과 같이 분열과 자기 언어적 파괴를 자초할 수도 있을 것이다.

— 이미지 구성의 3) 가속된 시스템을 거대담론으로 대입시키면 '시스템에 방해되는 몸에 제거의 폭탄이 안기고/그 폭탄에 해체되기 싫어 끝없이 타인에게 폭탄을 돌린다./몸이 부서져 사라진 자리엔 거대한 인형이 대체된다./인형은 시스템에 맞춰 더욱 몸들을 파편화시킨다…….

이런 관념론과 이미지의 구성 서열, 무용 영상이 안무적 관념과 맞물린다면 관념은 주제의 흐름에 녹아들고 작은 몸의 움직임이 멈추어버린 미니멀리즘의 경지가 정점에 이른 자기도취의 극적 형식으로 수렴되어 제명의 무너진 낱말로 부각될 것이다. 개인적인 무용수의 몸과 매스집단과 시스템–그 사이에 안무가의 관념이 기어

들면 '작품'의 이미지 구성은 오리지널리티를 잃고 깨어진 매스게임이 매스와 게임, 시스템이라는 거대담론의 형해(形骸)만 남긴다.

김영희 교수 일주기, (사)MUTDANCE 공연록

한때 그가 있음으로 해서 한국무용의 흐름을 바꾸었다던 이대 김영희 교수가 갑자기 세상을 떴다. 생전에 그가 주재하던 이대 한국무용과 출신의 김영희무트댄스가 사단법인 단체로 〈무트댄스, 김영희 예술의 꽃을 피우다〉(2020.05.28~29, 이대 삼성홀)를 내걸어 김 교수 일주기를 기념한 것이 지난 5월이었다.

살아 있는 듯한데 그는 없다. 춤추고 있는 듯한데 춤꾼은 없다. 예술가는 가고 그의 작품 〈아리랑〉이 〈아무도 2〉 〈나의 대답 1〉, 그리고 〈몽(꿈처럼)〉만이 무대 위에 있다.

김영희와 무트댄스의 그 많은 수작(秀作)들−〈어디만치 왔니〉〈모르는 사이에〉〈호흡〉〈부모은중경〉〈아베마리아〉〈내 안의 내가〉〈꽃〉〈지금 여기〉〈촛불〉 등등 내가 선명히 기억하는 많은 그의 유작들은 (사)무트댄스(MUTDANCE)에 의해 기억되고 재현되어 영속할 것이고 그렇게 예술가 김영희도 기억되고 재현되어 영생할 것을 믿는다.

일주기(一周忌) 공연작품들은 그의 독창적이고 개성적인 무용 세계를 유감없이 펼쳐 보였다. 안타까운 것은 그 중심에 김영희가 없다는 것이다. 그러나 김영희무트댄스가 작품을 만든다. 무트댄스에 스며있는 김영희의 무용정신이 작품을 재현해내고, 그는 없어도 그가 중심에 있는 것처럼 (사)무트댄스가 일사분란하게 작품들을 만든다. 그가 없어도 작품들은 살아간다.

일주기 작품들은 일찍이 다 본 것 같기도 하고 새삼스럽게 처음 보는 것 같기도 하다. 아마 다른 작품들도 마찬가지일 것이다. 예술가의 작품들은 보편성을 지녀서 어디서 본 듯하면서 새삼스럽고 특수하게 다가온다. 그런 가운데 〈나의 대답 1〉과 〈아무도 2〉가 직접적인 김영희의 육성을 담아낸다. 그의 무용의지, 아무도 흉내 낼 수 없는 예술정신이 현실감 있게 그의 체온을 전달한다-그는 그의 특수성을 강조해서 대답하고, 아무도 흉내 낼 수 없는 그만의 독창성과 개성을 보편성으로 확대해낸다.

한국 창작무용은 현대 한국무용이다. 그러나 그 현대무용이 너무 관념적이고 내면세계를 지향하여 작품으로서는 무거운 게 사실이다. 그것은 어쩌면 한국 창작무용이 고전무용의 전통을 이어받아 원초적 무용의 비의(秘儀)를 너무 진지하게 수용하고 있기 때문일 것이다. 궁정무용 정재(呈才)의 양식미와 민간무용의 무속(巫俗)적 요소를 현대적으로 지양해내지 못한 관념의 과잉은 원초적 종교심성의 반대급부라 해도 논리가 선다.

현대문물로 가려진 그로테스크와 잠재적 폭력을 활력이라는 이름으로 창작무용 양식 가운데 터뜨릴 수도 있다. 섬세하고 미세한 가운데 폭발하는 힘이 어쩌면 'MUT · 땅과 대지, 그리고 용기라는 독일어'의 원뜻에 가장 가까울 수도 있다. 그렇게 김영희 무용예술의 원점에는 폭발적인 비의(秘儀)의 현대적 감성이 있다. 그것은 그의 호흡법 내지 기(氣)의 질서로 체계화된다. 일주기 일련의 작품들은 작가 김영희가 지녔던 아우라와 무대 장악력이 다음 세대로 이어졌음을 확인케 했다. 특히 〈나의 대답〉과 〈아무도〉는 작가의 내면세계와 마주한 싸늘한 이성의 자기 성찰, 곧 내성(內省)의 비의 절차를 감동적으로 펼쳐 보인다. 감동의 고비는 3천 미터를 넘으며 느끼는 고산병의 숨 가쁨과 같다. 김영희의 천재적 재능은 전통무용의 기량을 적절히 분절시켜 재결합시키는 데 집결된다. 무트댄스가 땅에 기반한 춤이라면 무트댄스의 춤은 하늘에 가까운 3천 미터 고산에서 숨 가쁨을 조절할 필요가 있다. 그러나 그 짓을 감행하는 김영희 무트댄스의 테크닉과 호흡과 기가 김영희 없는 (사)MUTDANCE에서 어떻게 정시(呈示)·발전할지는 다음 세대들의 과제이며 책무이다. 김영희의 무대로 쏠렸던 관객들의 흡인력과 공명감이 한국 현대무용을 김영희 이전과 이후로 나누게 했던 김영희무트댄스 류, 혹은 식의 오리지널리티(개·편작 포함 약 40편) 가운데 (사)무트댄스가 영원한 생명력을 부여할 작품들이 몇 편이나 연명될지—그 여부에 따라 한국 현대무용이 세계의 현대무용으로 전파될 계기를 얻게 될 것이다.

이익섭

편지에서 메일로, 다시 카톡 카톡

대국어학자의 낱말 공부

큰 나무 큰 그림자

편지에서 메일로, 다시 카톡 카톡

편지 시대가 있었다. 긴긴 세월 편지가 우리의 중요 통신 수단이었다. '언간(諺簡)'이라 하여 아직 한글이 널리 보급되지 않았을 때 당시 권위를 누리던 한자(漢字)가 아닌 한글로 쓴 편지를 따로 이름 지어 부를 정도로 편지의 역사는 길다.

'편지지', '편지꽂이', '편지통', '편지틀' 등 편지와 관련되는 말이 여러 개 있는 것도 우리가 편지와 얽혀 산 삶이 길었음을 보여 준다. '편지'라는 단어도 '편지' 한 가지가 아니고 '서간' '서한' '서신' '서찰' '서독' '간찰' 등 다채롭기 그지없다. 그만큼 우리 생활에 깊게 파고들었고 또 소중한 존재였다.

그런데 어느 때부터 편지가 슬슬 우리 곁을 떠나기 시작하였다. 우표가 붙은 봉투 안에 든, 손으로 정성스레 쓴 편지를 받아 본 것이 언제인지 기억조차 하기 어렵다. 내가 마지막으로 그런 편지를 보냈던 것은 또 언제였는지 기억에 없다. 이름도 메일로 바뀌고 어지간한 것은 이메일이 종래의 편지 자리를 차지하였다. 잠깐 사이에, 소리 소문도 없이 편지 시대는 가고 이메일 시대가 열렸다.

갑자기 모든 것이 바뀌었다. 편지틀이라 할까 편지투라 할까 종래 얼마간 정형화되어 있던 틀은 대부분 깨지고, 군더더기라면 군더더기라 할 것들은 깨끗이 사라지고, 개벽도 이런 개벽이 없을 정도로 모든 게 가볍고 편한 체재로 바뀌었다. 흔치는 않으나 제자들이 보내는 메일에도 ㅎㅎ, ㅜㅜ, 또는 ^^ 와 같은 기호가 쓰이는 수도 있다. 넥타이 따위는 완전히 던져 버리고 노타이 차림이 된 것이다.

어쩔 수 없이 이메일을 받는 마음도 편지를 받을 때와 같지 않다. 물론 화면에 메일이 왔다는 신호가 뜨면 누구한테서 무슨 반가운 소식이 왔을까 설레게 되고, 모처럼 오래 소식이 끊겼던 제자한테서 애틋한 정을 담아 보낸 것을 받고는 종일 행복감에 젖을 때도 있다. 아는 사람의 글이란 늘 그 목소리며 표정이며 몸짓까지 들리고 보이는 것이어서 사람을 기쁘게 만들지 않는가. 그러나 이런 것들은 종이에 써 보내지 않았을 뿐 전에 편지를 쓰던 버릇을 지킨 경우이고, 대개는 일회용이라 할까 가볍게 스쳐 지나간다. 편지 받을 때의 기다림, 설렘, 감격 그런 것이 이메일에는 없다. 편해진 만큼 가벼워져서일 것이다. 도무지 편지만 한 무게가 없다.

그리고 보면 편지는 소중히 보관되는 풍속이 있었다. 앞에서 말한 언간만 하여도 그렇다. 추사가 부인에게 쓴 언간은 이미 널리 알려져 왔지만, 근년엔 『秋史 한글편지』(예술의전당 서울서예박물관, 2004)라는 책으로 묶이기까지 하였고, 『순원왕후의 한글편지』(푸른역사, 2010)란 책도 이승희 역주로 나온 바 있다. 특히 한국학중앙연구원

큰 나무 큰 그림자

어문생활연구소는 다년간 역대 언간들을 집대성하여 3권으로 된 『조선시대 한글편지 판독집』(역락, 2013)을 출간하였다. 이 자료들 중에는 무덤에서 출토된 것도 있다. 어떻게 보면 한낱 사신(私信)에 불과한 것들인데 그리도 소중히 간직해 두었던 것이다.

명사들의 편지는 특히 일반인에게까지 공개되지 않는가. 가령 다산 정약용이 귀양지에서 자식들에게 보낸 편지나 반 고흐가 아우에게 보낸 편지는 워낙 잘 알려져 있지만, 여러 사람의 편지를 묶은 『朝鮮名士書翰大集』(國文社, 1949)과 같은 책도 있다. 상허 이태준의 『書簡文講話』(박문서관, 1943)에 부록으로 실린 『名士實用書簡選集』에도 최남선, 이광수, 현진건, 홍명희, 이병기, 백석 등의 편지를 비롯하여 이효석과 유진오가 주고받은 편지, 최정희와 김동환이 주고받은 편지, 또 상허가 마해송, 박종화, 이희승, 정지용 등으로부터 받은 편지 등이 실려 있다.

명사들의 편지가 이렇게 묶여 출간되는 일은 그 내용에서 당시의 사회상이나 그들의 사상 등 배울 것이 많아서기도 하고, 또 편지 쓰는 매뉴얼 구실도 하기 때문이지만, 내가 놀라워하는 것은 그것들이 소중하게 보관되었다는 점이다. 상허가 받은 편지 중 눈길을 끄는 내용 하나는 "보신 후 돌려보내 주시기 바랍니다" "원문은 부디 두었다 돌려주시기 바랍니다"와 같은 것들이다. 소중히 간직하고 있던 것을 친한 분의 부탁이니 빌려는 주면서도 혹시라도 그것이 일실(逸失)될까 염려하여 꼭 돌려달라는 부탁을 하였을 것이다. 계속 소중히 보관하고 싶었던 것이다.

명사한테서 받은 것이 아닐지라도 우리도 어지간하면 몇 장의 편지는 간직하고 있다. 얼마 전 누이동생 하나가 40년 전에 내가 하버드 옌칭에 가 있을 때 생질들에게 보낸 편지를 봉투까지 사진으로 찍어 보내 주었다. 아버지를 따라 강원도 정선 산골에 가 초등학교 1학년과 4학년에 다니던 놈들에게 미국에서 온 편지는 대단한 자랑거리였던 기억이 소중해 계속 보관해 오고 있다는 것이다. 거기 보면 "경원이 보아라. 네 편지 잘 받았다. 글씨도 잘 쓰고 편지도 참 잘 썼구나. 싱가폴서 온 외삼촌 친구가 네 편지를 보고, 국민학교 1학년이 이렇게 글씨를 잘 쓰느냐, 1학년이 편지를 다 쓸 수 있느냐 하면서 놀라더라. 그래서 한글이 그렇게 배우기 쉽고 쓰기 좋은 글자라고 자랑했단다"가 있다. 보관을 해 주었기에 나도 먼 기억을 더듬는 기쁨을 맛보았다. 어떤 사연으로든 편지는 오래 보관되는 수가 많다. 나에게도 아버지의 편지며 친구들의 편지, 아내가 받은 장모의 편지며 또 우리 둘이 주고받은 편지들이 몇 뭉치 보관되어 있다.

편지가 소중히 생각되었던 것은 우선은 그것이 그리 쉽게 받아 볼 수 있는 것이 아니었기 때문일 것이다. 인편이 있어야 편지를 보낼 수 있던 시대야 말할 것도 없었겠지만 한참 개명이 된 뒤에도 답장 한 번 받으려면 한두 주일은 기다려야 하지 않았는가. 좀 특수한 경우이지만 미국에 가 있는 동안, 전화는 있으면서도 국제전화 값이 비싸 엄두를 못 내고 아내에게 1주일에 한 번씩 편지를 쓰는데 그 답장은 이번에 보낸 것이 아니라 그전에 보낸 것의 답장이 오곤 하는 식으로 엇갈렸다. 그처럼 한번 주고받는 것이 어려웠던 게 그것들을 더 소중하게 간직하게 만들었을 것이다.

편지는 쓰는 일부터 쉽지 않았다. 짧은 글이지만 이상하게 지켜야 할 격식이 많고, 무슨 말을 넣고 빼야 하는지 조심스러운 부분이 여간 많지 않았다. 더욱이 손으로 쓰는 것이니 글씨를 잘 써야 한다는 강박감이 여간 크지 않았다. 추사의 한문 편지를 보면 글씨의 크기며 획의 굵기도 자유자재로, 그야말로 일필휘지요 그것으로 한 폭의 작품이어서, 이런 분은 편지를 쓸 때도 얼마나 흥취가 넘쳤을까 싶기도 하나, 보통은 글씨 때문에 버리고 새로 쓰고, 버리고 새로 쓰고 하는 일을 몇 번씩이나 하지 않는가.

그렇게 힘을 들인 것인 만큼 편지에서는 그 사람의 체취가 우러난다. 봉투에서도 종이에서도 그 사람의 체취를 느끼게 된다. 무엇보다 글씨가 그렇다. 글이 사람이라 하지만 글씨야말로 사람이다. 거기에 그 사람이 다 담겨 있다. 글씨를 보면 저절로 그 사람이 떠오르고 그 사람을 만난 듯 반갑다. 편지를 소중히 여긴 것은 무엇보다 편지를 보낸 사람의 이 체취 때문이었을 것이다.

그렇게 정이 담겨 오가던, 그처럼 귀히 여김을 받던 편지는 이제 기억 저편으로 사라졌다. 세월 따라 어쩔 수 없이 이메일 시대에 살게 되었다. 가벼움은 따져 무엇하며 메마름은 따져 무엇하겠는가. 우물거리다 뒤처지지 않도록 숨을 몰아쉬는 도리밖에 없다.

그런데 그 이메일도 거추장스럽고 답답하다고 생각되는지 이제는 그것도 멀리하고 카카오톡이 판을 친다. 전철에서도 여기저기서 카톡 카톡, 커피 마시러 가 앉아도 여기저기서 카톡 카톡. 카카오톡은 또 카톡방이라 하여 그룹이 되어 한 번 보내면 여럿이 다 함께 보게 되고, 그러면 그 여럿이 한 마디씩 하느라 내 방에 앉아서도 카톡 카톡 소리에 정신을 못 차릴 때가 있다. 가히 카카오톡 시대라고 하지 않을 수 없다.

다시 많은 변화가 일어났다. 카카오톡은 글자로 보내도 그것은 글이기보다 말이다. '카카오톡'이라고 아예 '톡(talk)'이라고 하지 않았는가. 곁에 앉아 조잘거리듯 쉴 사이 없이 주고받을 수 있다. 음식을 먹으며 사진을 찍어 보내기도 하고 여행을 하면서 그 자리에서 경치를 찍어 보내기도 한다, 전화로 주고받을 말을 글자가 대신 다 해 준다. 그만큼 편리해질 대로 편리해졌다.

그런데 그게 역시 말이어서 그럴까 카카오톡 시대가 열리면서 세상은 더 가벼워졌다. 말과 글의 차이를 설명할 때 우리는 흔히 전화와 편지를 그 예로 든다. 글을 말하듯 쓰면 된다고 하지만 말과 글의 세계는 따로 있지 않느냐, 전화로 말하듯 편지를 쓰지는 않지 않느냐고 하면서. 카카오톡은 글자로 쓸 뿐 말을 옮기는 체재이니 가벼움이 그 본성일지도 모른다. 글이라면서 한두 줄로 끝나기가 일쑤고, 어떻게 보면 전보문(電報文) 같다. 그것도 귀찮아서인지 절을 꾸벅 하는 그림이나 입을 크게 벌리고 웃는 그림, 이른바 이모티콘이라는 걸로 때우기를 버릇처럼 하고, 도무지 자기 얘기는 한마디 없이 어디서 퍼 오는지 세상에 떠도는 것들만 부지런히 퍼나르는 사람도 많다. 여기에 들어오면 모두 한통속이 되어 아이고 어른이고 없다.

카톡 카톡 소리에 넋을 잃었는지 경조사(慶弔事)를 치르고 나면 통과의례처럼 으레 오던 인사장이 요즈음은 오는 일이 없다. 판에 박은 말이긴 하나 "일일이 찾아뵙고 인사를 드리는 것이 도리오나"

라 하면서 인사장으로 때우는 걸 죄송스러워하였는데 그 인사장마저 구경하기가 어렵다. 나는 나중 『좋은 글을 찾아서』라는 책을 엮게 되면 예문으로 쓸까 하고, 인쇄소에 비치되어 있는 샘플에서 골라 보내는 너무나 틀에 박힌 것들이 판을 치는 속에서도 때로는 진정으로 감사의 마음을 담은 인사장들이 귀하게 여겨져서 고이 모아 둔 것이 있는데 이제 누구 하나 그런 것에 관심을 둘 일이 없을 세상이 되었다. 그리고 보면 크리스마스카드나 연하장이 오가는 풍속도 사라졌다. 아예 안 오지만 어쩌다 오면 카카오톡으로 어디서 퍼 온 것으로 보낸다. 연말이면 거실이며 서재를 카드로 장식하여 새해를 맞는 밝은 마음으로 출렁이던 정경도, 그때 오가던 사람 냄새도 아득히 먼 세상의 일이 되었다.

나이가 들수록 편지 시대가 그리워진다. 대구에 가 있는 제자가 서울을 다녀가서 편지를 보내며, 떠날 때 인사를 드리지 못하고 와 죄송하다며 전화 체질이 아니어서 그랬노라고 양해를 구했다. 편지는 만나서 말로 못 하는, 또 전화로는 못하는 속 깊은 이야기를 나누기가 좋다. 모처럼 서울에서 만나 느꼈던 정감들을 전화로 말하기는 마땅치 않았던 모양이다. 그런데 앞으로 전화가 불편해 편지로 인사드린다는 사람이 몇이나 있을까. 시간 아끼지 않고, 진정을 담아, 정성을 담아, 꼬박꼬박 글씨로 마음을 써 보내던 편지 시대가 그립고 그립다.

대국어학자의 낱말 공부

〈우리말 겨루기〉란 티비 프로를 열심히 보는 친구 부인이 어려운 문제가 나와 모르겠으면 "이 교수님은 저런 걸 얼마나 잘 푸실까?" 그러면서 내 얘기를 하곤 한단다. 그런 얘기를 들을 때마다 부끄럽다. 특히 요즈음은 그 프로를 보는 일이 없지만, 어쩌다 보면, 어디에서 그렇게 꾀까다로운 것들을 찾아내는지 생전 처음 보는 어휘들이 나와 스스로 기가 죽기가 일쑤였다.

비슷한 경험은 전에 『리더스 다이제스트』 한국어판이 창간되면서 연재되었던 「당신의 우리말 실력은?」(나중 리더스 다이제스트사에서 1985년, 태학사에서 2001년 단행본으로 나왔다)에서도 겪었다. 이기문 교수가 주로 1920~30년대 소설에서 뽑은 어휘를 매회 20개씩 4선다형으로 냈던 것인데, 처음에는 의욕적으로 덤볐으나 어찌나 모르는 것이 많은지 종내 기가 꺾이고 말았다. 가령 63회 문제를 보면 박종화의 『다정불심(多情佛心)』에서 뽑은 것인데, 다음과 같은 것이 으레 몇 개씩 섞여 있어 이내 주눅이 들게 하였던 것이다.

> 푸지휘하다 – ㈎ 일이 흐지부지하다 ㈏ 일을 하도록 시키다
> ㈐ 일을 해결하다 ㈑ 명령했던 일을 철회하다
> 문지(門地) – ㈎ 대대로 내려오는 집터 ㈏ 문안에 있는 못
> ㈐ 대문과 그 언저리 ㈑ 집안의 지체

이런 것이 아니어도 어휘력의 빈곤은 늘 나를 괴롭힌다. 글을 쓸 때 특히 그렇지만 주위에서 가볍게 일상 대화로 쓰는 어휘도 생소한 것이어서 사람을 곤혹스럽게 만들 때가 많다. 지금도 기억에 남는 것 하나는 '속현(續絃)'이다. 돌아가는 이야기로 이내 그 뜻을 짐작하기는 하였으나 늦도록 그 단어를 모르고 있었다는 것이 부끄러웠다. '시나브로'도 지금껏 들을 때마다 무슨 사투리를 장난을 섞어 하는 것만 같을 뿐 감이 잘 잡히지 않는다.

각자가 쓰는 어휘는 무엇보다 그 개개인의 성장 과정과 밀접한 관계가 있지 않을까 싶다. 시대적 배경부터가 그렇다. 앞의 박종화 소설의 어휘만 하여도 그 시대에는 쉽게 다가오는 것이었을지 모르나 우리들에겐 갓을 쓰고 두루마기를 한 옷차림만큼이나 거리감을 느끼게 한다. 우리가 고등학교 국어 교과서에서 배우던 글의 '마음의 영일(寧日)을 가지 못하는', '삭연(索然)한 삼동(三冬)', '일시에 원시 시대의 풍속을 탈환한 상태를 정(呈)한다'와 같은 글만 하여도 그 시대의 것이지 우리 세대의 것은 아니다.

서울 태생인가 시골 태생인가도 어휘력에 큰 영향을 미치는 듯하

다. 내가 잘 아는 분 중 늘 놀라운 어휘력으로 나를 압도하는 두 분이 있는데 두 분 모두 서울 태생이다. 서울 태생이라 하여 다 그렇지는 않을 것이고 집안이 글 속에 파묻혀 사는 분위기가 이분들의 어휘력을 그만큼 높인 것이기는 하겠으나, 그러면서도 서울 태생이 아니고서는 그 경지에 이르기 어렵다는 생각이 든다. 몇몇 실례를 보면 이런 것들이다. 앞의 예는 김명렬 선생, 뒤의 것은 정양완 선생의 글에서 뽑은 것이다.

- 그 숫하고 선량한 마음
- 밖에 나가 놀지 않고 집안에만 비돌았다
- 장마 겪은 책들을 꺼내 폭서(曝書)하고

- 달은 둥두렷이 의젓도 하고 훤도 하더라
- "얘, 깃도 참 순편히 앉는구나" 하시며 길조로워 느꺼워하시던 어머니
- (두루마기가) 거풍(擧風)을 당하고 반닫이에 다시 ……

'숫하다' '비돌다' '둥두렷하다' '순편하다' '길조롭다' '느껍다' 등 참으로 깨끗해 보이는 우리말들이 서울에서는 일상어로 쓰였던 듯하고, 책을 볕에 내말리는 일이며 두루마기 같은 옷을 바람에 말리는 풍습도 대가(大家)들에서는 늘 하는 일이고 따라서 '폭서'니 '거풍'이니 하는 격조 높은 어휘도 어렵지 않게 썼던 것으로 보인다. ('폭서'는 서울에서 말로는 일반적으로 '포서'라 하였다는데 사전에 '포서'는 없고, 같은 한자를 같은 뜻으로 쓰는 '포쇄(曝曬)'에서는 '포'로 되어 있다.)

이런 걸 보면 어쩔 수 없는 한계를 느낀다. 그러면서 또 이런 것으로 자신의 어휘 빈곤을 변명하려고도 한다. 그러나 아무리 그렇다 하더라도 명색이 국어 선생인데, 또 나이가 드니 원로니 대국어학자니 하고 떠받드는데, 어떻게 공부해서라도 남보다 얼마만이라도 나아야 할 터인데 그게 도무지 쉽지 않다.

그 빈곤한 어휘력이 최근에는 또 아주 엉뚱한 자리에서 시험에 들고 있다. 방언조사를 하는 자리에서 그들이, 무학자인 촌로(村老)들이 일상으로 쓰는 말을, 그것이 사투리가 아니라 표준어임에도 알아듣지 못하는 일을 종종 겪고 있는 것이다. 저쪽에서 멀쩡히 제대로 쓴 것을 두고, 사투리 사용자들은 이렇게 엉뚱하게 쓰는 수도 있구나 하는 때가 있는가 하면, 시골 사람들이 되지도 않는 문자(文字)를 쓰려고 한다고 잘못 생각하기도 한다. 조사 중에 그 뜻을 몰라 설명을 요구해 듣고, 나중 집에 돌아와 정리하다 보면 그것들이 버젓이 국어사전에 올라 있는 경우도 많다.

간단한 것으로 '답사'가 그 한 경우다. 70대 후반 할머니가 노인회관에 음식을 해 가기를 즐기는데 누가 좀 시샘을 섞어 비난을 하기에 "나는 욕먹을 구구를 하고 한다"고 세차게 덤비니 그다음에는 '답사'가 없더라고 하였다. 우리는 '답사(答辭)'를 엄숙한 식장 같은 데서 축사를 듣고 거기에 대답하는 말로만 알고 있어서, 대단치 않은 자리에 거창한 말을 쓴다고 생각했는데 국어사전을 찾으니, "회답을 함. 또는 그런 말"이란 뜻풀이가 오히려 그 첫번째 풀이로 나와 있었다. 사전에 이 뜻으로 쓰인 예문은 실려 있지 않아 '회답'보다는 '대꾸'에 가까운 앞의 용례가 바로 이 풀이에 그대로 맞는지는 확언하기 어려우나, 적어도 '답사'가 격식적인 자리에서만 쓰이는 단어가 아님은 알게 된 것이다.

'유경'도 있다. 조사 때 이미 103세이시던 할아버지가 자기 집 논이 많았었는데 그것을 당신의 할아버지가 벼슬을 좀 해 볼까 하고 서울에 가 '유경'을 하며 다 팔아 먹었다고 하였다. 바로 뜻이 짐작이 되었으나, 이분이 한학(漢學)도 좀 있으신 분이고 해, 특별히 만들어 쓰는 말이 아닐까 하는 생각이 들었다. 사전을 찾으니 '유경(留京)'이 "시골 사람이 서울에 와서 잠시 머물러 묵음"이라는 풀이와 함께 버젓이 있었다. 사전에는 예문 하나 없고, 머무는 기간을 '잠시'라 하여 구체적으로 어느 정도의 기간인지 허술하게 되어 있는데, 이 할아버지는 다른 이야기에서도 이 단어를 몇 번 쓰면서, 그 머무는 기간이 1년이 넘는 경우도 있음을 알게 해 주었다. '유경'에 대해 제대로 공부를 한 것이다.

이 할아버지는 특히 설화(說話)를 들려주면서 '취맥'이니 '정장'이니 '탁방'이니 하는 낯선 어휘를 많이 구사하였다. 설화는 성격상 일상에서 안 쓰는 어휘들이 많을 수밖에 없지만 그것들을 어떻게 그렇게 정확히 기억하였다가 되살려 내는지 놀라지 않을 수 없었다.

'취맥'이 쓰인 정황은 이렇다. 중국에서 우리 신라를 취맥을 떠보려고 쇳덩이를 하나 보내며 그 안에 무엇이 들었는지 알아 들이라는 문제를 보낸다. 문무백관이 머리를 싸매고 걱정에 싸여 있는데, 최치원(崔致遠)이 아직 어느 재상 집에서 종노릇을 할 때에 그 문제를 풀어 "애초에는 알이었으나 지금은 새가 들어 있다"고 적어 보낸다. 중국에서 자기들이 계란을 넣어 보냈는데 새라니 무슨 소리냐고 쇠를 녹여 열어 보니 계란이 그 안에서 병아리가 되어 죽어 있었다는 것이다. '취맥'을 국어사전에서 찾으니 '취맥(取脈)'과 '취맥하다'가 나온다. "남의 동정을 살핌" "남의 동정을 살피다"의 풀이와 함께. 그 어느 쪽에도 예문이 없고, 또 그 '취맥하다'의 '하다'를 여기는 '뜨다'라 하여 두 쪽의 용법이 꼭 일치하는지를 확언키는 어려우나 그 '취맥'이 그 '취맥'일 것이다.

'정장'은 "그래 군수한태더, 그때 원이지, 원한태더 정장을 했단 말이야. 천하 효부인데 왜 효부상 안 주느냐구. 그래 효부열녀 정문(旌門)이 네레왔단 말이야"에서 그 의미가 쉽게 짐작되는 말이기는 하다. 그러나 직접 대하기는 처음이고 더욱이 그것이 '呈狀'이라는 한자어임은 사전을 찾아보고서야 알게 되었다.

'탁방'은 또 이렇다. "이 술상 내 가문 저 술상 또 들어오구, 이 술상 내 가문 저 술상 들어오구. 이런 지기, 밤애 자더거 그글(*원수인 집주인을) 처치해야 되겠는데, 쥑이던지 살리던지 탁방을 해야 되는데, 아, 술상이 계속 들어오니, 사람이 삐잖으니 우떠 해 볼 수 있는가?" 사전을 찾으니 '탁방(坼榜)'이 있었다. 원 의미는 "과거에 급제한 사람의 성명을 게시하던 일"인데 비유적으로 "어떤 일 따위의 결말"을 가리키기도 한다고 되어 있었다. 원수를 내는 일의 결말을 내겠다는 말로 바로 이어졌다. 숨이 차올랐다. 이 어렵고 어려운 단어를 이런 데서 만나다니. 그것을 이런 데서 공부하게 되다니.

강릉방언사전 편찬을 목적으로 새로 현지 조사를 시작하면서 만난 제보자 중 어휘력이 가장 풍부하였던 분은 시작 당시 93세였던 할머니였다. 무학자로 야학에서 한글을 깨우쳤으나 책이나 신문을 읽는 일도 없고, 야학에서 가르쳐 주지 않아 구구법은 모른다는 분인데 그분의 어휘력은 몇 번이나 사람을 경탄케 만들었다. 남자들이 하는 농사에 관한 일도 세세한 부분까지 그 절차뿐 아니라 해당 어휘를 빠짐없이 잘 알 뿐 아니라 이분이 과연 이 뜻을 알고 하는 걸까 하는 의구심이 들 정도로 고급 어휘도 끊임없이 쏟아내었다. 그중 특히 나를 놀라게 한 것으로 '천추하다'가 있다.

　그곳에 가면 대개는 한 자리에서 함께 조사에 참여하는 분이 세 분으로, 열 살씩 아래로 80대 한 분, 70대 한 분 두 분이 더 있었는데, 70대 분이 맏아들을 먼저 저세상으로 떠내 보내는 안타까운 일이 있었다. 다음은 그 일과 관련해서 할머니가 한 말이다. "그기 맏인데, 그래니 어머이가 운매나 가심이 아푸갠가. 그래 이러 좀 가서 좀 지거레해(*지껄이어) 볼래두, 나(*나이) 마이 먹언 기, 주착 읇이 그런 인사두 갈라니 민구시루워요. 그래서 한(恨)이 좀 삭거던 천추해서 가서 얘기르 좀 해 볼라구." 천추해서? 뜻을 모르니 발음도 명확히 들리지 않았다. 비슷한 발음으로 사전을 뒤지니 '천추(遷推)하다'가 나왔다. "미적미적 미루어 가다"라는 풀이와 홍명희의 『임꺽정』에서 뽑은 "시각을 천추하면 너희들도 다 목이 떨어질 테니"가 예문으로 올라 있었다. 예문으로 『임꺽정』에서 뽑은 것 하나만 겨우 올랐다는 것은 흔히 쓰지 않는 단어라는 뜻인데 할머니는 조금의 머뭇거림도 없이 참으로 적절한 자리에 그 단어를 썼다. 대국어학자가 정말 엉뚱한 곳에 와서 낱말 공부를 하고 있다는 망연함이 없을 수 없었다.

　'낙종하다'도 비슷한 경우다. 마침 좋은 신랑감이 있어 어느 집 딸

　　　　　　　　　　　　　　　　　　　　큰 나무 큰 그림자

을 소개하니 "아이, 그 집 딸으 우리 메누리루 준다믄 너머 좋지요"
하며 "낙종하게 그래더래"라고 하였다. 역시 사전을 찾으니 "마음속
으로 받아들여 진심으로 따라 좇다"라는 뜻의 '낙종(諾從)하다'가 있
었다. 사전에는 예문 하나 구해 싣지 못하고 있는데, 시골 할머니는
일상어로 쓰고 있었다.

가볍지만 '인기'도 있다. 흔히 쓰는 '인기(人氣)'는 [인끼]로 된소리
가 나는데 '기'를 평음으로 발음하였다. 이런 발음으로 듣는 '인기'
는 낯설기만 하여 노령이라 잠시 발음을 잘못하는가 했는데, "어
재두 해수욕하러 가 보니, 서울 사람 네레오더구만, 서울 사람 인기
가 더 읎어. 머이 툭툭 불거진 기. 머이 임무락지라구 읎더라구"의
문맥으로 보아 '人氣'는 아니어서 찾아보니 '人器'가 있었다. 한자
로 바로 의미가 떠오르듯이 "사람의 도량과 재간" "사람의 됨됨이"
라는 뜻이었다. 예문의 '임무락지'는 '인물'의 속어로 '인물-악지'가
받침 'ㄴ'이 뒤의 'ㅁ'에 이끌려 된 말인데 그것이 '인기'의 뜻을 뒷받
침해 주고 있다.

'회소'도 있다. 이것은 이 할머니보다 함께 있던 10년 연하 분이
쓴 것이긴 하다. "그 양반이 아무래두 돌아가실라는 같타"라고 하니
"아이그, 회소 못해요"라 한 것이다. 이내 느낌이 오는 말이긴 하나
처음 대하는 듯 낯설었다. 사전을 찾으니 '회소(回蘇)'가 있는데 "=소
생"이라는, 즉 '소생(蘇生)'과 같은 말이라는 풀이뿐 예문은 없었다.
그만큼 자주 쓰는 말은 아니겠는데 여기서는 쉽게들 쓰고 있었다.

'독물'이라는 꽤나 희귀한 낱말도 배웠다. 이 단어는 먼저 '독물치
매'로 접하였다. '치매'는 '치마'다. "좀 사는 사람이나 그 독물치매

입었지 어룬 사람덜은 못 입어요." "독물치매 입은 사람은 달리 보더구만, 전에." '독물'은 앞에 고조(高調)를 넣어 '동물(動物)'과 발음이 같아, 지금 받침을 'ㄱ'으로 쓰고 있지만 [동물]인지 [독물]인지도 모르겠고 도무지 감이 잡히지 않아 파고들며 물으니 그것이 어떤 색깔을 나타내는 것이라는 것이 드러나기 시작하였다. "독물이 곤색이야"라 하기도 하고 "독물치매가 도라지 진한 색이더라구"라 하기도 하였다. 결국 국어사전에서 '독물'을 찾아냈는데 거기에는 "짙은 빛깔의 남빛"이란 풀이뿐 예문도 없고 그것이 들어간 복합어도 없는 걸 보면 표준어에서도 잘 안 쓰는 말 같고 '독물'은 그만큼 나로서는 귀한 소득이었던 셈이다. 이런 것도 사투리 조사에서 배웠다. 사투리를 새로 찾아낸 것이 아니라 시골에 와 표준어를 배운 것이다.

쉬운 것으로 '회목'과 '더수기'도 있다. 둘 다 우리 몸 부위의 이름인데 회목은 "손목이나 발목의 잘록한 부분"이라는 풀이와 함께 국어사전에 올라 있다. 쉽게 접했을 법한데 이것도 여기에서 처음 들었다. "그 여름에, 머 대단치두 안한 대 올러갔다 통 네레찐 기, 이 회목으 뿌질고 가주고" "정끼(*驚氣)르 밤낮 열나흘으 했잖소. 아주 하연 기 아주 죽었더라구. 우리 응감이 오더니 주물러나 보자구 사방 주물러두 끔쩍두 안하더니. 요 발 회목으, 요개르 싱가작(*힘껏) 쥐니 쪼끔 인기척이 있잖가"처럼 '회목'을 자주 썼다.

'더수기'는 좀 특수하다. "우리 에미하구 애비하구 더수기가 아퍼 가주구 침으, 아주 이런 큰 동침으 그러 맞더라구"라고 해 '더수기'가 어디를 '더수기'라 하느냐구 물으니 뒷덜미 쪽을 짚으며 어깻죽지 안쪽을 가리켰다. 돌아와 사전을 찾으니 '더수기'가 현대국어에는 없고 18세기 영조 때의 문헌인 『동문유해(同文類解)』와 『한청문감(漢淸文鑑)』에 각각 '脖項(발항)' 및 '脖(발)'의 대역(對譯)으로 '더수기' 및 '더숙이'가 나와 있었다. 고어사전에는 '목덜미'로 풀이되어 있는데 여기서도 범위를 약간은 넓혀 쓰나 그 뜻으로 쓰고 있었던 것이다. 그때껏 모르고 있던 고어(古語)까지 이 시골에 와 그렇게 새로 익혔다.

조사를 나갈 때마다 이런 장면이 몇 번은 있다. 농구(農具)의 이름이나 바느질이나 음식에 관련된 용어를 모르는 것은 그렇다 쳐도 이런 장면을 당하면 당혹스럽지 않을 수 없다. 내가 방언 조사를 다니는가 낱말 공부를 하러 다니는가, 그런 생각이 드는 것이다. '벼가 끝팼다'는 이야기가 나와(벼가 끝패고 한 달이면 햇벼를 먹을 수 있다고 하였다) '끝팼다'는 말이 무슨 뜻이냐고 물으니, 온 논의 벼가 빠진 것 없이 다 팼다, 곧 좀 늦게 패는 벼까지도 마저 팼다는 말이라고 하면서 "상구(*아직) 그그 모리시네. 농촌에 안 기시니 모리시지 머"라고 하였다. 말하자면 내 무식을 용서를 해 준 것이다. 그런데 만약 내가 몰라 쩔쩔맨 것들이 사전에 버젓이 올라 있는 표준어들이라는 걸 알았다면 어떤 반응을 보였을까. 아니 나중 후학들이 내 녹음 테이프라도 듣는다면 내 어휘력의 빈곤에 얼마나 놀랄까. 그야말로 가나오다. 어디를 가도 어휘력 때문에 주눅이 든다. 그러나 어찌 그것이 딱한 일이만 하겠는가. 늘그막에 작은 낱말 하나씩이라도 새로 익히면 그 또한 기쁘지 아니한가.

큰 나무 큰 그림자

李基文 선생이 문리대에 처음으로 출강하신 때가 우리 56학번이 2학년 때였다. 그러니까 우리가 문리대에서 선생의 강의를 들은 첫 학번이다. 강의 제목은 '國語系統論'이었다.

지금도 보관하고 있는 그 노트를 보면, 영어, 프랑스어, 독일어, 러시아어, 일본어로 쓰인 온갖 저술들 이름이, 러시아어조차 그 나라 문자로 나열되어 있는가 하면, Ko, Ma, Mo, Turk의 약호를 단, 한국어(古語), 만주어, 몽고어, 터키어 등의 낯선 실례들로 가득 차 있다. 또 한자어는 모조리 한자로 써서 노트는 온통 한자투성이인데 이런 대목도 있다. "이 무렵 이미 蒙古語學과 Altai語學에서 曠古의 幹戈를 發揮했던 G. J. Ramstedt가 그의 慧眼을 國語에 던졌던 事實은 國語의 系統論的 歸屬과 位置의 決定을 爲해서는 드물게 보는 幸運이 아닐 수 없었다." '曠古의 幹戈'라니 지금 보아도 생전 처음 보는 듯 낯설기만 하여 국어사전을 찾아보니, '曠古'는 曠

古하다'의 語根으로 나올 뿐 명사로는 올라 있지 않다. '광고(曠古)하다'는 "이전에는 그와 비슷한 일이 없다"라는 뜻이란다. '斡戈'는 아예 없는데 발음이 같은 '干戈(간과)'를 잘못 받아썼는가도 싶으나 이렇게 어려운 걸 그러기는 어려웠을 것 같고, 칠판에 '戟戈(극과)'라 판서해 준 걸 글자 모양이 비슷하여, 낯선 '戟'을 그나마 좀 아는 '斡'으로 잘못 옮겨 적었던 듯하다. 그런데 우리 국어사전에는 '斡戈'도 없거니와 '戟戈'도 없다. 용케 '戟戈'는 『漢韓大辭典』(檀國大學校 東洋學研究所, 2004)에서 찾을 수 있었는데 뜻은 "극(戟)과 과(戈). 무기를 두루 이른 말"이라고 되어 있다. 그렇다면 사전에 따로 나와 있지는 않으나 그것을 사람이 갖추고 있는 능력이나 재능을 비유적으로 썼을 수도 있을 법하다. '曠古의 戟戈'는 이러고서야 '이때껏 유례가 없는 재능' 정도로 그 뜻이 겨우 풀리는데 이런 것도 그때는 어렵게 생각되지 않았던지 그저 강의에 빠져들기만 하였다. 그리고 얼마나 열심히 하였던지, 그 기말고사 때, 문학 전공자를 위해 배려한 것이었는지 대강 공부하고도 쓸 수 있는 문제 하나와 알타이어의 구체적인 語例까지 들며 써야 하는 문제 중 擇一하라는 것에서 후자를 골라서는, 노트를 펴 놓고 쓰라고 해도 이 이상 잘 쓸 수는 없으리라는 자신감에 넘쳐 나로서는 너무나 완벽하게 써냈던 답안지 생각이 지금껏 잊히지 않는다.

이 강의는 나에게는 新世界였다. 처음부터 국어학을 전공하겠다고 제2지망도 언어학과로 하였으면서도 그때껏 국어학에 열정이 생기지 않던 나에게 이 강의는 전혀 새로운 세상을, 끝없이 넓은 地平을 열어 보여 주었던 것이다. 특히 강의 노트를 불러 주는 사이사이, 보충 설명을 하시는 말씀들이 그러했다. 그것은 단순히 강의 내용의 보충이기보다 우리가 앞으로 개척해 가야 할 국어학 분야 전반에 걸친 이야기와 학문하는 자세 등에 관한 것이었는데, 아직 방향을 잡지 못하고 있던 우리들에게 그것은 얼마나 큰 光彩였던가.

선생은 그때 30세도 채 되기 전이었다. 그러나 이미 학계의 중추가 되어 국어학에 새 氣運을 일으키고 있었다. 1949년 입학하여 곧 6·25 전란에 휩쓸려 부산 피란민촌 "송도로 가는 길가 산등성이, 백 길도 넘는 벼랑 위의 조그만 판잣집에서 사과 궤짝 몇 개를 포개 놓고" 힘겹게 쓴 학부 졸업논문으로 이희승 선생으로부터 "혜성과 같이 나타난 신진 학자"라는 평가를 받고, 그 논문이 國學 방면의 가장 권위 있는 학술지 『震檀學報』에 게재되었는가 하면, 국어학자로서는 드물게 외국어에 능통하여, Albert Dauzat의 *La Philosophie du Langage*(Paris, 1929)를 『言語學原論』(민중서관, 1953)이라는 이름으로 번역 출간하여, 이숭녕 선생으로부터 "李基文 님을 발견하였다 함은 나로서는 참으로 분외의 행복이 아닐 수 없다. 寂寥한 우리 언어학계에 李基文 님의 출현은 旱天에 구름을 본 격이어서 학계의 경사라 하겠다"는 찬사를 들으며 일찍부터 학계의 기대를 한 몸에 받고 있었다.

선생은 어려서 한글을 깨치면서 선친이 왜정의 우리말 말살 정책에 대항하여 우리말로 된 책을 한 권이라도 더 모아 벽마다 그득히 채운 책들에서 방정환의 동화며 윤석중의 동요를 읽은 일이며, 15, 6세 때 단행본으로 나온 『임꺽정』을 읽으면서 모르는 단어가 나오

큰 나무 큰 그림자

면 공책장을 잘라서 만든 카드에 文世榮의 『朝鮮語辭典』을 뒤적여 그 뜻을 적었던 일을 회상하며 "나의 길은 미리 정해져 있었다. 나이 들수록 이런 생각이 더욱 강해진다"고 하였다. "나는 국어학을 택한 것을 한번도 후회한 일이 없다"고도 했다. 하늘이, 역사가 한 인물을 점지해 주었는지 모른다. 선생은 특히 그때까지 불모지였던 국어 계통론 분야에 운명을 건 듯하였다.

이 이후 선생이 이룩한 성과들은 어느 것 하나 학계의 새 이정표 아닌 것이 없었다. 우리말이 Altai語族에 속한다는 것을 정밀한 논거로 확고한 기반에 올려놓았는가 하면, 오랜 세월 장막에 싸여 있던 우리말과 일본어의 관계에 대해서도 세상을 놀라게 하는 전혀 새로운 학설을 세운 것부터가 그렇다. 이로써 이 방면의 세계 최고의 학자 Nicholas Poppe 교수의 초빙을 받아 함께 연구하게 된 것을 비롯하여 미국 일본의 여러 대학에 수차 초빙되어 가기도 하였다. 또 그동안의 연구를 압축한 『國語史槪說』(민중서관, 1961; 태학사, 1998)은 판을 거듭하며 국내에서 최장기 필독서의 권위를 지킨 것은 말할 것도 없고, 외국에까지 그 명성이 알려져 일본과 독일에서 『韓國語の 歷史』(1975) 및 *Geschichte der Koreanischen Sprache*(1977)로 번역 출판된 데 이어 최근에는 언어학 분야의 가장 권위 있는 출판사인 영국 Cambridge 대학교 출판부에서 *A History of the Korean Language*(2011)로 출판되어 한국어의 역사를 세계에 알리는 偉業을 이루었다.

그런데 놀랍게도 그 기초를 우리에게 강의를 하던 이때 이미 구축해 가고 있었다. 강의 노트를 보면 그것은 결코 학부 2학년을 대상으로 쓴 내용이 아니다. '方法論의 反省'이라는 章에 보면 "여기서 간단히나마 方法論의 反省을 꾀해 보는 것은 앞으로의 進展을 爲하여 不可缺의 課業이라 생각된다"라는 것도 눈에 띄는데 이미 먼 앞날을 바라보고 큰 틀을 짜고 있었던 것이다. 흔히 '세계적인 학자'라 하지만 선생이야말로 우리 국어학계에서는 일찍이 없었던, 말 그대로 세계적인 학자였다. 실제로 일본의 월간지 『言語』(30권 3호, 2001)의 별책으로 나온 『言語の 20世紀 101人』에 한국인으로는 유일하게 선정된 바도 있다.

강의 노트를 보면 불을 뿜는 듯한 열기로 가득 차 있다. 모든 열정을 이 강의에 쏟아부었던 듯하다. 1959년 고려대학교에 전임이 되기 전이니 우리에게 한 강의가 대학 강단에서 하는 첫 전공 강의가 아니었을까 싶다. 비록 학부 2학년이지만 전공 학생들에게, 더욱이 모교 강단에서 그것을 쏟아내는 일은 정녕 신명이 났을 것이고 절로 열정에 휩싸이지 않을 수 없었을 것이다. 우리는 바로 그 氣를 받은 것이다.

돌이켜보면 내 國語學徒로서의 行步는 그 어느 것 하나 선생의 그늘 속에 있지 않은 것이 없다. 아주 작은 것으로 원서 쪽만 해도 그렇다. Otto Jespersen의 *The Philosophy of Grammar* 강독을 언어학과 김선기 교수한테서 듣는데, 교재를 구할 길이 없어 고생하다가 선생이 마침 가지고 있다고 해 홍릉 자택에 가 빌려 보았는가 하면, 한참 나중 일이지만 당시는 외국에 송금하는 길이 없어 미국에 계시는 선생께 영국 Oxford에 있는 Blackwell's로 몇백 불 송금해 주실 것을 부탁하고 그것으로 그때그때 필요한 원서를 구입하기도 하였다. 언젠가는 귀국하시면서 *The Linguistic Atlas of England* 그 무거운 책을 사다 주시기도 하였다.

저술 쪽은 더 말할 나위도 없다. 선생은 그 강의에서 옛 문헌의 표기법에 대한 연구의 필요성을 강조하였는데 이상하게 거기에 마음이 끌려, 학사 학위 논문에 이어 석사 학위 논문을 「十五世紀 國語表記法」으로 쓴 것부터 그렇다. 나중 『國語表記法研究』(서울대학교 출판부, 1992)를 낸 것도, 그 뒤 관심이 크게 다른 쪽으로 바뀌었지만 표기법에 대한 관심이 늘 불씨로 남아 얻은 결실이었다.

내 저술 중엔 아예 선생의 명령(?)으로 쓴 것이 많다. 민중서관에서 선생의 『國語史槪說』을 냈던 분이 민중서관이 문을 닫자 동아출판사 산하에 대학교재 전문 출판사로 學研社를 만들면서 선생께 국어학 분야를 의뢰하였는데 그때 선생은 음운론 쪽을 몇 분과 함께 공저로 내시면서 나에게 문법론을 쓰라고 해, 임홍빈 교수와 공저로 낸 것이 『國語文法論』(1983)이고, 『國語學槪說』(1986)은 애초 선생이 맡으셨던 것인데 쓸 틈이 없다고 떠맡겨 쓴 것이다. 또 대우학술재단에서 우리나라 미개척 분야의 것으로 대학원 교재 총서를 출간할 기획을 하면서 국어학 쪽의 일을 선생이 맡으시면서 나에게 맡긴 것이 『方言學』(민음사, 1984, 개정판 2006)이다. 단행본은 아니지만 『韓國 語文의 諸問題』(일지사, 1983)에 「한국어 표준어의 諸問題」라는 전혀 낯선 분야의 글을, 생판 새로 공부하여 쓴 것도 선생의 지시에 의해서였다. 선생이 국어연구소 소장일 때 발간한 『표준어 규정 해설』(국어연구소, 1988) 중 「표준어 사정 원칙」 쪽을 집필했던 것도, 1988년 한글 맞춤법 등을 전면적으로 개정할 때 이 일을 맡아

했던 연장이기도 하였으나 역시 선생의 지시로 했던 일이다.

멀리 거슬러 올라가면 「국어 複合名詞의 IC 分析」은 내가 학술지에 발표한 첫 논문인데, 편지로 이 논문에 대한 이야기를 들으시고 주제가 좁고 확실해서 좋다고 하셔 기운이 솟았던 기억도 있다. 정년 퇴임 기념 강연회 때 나중 『국어 부사절의 성립』(태학사, 2003)으로 출간한 것을 주제로 발표하면서, 이때도 알타이어학에서 쓰는 converb의 개념에 대해 여쭈었더니 관심을 가지시고 그 발표에 꼭 오시겠다고 하시다가 다른 일로 못 오시고는 계속 미안해하시던 일도 두고두고 고마운 기억으로 남는다.

선생은 무엇을 적극적으로, 똑 떨어지게 말씀을 해 주시는 편은 아니지만, 짧은 한 마디에 오히려 무게가 실려 늘 큰 힘이 되었다. 국립국어연구원의 원장을 맡아 달라는 제안이 왔을 때도 선생께 상의하였다. 공부하는 사람이 그런 外道를 어떻게 생각하실지 걱정이 되어서였을 것이다. 그런데 의외로 선뜻 가라고 하시면서 다만 너무 열심히 일하려고 하진 말라고 당부하셨다. 그 원장을 하는 동안 자문회의며, 외부 강사를 모시는 강연에 선생을 모신 일은 또 얼마나 많았고 그러면서 얼마나 든든한 도움을 받았던가. 최근에는, 이것이 선생한테 들은 마지막 자문인데, 지금 준비 중인 강릉방언사전에 '자료'라는 말을 넣어 『강릉방언자료사전』이라고 하고 싶다는 의사를 비쳤더니 선뜻 좋겠다고 동의를 해 주셨다.

별것을 다 선생께 기댄 셈인데, 우스운 일로는, 전북대학교에 있을 때 심악 선생님 사모님한테서 학자 집안의 좋은 규수가 있으니 한번 들르라고 편지를 받고는 어떻게 해야 좋을지 잘 몰라 우선 선생님 연구실에 들러 상의를 한 일도 있다. 그냥 웃기만 하시면서 가보라고 해 사모님을 뵙고 보니 얼마나 겸연쩍던지. 앨범을 들쳐보면 바닷가 모래 위에 둘이 수영복 차림으로 마주 엎드려 입술을 둥글게 내밀고 무엇을 열중해서 부는 사진이 있다. 동그랗게 마른 해초 열매를 불어 상대방 골대 안으로 넣는 시합을 하는 것인데, 둘다 꽤나 젊어 보이는 흑백사진이다. 선생은 몇 해 계속 여름방학 때 가족과 함께, 한번은 그 학자 집안의 규수까지 데리고 강릉으로 오셔, 해수욕장 가까운 농가에 민박을 하거나 솔밭 속의 송파여관에 묵으시며 피서를 하였는데 그때 사진일 것이다.

테니스 코트에서 함께 찍은 사진도, 전국교수테니스대회에서 인문대가 단체 우승을 하고 찍은 것을 비롯하여 여러 장면 있다. 선생과 함께 한 일 중 테니스만큼 많이 한 것도 없을 것이다. 시합에 한 팀으로, 또 복식의 파트너로도 많이 나갔지만 특히 단식을 많이 하였다. 선생은 위력적인 공격력이 있는 것도 아니고 그렇다고 걸음을 재빠르게 많이 놀리는 것도 아니어서 겉에서 보면 화려한 면이 없으나 미 8군에 와 있던 미국 어느 지역 대학대회에서 우승한 친구가 덤볐다가 지고 분해했을 만큼 절묘한 드롭 샷이며 요소요소를 교묘히 찌르는 아주 효율적이고 경제적인 테니스가 대단한 수준이어서 대개는 내가 지는 편이지만, 나는 또 나대로 퇴임을 하고 명예교수 연구실에 들렀을 때 오랜만에 보는 약학대의 한 선배 교수가 "오, 위대한 후위"라고 기억해 주었을 만큼 온 코트를 누비며 열심히 받아넘기는 쪽이어서 선생은 내 그 스타일이 마음에 드는지 둘이 단식하는 것을 무척 좋아하셨다. 교양과정부에 있으면서 문리대에 출강하는 요일엔 미리 시간을 맞추어 강의가 끝나면 으레 단식을 쳤고, 어떨 땐 묵동에 있는 우리 집에 오셔 공대 코트에 가 영하의 날씨에 단식을 치기도 하였다. 그리고 1974년부터 반포아파트에 교수 아파트가 생기면서 매주 수요일 주로 인문대 교수들로 구성된 수요회 모임에서 몇십 년을 줄곧 함께 쳤다.

그러고 보면 그 수요일 냉면 먹으러도 자주 어울렸다. 선생은 유난히 식도락을 즐기셨는데 그중에서도 냉면을 즐기셔 고향 분들이 많이 모이는 을지면옥으로도 몇 번 따라간 적이 있지만, 반포에서 테니스를 함께 치는 분들 중에 마침 냉면을 좋아하는 분들이 있어, 안상진, 이경식 선생 등 넷이 냉면부터 먹고 코트에 가곤 하였고, 또 유난히 면류를 좋아하던 성백인 선생과 셋이서도 그 수요일에 맞추어 거의 주기적으로 냉면집으로 다닌 적도 있다.

사진 중엔 내 환갑 기념 논문집 봉정식에 오시느라 함지박 언덕 길을 어느 때보다 밝은 웃음을 만면에 띠고 올라오시는 모습도 있다. 선생은 그 重厚함 속에서도 의외로 情이 깊고 多感하시었다. 언젠가 모차르트 혼 협주곡을 듣고 눈물을 흘리셨던 이야기가 떠오르곤 한다. 선생님의 수필집 『歸鄕』(私家本, 1996)에서도 그런 면모가 짙게 드러난다. 연구차 외국 대학에 가실 때마다 가방에 빠뜨리지 않고 챙겨 가시는 책 두 권 중 하나는 한용운의 『님의 沈默』으로 외로운 때는 언제나 그 시집을 폈다는 얘기며, "내 젊은 날의 詩心도 그 화로의 재 밑에 고이 묻어 있어지이다. 이 밤에 나는 이렇게 간구하며 잠을 이루지 못한다"는 얘기 등. 끝내 자전거 타는 걸 배우지 못하였다고 하면서 내 자전거 타는 일이며, 또 바둑 두는 일이며, 퇴임 후 야생화에 심취하는 작은 일 하나하나에도 따뜻한 눈길을 주셨다. 언젠가는 나를 똑 피천득 같다고 하신 적도 있으시다. 형제가 없는 나에게 선생은 스승 이상으로 큰형이기도 하였던 듯하다.

참으로 건강하시던 분이 언제부터인가 조금씩 기운을 잃어 가셨다. 특히 테니스 코트에서 그 진행이 눈에 띄게 나타났다. 수요회에선 80세 생신 때 축하해 주는 행사가 있어, 선생이 그 두 번째 주인공이었을 때만 하여도 그야말로 노익장의 모습이셨는데, 어느 때부터 운전대를 놓으시고 택시로 오시기 시작하시더니, 또 어느 때부터는 한 세트 정도만 치시다가, 다음에는 오셔서 구경만 하셨다. 그래도 한동안은 라켓 가방은 들고 오시더니 나중엔 빈손으로 오셨다. 걸음걸이도 점점 느려져 회식이라도 하고 코트로 가는 날은 우리들 보고 앞서 가라고 하시더니, 종내는 집 밖 출입을 전혀 안 하신다는 소식이 들려왔다.

언젠가 아들에게 들으니 종일 글 한 줄 안 읽으신다고 하였다. 또 어느 자리에서 딸한테 얼핏 병원에 가 계신다는 얘기를 들었다. 그때마다 숨이 막히고 가슴이 무너져 내렸다. 그래도 그때까지도 지금처럼 이렇지는 않았다. 이렇게 텅 비는 마음은 아니었다. 병석에서도 얼마나 오래들 잘 견디는가. 오래 자리를 지켜 주실 줄 알았다. 전혀 마음의 준비가 안 되어 있었는데, 홀연히 떠나신 이 빈 자리. 이 텅 비는 세상. 문리대 뜰에서 갑자기 마로니에 그 巨樹가 버혀지고 없으면 이럴까. 아, 이 허허로움이여! 그 드높던 나무여, 그 큰 그늘이여!

정진홍

'회상'을 위한 잡상(雜想)

'회상'을 위한 잡상(雜想)

어느 분이 제게 자서전을 쓰라는 부탁을 했습니다. 뜻밖이었습니다. 두 가지 사실 때문입니다. 저는 자서전이란 오래 살았고, 훌륭한 사람이 쓰는 거라고 알고 있었습니다. 그런데 저는 그 두 가지 조건의 어느 것도 갖추지 못한 사람입니다. 아직 젊다는 것이 아니라 제가 나이를 꽤 먹었다고 하면 웃으실 어른들이 한두 분이 아니실 거고, 제가 훌륭하다고 스스로 여기면 질책이나 분노보다 아예 저에게 연민의 정을 보내 주실 분이 지천으로 쌓였기 때문입니다.

그런데 솔깃했습니다. 당연히 그분께는 정중하게 거절을 했습니다만 속으로는 슬그머니 쓰고 싶다는 생각이 들었습니다. 그러잖아도 세상 떠나기 전에 제 삶의 자리를 깨끗하게 해야 할 것 같아 수시로 앨범에서 사진을 뺐다 넣었다 하고, 책장에서 책들을 뽑았다 되놓았다 하면서 버릴 것 남길 것을 간추리느라 애를 먹고 있는 터에 옛날을 '회상의 글'에 담으면 온갖 것 다 버려도 되지 않을까 하는 생각이 났기 때문입니다.

게다가 누구에게 보여 주기 위한 것이 아니고 나 자신을 위한 나 스스로 하는 독백 비슷한 '토로(吐露)'를 담는 것이라면 당장 겪고 있는 자질구레한 우울증을 떨쳐내는 데도 꽤 도움이 될 것 같았습니다. 그래서 그렇게 하기로 하고 마음과 몸을 다듬고 컴퓨터 앞에 앉았습니다.

그런데 막상 자리에 앉자마자 난데없는 온갖 생각이 떠오르면서 자서전 시작을 성큼 내디딜 수가 없었습니다. 그래서 쓰게 된 몇 꼭지 글이 있습니다. '자서전 서설'이라고 하면 될는지요. 어쩌면 '서설' 쓰다 '본문'은 쓰지 못할 수도 있겠다 싶기도 하게 이런저런 잡다한 생각들이 꼬리를 물고 이어집니다. 그간 다섯 편을 썼는데 그중에서 짧은 것 세 편을 여기 옮깁니다.

1

세월은 흐릅니다. 끝이 있는지, 처음이 있었는지는 모르겠습니다. 제가 아는 것은 세월이 흐른다는 사실, 그것뿐입니다. 부연한다면 제가 있기 전에도 그러했고, 제가 없는 뒤에도 그러리라는 짐작뿐입니다. 그런데 그 흐름에 제가 실렸습니다. 제가 있기 시작한 거죠. 시간이 없었으면 저는 없었을지도 모릅니다. 그래서 인간은 세월 따라 흐른다고 기술합니다.

그런데 마냥 그렇지는 않습니다. 저는 세월의 흐름과 더불어 늘 있지 못합니다. 그 흐름에 문득 실렸듯 그 흐름에서 홀연히 떠납니다. 사람이 세월을 벗어난다고 해야 할는지요. 아니면 세월이 사람

큰 나무 큰 그림자

을 자기 흐름 밖으로 내려놓는다고 해야 할는지요. 사람 한살이의 처음과 끝이 이러합니다. 그렇게 태어나 살아가다 그렇게 죽습니다. 그래서 저는 시간 안에 있을 적에는 '있는' 사람이지만 시간에서 벗어나면 '없는' 사람입니다. '인간은 시간에 예속된 존재' 또는 '시간 안의 존재'라고들 말하는 까닭이 이런 듯싶습니다.

저는 이 일에 꽤 마음이 쓰입니다. 저의 있음과 없음을 결정하는 것이 시간이라는 것을 선뜻 받아들이지 못하기 때문입니다. 세월은 제가 자기에 대해 지닌 혼란스러움과는 아무 상관 없이 의연하게 자존(自存)한다는 사실이 저에게 그러한 생각을 하게 합니다. 분명히 시간은 제가 있든 없든 상관하지 않습니다. 시간이 저에게 관심을 가진다면 제 삶의 어떤 계기에 간혹 우뚝 멈춰 주곤 해야 할 것 같은데 그런 경험이 저에게 없습니다. 시간은 그렇게 스스로 비롯하여 스스로 있으면서 자기가 있어 제가 있다는 일을 전혀 유념하지 않고 그저 흐를 뿐입니다.

그렇다는 사실을 찬찬히 살펴보면 인간을 시간과 더불어 비롯하거나 시간을 벗어나며 끝나는 그런 존재로 여기는 것은 아무래도 온당한 것 같지 않습니다. 시간과 상관없이 '나'라는 존재가 따로 있었던 것 아닌가 싶기 때문입니다. '내'가 시간과 따로 있지 않았다면 '나'라는 존재가 시간의 흐름에 실리거나 거기에서 벗어나는 일이 어떻게 가능하겠습니까? 이러한 생각을 해 보면 인간을 '시간 예속적인 존재'로 일컫기보다 오히려 시간을 '인간 예속적인 것'으로 여겨야 하지 않나 하는 생각조차 하게 됩니다. 시간이 저를 낳은 것이 아니라 제가 시간과 만나 이를 의식하여 비로소 저에게 시간이 있게 된 것 아닌가 하는 생각을 해 볼 수 있으니까요.

그런데 이러한 생각의 자리에 서 보면, 시간 안에 있어 제가 비로소 '있다' 일컬어지고, 시간 안에 있지 않아 제가 이윽고 '없다' 일컬어진다 해도, 그렇다는 사실이 반드시 '내 있음'이 마냥 시간과 더불어 있어야 하는 것을 뜻하는 것은 아니잖을까 하는 생각조차 하게 됩니다. 시간은 시간대로 자기의 모습을 이어갈 거고, 비록 제가 시간에 의탁했던 '잠시 있음'을 스스로 확인하기는 하지만, 그러한 있음은 태어남과 죽음 사이의 '나'의 흐름이지 그 '태어남 전의 나'와 '죽음 후의 나'가 시간에 온통 잠겨 있다는 것을 뜻하는 것은 아닐 거니까요. 그렇다면 저는 시간 전에도 있었고, 시간 안에도 있고, 시간 후에도 있을 존재라고 말해도 괜찮을 것 같고, 더 나아가 아예 '나 없으면 있는 것은 아무것도 없다'고 할 수도 있을 것 같습니다. 시간을 포함해서요. 또 저는 그렇다는 사실을 왠지 크게 발언하고 싶기도 합니다.

그런데 이러한 생각은 불가피하게 그러한 '나의 근원'은 과연 어떤 것이냐는 물음에 이르게 됩니다. 당연히 '시간의 근원'에 관한 물음도 묻게 되죠. 무릇 처음 또는 근원에 관한 물음은 당해 '사물 자체'를 묻는 것과 다르지 않습니다. 그러니까 '나'의 근원과 '시간'의 처음을 묻는 것은 '나는 무엇이고 시간은 무엇인가?'고 묻는 것이기도 합니다. 인간은 이 물음을 언제 어디서든 잊거나 잃은 적이 없습니다. 지금도 그러하고, 틀림없이 훗날에도 그러할 것입니다. 그것은 아예 사람다움의 표징이라고 해도 좋습니다.

왜 하필이면 어떤 사물의 존재에 대한 물음이 그것의 '처음'에 대한 관심으로 다듬어지는지는 알 수가 없습니다. 다만 '내 흐름'이 비롯한 처음 자리가 '나를 있게 한 것'이라는 어떤 터득이 그러한 태도를 마련하게 한 것이 아닐까 하는 생각을 해 볼 뿐입니다. 그러고 보면 시간 안의 존재는 '처음을 알면 지금을 안다'라는 거의 본유적인 인식 틀을 가지고 있다는 인지심리학의 주장이 그럴 법한 설명이라고 여겨지기도 합니다. 사람은 시간을 따라 흘러 살아가고 있으니까요.

그러나 처음과 근원에 대한 물음이 드러나는 모습이 언제 어디서나 누구에게서나 한결같지는 않습니다. 당연히 그 물음이 낳을 해답도 그러합니다. 물음이나 해답의 투(套)나 결, 색깔이나 음조(音調)가 사람살이의 때와 곳에 따라 다릅니다. 당연히 세월 따라 그것들이 바뀌기도 합니다. 한 여울을 흐르면서도 굽이와 소용돌이와 낙하(落下)를 거치기도 하고, 다른 흐름을 짓다가도 서로 겹치거나 섞여 새 흐름을 짓기도 합니다. 그런데도 커다랗게 내려다보면 대체로 '처음'의 문제는 '신'을 일컫는 데서 비롯하여 '어우러진 자연'을 일컫는 데 이르는 넓은 폭의 어간(於間) 어느 곳에 각기 자기 자리를 잡고 출렁입니다.

'처음'과 '근원'에 대한 서술이나 설명은 그 어떤 것이든 우리가 바라듯 명쾌하고 분명하지 않습니다. 인간은 '있음'의 '어떻게'는 꽤 서술하지만 '있음 자체'를, 그러니까 '있음'의 '왜'를 그렇듯 설명하지는 못합니다. 어쩌면 인간은 '있음-이후'의 존재이지 '있음-이전'의 존재이지 않기 때문에 그런 것 같습니다. 달리 말하면 '처음'은 '실증-이전'이지 '실증-이후'는 아니어서 그런지도 모르겠습니다. 도대체

'처음 이전'의 자리라면 몰라도 '처음 이후'의 자리에서 어떻게 '처음'을 실증할 수 있을까요. 따라서 사람들이 다양한 '처음'과 '근원'에 대한 설명 중에서 어떤 것을 선택하여 이를 참으로 여긴다 해도 그것은 이들을 두루 살펴 비로소 '이래서 그렇구나!' 하고 알게 되는 이른바 합리적이고 보편적인 인식을 통해 이루어지는 것은 아닙니다. 물음 주체가 스스로 어떤 설명을 '그렇다!'고 선언할 때 비로소 이루어집니다. 그렇게 되는 까닭을 서술하고 설명하기는 쉽지 않습니다. 그렇지만 근원이나 처음, 그러니까 존재 물음에 대한 해답은, 물음 대상이 사람이든 시간이든 어떤 것이든, 그것에 대한 '내 승인 여부'가 그것을 '나'에게 의미 있는 것이게 하는 한에서 비로소 참이게 되는 것이 우리의 현실임에는 틀림이 없습니다. 그런데 이런 맥락을 좇아 생각을 이어가면 마침내 '나 없으면 아무것도 없다'는 자리에 이릅니다. '나도 시간도, 그러니까 처음과 근원의 문제를 포함해서 무릇 있는 것은, 아무것도 없다'고 말할 수밖에 없게 되는 데 이르는 거죠.

그렇다면 사람의 삶이 '세월 따라 흐르는 것'이라는 인식은 아무래도 모호한 터득입니다. 거듭 말하지만, 만약 제가 태어난 것은 그 이전에도 제가 있었기 때문이라면, 그래서 시간이 저를 낳은 것이 아니라 제가 시간을 의식했기 때문에 비로소 시간이 있는 거라면, 또한 시간이 제가 있기 전에도 있었다는 사실뿐만 아니라 '시간이 나를 받아 준 거'라는 수사(修辭)가 가능했다면, 게다가 '시간으로부터의 일탈'조차 그 수사 안에 담는다면, 사람의 한살이란 시간 안에 잠시 머문 것뿐인데, 이를 '인간의 시간 예속성' 운운하면서 '인간은 시간 안의 존재'라고 일컫는 것은 아무래도 무언지 더 보태져야 할 것 같은 아쉬움을 일게 합니다. 비록 '시간 안의 존재'라는 묘사가 아무리 분명한 서술이라 할지라도 왠지, 그리고 무언지, 이를 좀 더 다듬어야 할 것 같습니다.

왜냐하면, 자서전은 도대체 어디에서부터 시작해야 하는지 자못 혼란스럽기 때문입니다.

2

우리는 하루 이틀, 한 달 두 달, 한 해, 두 해 하면서 세월을 좇아 살아갑니다. 그래서 우리는 지난 시간/지금 여기의 시간/아직 오지 않은 시간이라는 과거/현재/미래의 시제(時制)를 활용하여 그 세월의 흐름으로 우리의 시간 경험을 언어에 담습니다.

흘러간 삶, 곧 지난 시간의 삶이 되풀이될 수 없는 것은 분명합니다. 이미 지나갔는데 그 삶이 지금 여기에 있을 까닭이 없으니까요. 그러므로 과거의 재연이란 불가능합니다. 이를 일컫는 것조차 비현실적입니다. 그런데, 다 아는 사실이지만, 시간이 흘렀다 해서 지난 시간에서의 삶이 나에게서 없어진 것은 아닙니다. 그것에 대한 '기억'은 지금 여기에 있는 내게 살아 있습니다. 기억 속에는 과거가 생생하게 머물러 있는 거죠. 그러므로 '없는' 데도 '있는' 것을 경험하는 것이 시간 안에서의 삶의 경험이라고 할 수도 있습니다. 그렇다면 우리는 '시간과 더불어 산 지난 삶'은 시간의 흐름에 실려 지워진 다기보다 '세월은 흐르지만 삶은 쌓인다'고 묘사하는 것이 더 정확하지 않나 하는 생각이 들기도 합니다. 세월의 길이만큼 긴 높이의 삶의 더미가 기억 속에 머무니까요. 그러니까 우리가 일컫는 '기억'이란 세월 따라 흘러가지 않는 '쌓인 삶'의 다른 이름이라고 해도 좋을 듯합니다. 그렇다면 기억은 세월 따라 흘러간 '과거의 현존 양식'일지도 모릅니다. 따라서 과거는 있었던 것의 지금 없음일 뿐 사라진 것은 아닙니다. 기억 속에 온축되어 있기 때문입니다. 이렇듯 기억은 거대한 '사실의 더미'로 지금 여기에 있습니다.

그런데 과거는 스스로 아무런 것도 발언하지 않습니다. 시간이 본래 그러합니다. 그저 막연한 짐작이지만 그것이 시간의 속성이지 않나 싶습니다. 하지만 기억은 그렇지 않습니다. 기억은 과거를 담고 있어도 그가 있는 자리는 지금 여기의 '내' 안입니다. 그렇기에 삶의 주체인 '나'는 때로 기억을 내 삶의 전면으로 불러내곤 합니다. 그 기억을 그대로 두지 않습니다. 스스로 기억을 되살피는 일이 벌어집니다. 이는 쌓인 삶인 과거를 그대로 놓아 두지 않는 것과 다르지 않습니다. 달리 말하면 기억이 지닌 과거를 단순한 '지나간 사실의 집적'으로 머물게 하지 않고 '살아 있는 실체'가 되도록 하는 일입니다. 그러므로 시간의 맥락에서 본다면 기억을 되살피는 일은 흘러간 과거를 지금 여기로 되불러오는 것과 다르지 않습니다.

이를 우리는 기억과는 다른 결을 가진 것으로 여겨 '회상'이라고 부릅니다. 만약 동어반복의 함축을 짐짓 승인한다면 이를 '기억을 되기억하기'라고 해도 좋을 것 같습니다. 그러니까 회상은 지금 여기의 '나'가 기억을 발언하게 하는 것과 다르지 않습니다. 어쩌면 고고학자의 탐침(探針)이 하는 일이 그런 것 아닐까 싶습니다. 따라서 적극적으로 말한다면 회상은 시간의 역류(逆流)를 수행하는 일이기도 합니다. 인간이 세월 따라 흐르기만 하는 존재가 아님을 확인해 주는 실증적인 지표이기도 한 거죠.

'역류하는 시간'과 무관할 수 없어 자연스럽지 않은 일이라고 여겨지기도 할 '회상할 수 있음'이 어떻게 흐름 안의 존재에게 현실적으로 가능하게 되는지를 '설명'하는 일은 앞에 든 여러 경우처럼 쉬운 일이 아닙니다. 그나마 꽤 설득력 있는 설명을 제공하는 것은 인지과학에서, 더 좁게는 뇌과학에서 이루어진 다양한 실험적 증언들일지도 모릅니다. 부연하면 치매는 기억의 상실이 아니라 뇌의 특정한 부분의 손상이 초래하는 '기억을 불러오는 회상 능력의 마비'라는 주장에서 그 낌새를 찾아볼 수 있습니다. 이 설명에 의하면 회상은 인간이 지닌 본연적인 기능입니다. 곧 회상은 인간의 생존 조건 중의 하나라는 것을 지적하는 것이기도 합니다.

회상에 대한 이러한 설명은 선뜻 받아들이기 어렵습니다. 낯설기 때문입니다. 그러나 만약 '어떻게 회상이 가능하냐?'고 묻기보다 '왜 우리는 회상하나?' 하고 물어보면 뜻밖에 이 주장은 무척 친근해집니다. 왜 그것이 인간의 생존을 위한 조건으로 일컬어지는지를 짐작할 수 있게 되는 거죠. 좀 에두른 접근이지만 다음과 같이 생각해 볼 수 있습니다.

인간은 보람이나 의미에 목말라하는 존재입니다. 누구나 겪는 일상의 내용이 그러합니다. 그 갈증이 드러나는 모습은 다양합니다. 하지만 이른바 무의미한 삶, 아무런 보람도 스스로 느끼거나 드러내지 못하는 삶, 그런 삶을 사람들은 견디지 못합니다. 이를 해갈(解渴)하지 못하면 아예 죽느니만 못하다고 생각합니다. 인간의 자존(自尊)의 모습이 이러합니다. 그런데 지금 여기의 삶은 늘 찰나적입니다. 현재는 지속을 담보하지 못합니다. '회상할 것 있음'으로 범주화될 수 있는 과거가 현재에 서릴 적에, 그리고 '꿈꿀 수 있음'으로 범주화될 수 있는 미래가 현재에 안길 수 있을 적에, 비로소 현재는 지속을 자기 안에 담습니다. 그리고 그 지속 안에서 인간은 어떤 보람을 지을 수 있게 됩니다. 그때 마침내 인간은 자존(自存)하는 긍지, 곧 자존(自尊)을 지니게 되는 거죠. 그렇다면 회상과 꿈은 인간의 생존 조건임이 틀림없습니다.

그런데 앞서 지적한 바와 같이 과거가 쌓은 삶은 이미 침묵입니다. 그렇다면 회상은 그 침묵을 깨트리는 일과 다르지 않습니다. 기억이 발언하도록 하는 일과 마찬가지입니다. 과거를 짐짓 살아 있는 것으로 여기는 거죠. 주목할 것은 사물을 의인화하여 더불어 대화를 나누는 투로 사물을 만나고 서로 잇고 헤아리는 일이 사람의 삶에서 결코 낯선 게 아니라는 사실입니다. 흔히 원시적인 사유라고 했던 애니미즘은 원시적 현상이 아니라 인간의 본연적인 현상이라고 해야 옳습니다. 그렇다면 이 계기에서 우리는 회상이란 기억으로 쌓인 삶, 그리고 침묵해 버린 과거와 더불어 '이야기하기'라고 말할 수 있습니다.

한데 이때 이루어지는 '대화'란 마치 어린아이가 꽃을 들여다보

큰 나무 큰 그림자

면서 '엄마, 꽃이 나한테 예쁘대!' 하고 말할 때 그 아이가 경험하는 꽃과의 대화와 같은 그런 것입니다. 아이가 꽃과 만난 사실, 꽃에다 어떤 말을 했을 거라는 사실은 분명합니다. 그러나 꽃이 발언했을 까닭은 없습니다. 꽃은 발언하지 않습니다. 하지만 그 아이는 꽃의 발언을 듣고 이를 전합니다. 그리고 그 아이가 전한 꽃의 발언은 그 아이의 삶을 이룹니다. 그 대화는 실제로는 없는데 실재합니다. 그 아이에 대한 엄마의 반응이 긍정이든 부정이든 그것이 이 아이의 경험을 흩지는 못합니다. 회상은 이러합니다.

그런데 언짢게 말하면 바로 이러한 까닭에 회상은 대상의 '발언할 수 없음'을 빌미로 자기가 하고 싶은 이야기를 그 대상에게 덧씌우는 것이라고 할 수도 있습니다. 더 못되게 말하면 회상은 현재의 자아가 기억된 사실, 나아가 과거에 대하여, 자의적(恣意的)인 전횡(專橫)을 행사하는 것일 수도 있습니다. 그것은 '과거와 기억에 대한 폭력'이라고 해도 괜찮을 것 같습니다. 무릇 회상은 더미로 쌓인 자기의 기억을 뒤져 과거를 지금 여기의 자기 마음대로 다시 '만들어' 냅니다. 자기가 보고 싶은 것만 보고, 듣고 싶은 것만 듣습니다. '그때 거기'에 마치 자기 홀로 있었듯이 사실을 그립니다. 때로는 연대기조차 간과합니다. '나' 아닌 '다른 사람'들은 모두 내가 말한 그때가 아니고, 그가 아니며, 거기가 아니라고 증언하는데도, 자기는 그들의 '아님'을 부정하는 자기 나름의 '정직성'을 회상을 통해 발언합니다. 하지만 그것은 실은 '부정직한 정직성'입니다. 회상은 바로 그러한 '작업'입니다.
하지만 회상의 회상다움은 바로 이런 데 있습니다. '사실을 사실 그대로 일컫는 '사실의 정확성'은 오히려 회상을 회상답지 못하게 합니다. 그러한 사실은 있을 수가 없기 때문일 뿐만 아니라 설령 있다 해도 그러한 회상은 '주어가 소거된 회상'이기 때문입니다. 그러한 회상으로는 자존(自尊)을 유지하면서 자존(自存)할 수가 없습니다.

이러한 태도에 대한 제동이 가해져야 한다는 주장이 없지 않습니다. '바른 회상'을 위해 준거를 마련해야 한다는 거죠. 이른바 '객관적 진실'을 단단히 살펴 유지해야 한다고 말합니다. 회상의 정확성을 검증하기 위한 온갖 조건의 교차분석이 이뤄져야 한다고도 말합니다. 회상이 회상 주체의 나르시시즘에서 용해될 수는 없는 것이라고도 말합니다.

하지만 회상 주체는 이러한 주장을 수용하지 않습니다. 시간의 흐름에도 불구하고 쌓인 삶인 기억의 더미를 다시 불러내는 것은 그 쌓인 삶의 '객관적 진실'을 거듭 확인하려는 것이 아니라 그것이 흐름 안에 있는 내게 어떤 의미를 경험하게 하는지를 살피려는 것이기 때문입니다. 달리 말하면 회상은 '역사'를 기술하려는 것이 아니라 '내 삶(自傳)'이 역사 속에서 무산되도록 하지 않겠다는 일입니다. 당연히 '요청된 규범'을 내 회상의 주체이게 할 수는 없습니다. 거칠게 말하면 이른바 '객관적 진실'이 회상을 규제할 수도 없고, 도덕이나 윤리가 탐침 작업의 장을 지정하여 울을 칠 수도 없습니다. 회상을 위한 도덕을 굳이 일컬어야 한다면 그것은 오직 '나는 나에게 정직해야 한다'는 사실뿐입니다. 그것이 회상입니다. 회상은 정(情)도 한(恨)도, 떳떳함도 부끄러움도, 희망도 절망도, 함께 길어 올리면서, 그런 것들로 이미 지난 과거를 지금 여기에서 마음껏 지어내는 '나의 일'입니다.

그러므로 자전적(自傳的)인 기술(記述)은 처음부터 끝까지 내가 '지어낸 이야기'입니다. 다른 사람에게는 끝내 '허구'일 수밖에 없습니다. 어떤 '사실에 대한 인식'이 아니라 그 '사실의 내 경험을 고백하는 것'입니다. 이것이 회상의 회상다움입니다.

그렇다면 '자서전'은 제가 쓰려는 글의 제목으로는 어울리지 않습니다. 제가 하고 싶은 것은 '고백록'의 기술이라고 해야 할 것 같기 때문입니다.

3

이력서를 쓴 일이 한두 번이 아닙니다. 직업을 얻기 위해, 직장을 옮기면서, 열심히 썼습니다. 이력서는 정해진 틀이 있습니다. 태어난 때와 사는 곳, 그리고 언제 어떤 학교에 다녔고, 언제 어떤 직장에 있었는지를 기술합니다. 그리고 그 끝에 위에 기술한 사실이 틀림없다는 것을 다짐하면서 마감합니다. 그런데 이제는 이런 문서를 작성할 일은 더 없을 듯합니다. 다행입니다.

이 다행스러움은 저에게 더없는 즐거움이기도 합니다. 이제는 저의 삶을 연대기로부터 풀어 놓아도 되기 때문입니다. 제 진정한 자유는 저를 기술하는 연대기의 소멸로부터 비롯하여 이루어진다고 생각했으니까요. 왜 제가 이러한 생각을 골똘히 하게 되었는지는 잘 모르겠습니다. 어쩌면 '시간으로부터의 탈출'을 절실하게 염원하

며 살았기 때문일지도 모릅니다. 늘 죽고 싶었으니까요. 물론 살아
온 연대기를 지울 수는 없습니다. 하지만 적어도 그것이 나를 옥죄
는 것이지는 않게 되었다는 사실이 저를 이렇게 가볍게 할 수가 없
습니다. 그러므로 제 삶을 저 자신이 저를 위해 기술한다면 이제는
이력서를 쓰듯 하지는 않으리라 다짐했습니다.

그러나 그렇게 다짐한 순간, 저는 갑작스러운 '공황'을 느꼈습니
다. 그 연대기를 제거한 제 삶은 아무것도 남지 않은 황량한 들판처
럼 휑했기 때문입니다. '가난'이 이럴 수가 없습니다. 연대기에서 벗
어났다는 환희도 착각이었고, 그것을 내내 희구했던 삶도 멍청한
것이었습니다. 흐름을 좇아 또박또박 구획된 연대기에 담기지 않은
저의 삶이란 아무것도 없었습니다. 과장한다면 이력서만이 오롯한
제 삶이었습니다. 거기 담기지 않은 삶을 억지로 찾아 드디어 '있다'
고 여기려는 것도 막상 살펴보면 마치 정연한 연대기에 담긴 삶의
잔해에 지나지 않아 서둘러 치워야 할 지저분한 침전물처럼 있었습
니다. 연대기의 소멸을 희구하는 일이 얼마나 무모한 일인지를 서
서히, 그러나 뚜렷하게 깨달았습니다. 흐름을 제거할 수는 없습니
다. 이미 나는 그 안에 있었기 때문입니다. 그러므로 흐름을 거스르
는 일이 불가능하고 흐름을 소거(消去)하는 일이 비현실적이라면 할
수 있는 일은 연대기를 고이 수용하는 일입니다.

하지만 착각이었든 망상이었든 '연대기에서의 풀려남'이라고 하
며 감격스럽게 누렸던 자유를 저는 지울 수가 없습니다. 그것은 제

가 드물게 직접적이고 구체적이고 현실적으로 경험한 삶의 내용이었기 때문입니다. 비록 그것이 찰나이었을 뿐만 아니라 착각이고 망상이었다 할지라도 그 경험을 저는 버릴 수가 없었습니다.

저는 제 삶의 이른바 '흐름'이라는 것의 실상이 어떤 모습인가 하는 것을 되살펴보기로 했습니다. 삶이 시간의 거대한 흐름에 실려 흘러온 것만은 분명합니다. 그리고 그 흐름의 줄기들이 굽이를 틀고 소용돌이를 일으키고 빠른 흐름이었다 더딘 흐름이었다 하는 마디들을 짓는 것도 뚜렷하게 확인할 수 있습니다. 그러니 그 마디마디에 금을 그어 연대기로 표지를 마련한다는 것은 자연스러운 일입니다. 그런데 이러한 현상이 '흐름'과 '흐름에 실린 삶'의 전부라면 제가 절실하게 느껴 지닌 '시간의 흐름'과 '쌓이는 삶'이란 도대체 어떻게 제 속에서 말미암게 되었는지 설명이 되지 않았습니다. 착각이나 망상이라고 지워버리면 말끔해지는 것이 바로 그 착각이나 망상의 실체라고 하는 자리에서 머물러야 하는지, 아니면 바로 그런 '과오'를 범하도록 한 보이지 않는 어떤 '실상'을 단단히 살펴보겠다고 마음 다짐을 해야 하는지 망설였습니다.

그때 제 뇌리에 떠오른 것이 어렸을 때 시골에서 자라면서 본 수많은 웅덩이(沼)였습니다. 들판의 땅바닥이 우묵하게 내려앉아 늘 물이 괴어 있는 곳이 여기저기 들판에 있었습니다. 물은 흐른다지만 거기 물은 마르면 말랐지 흐르진 않았습니다. 저는 갑자기 '흐르는 시간'이 아닌 '고이는 시간'을 확인한 것 같은 환희에 빠졌습니다. 연대기가 시간의 '흐름'에서 비로소 서술 가능한 거라면 시간의 '고임'에서는 그것이 서술될 아무런 그루터기도 없을 거라고 판단했기 때문입니다. 시간과 더불어 있되 시간의 흐름에 실리지 않는 삶이 있을 거라는 짐작은 저를 흥분케 했습니다. 시간과 흐름의 비유를 이렇게 이어 다듬는 것이 얼마나 무리한 짓인지 모르지 않으면서도 저는 이러한 저 자신의 '터득'을 누리고 싶었습니다.

저는 한껏 유치해졌습니다. 시간을 '강물의 시간'과 '웅덩이의 시간'으로 나눠 보기도 했습니다. 강물의 시간은 이력서를 담고 있었는데 웅덩이의 시간은 다른 것을 담고 있었습니다. 이를테면 어떤 웅덩이에는 한밤중 어두운 논둑길로 끌려가시며 사라지신 아버님의 잔영이 고여 있습니다. 강물의 흐름에서는 그 정황이 드러나지 않습니다. 아니, 연대기는 이를 담지 않습니다. 또 다른 웅덩이에는 사랑한 여인의 마지막 모습이 어른거립니다. 그녀가 눈을 감았을 때, '아. 이젠 당신 더는 안 아플 거야! 잘 견뎠어!' 하고 말했지만 돌아오기를 기대한 아무런 답변도 듣지 못한 저리게 아픈 아쉬움도 거기 그 모습과 함께 어른거립니다. 겨우 다섯 살쯤 되었을 아이, 그 계집아이의 겁에 질려 파랗게 휘둥그렇던 눈, 그리고 내게 매달리면서 내 어깨를 잡던 그 무섭게 강하던 힘, 그런 것도 어떤 웅덩이에 담겨 있습니다. 배가 고팠던 그 아이는 어른이 막 모이를 준 닭장에 들어가 낟알들을 모래 사이에서 주워 먹다가 닭들이 홰를 치자 질겁을 하고 놀랐던 것입니다. 웅덩이의 시간은 흐르지 않습니다. 흐르는 것은 연대기의 시간뿐입니다.

'회상'은 저에게 연대기를 좇아 지난 세월을 되짚는 일이지 않아야 할 것 같습니다. 제 기억에 정직하고 싶으니까요. 아니, 저 자신한테 정직하고 싶기 때문에요. 저는 제 자서전을 쓴다면 그것이 '연대기의 추수(追隨)'가 아니라 '연대기의 구축(構築)'이라고 감히 말하고 싶습니다. 개념적으로 서술한다면, 비록 작위적이지만, '흐름(連續)'을 '쌓인 흐름(範疇)'으로 대치하고 그 작업을 하고 싶습니다. 범주는 연속을 거역합니다. 그것은 항존(恒存)하는 실재를 윤곽 짓는 개념입니다. 흐름조차 그것이 하나의 범주에 담기면 그것은 항존하는 실재가 됩니다.

또 범하는 작위적인 비약입니다만 저는 이런 다짐을 다시 다음과 같이 정당화하고 싶기도 합니다. 우리는 흐름에서 때론 돌출하는 경험을 합니다. 이른바 '사건'이 그러합니다. 삶은 그저 흐르지 않습니다. 그러한 사건으로 점철합니다. 그렇지 않았다면 흐름도 소멸도 기억도 회상도 일어날 까닭이 없습니다. '흐름의 이질성'이라고 해도 좋을 갑작스러운 마디들이 삶을 잇습니다. 당연히 연대기는 이를 아우르는 커다란 지표입니다. 하지만 그것은 너무 큽니다. 너무 정연한 틀입니다. 자칫 그것을 좇다 보면 저는 제 삶을 이른바 보편성 속에서 용해해 버리고 맙니다. 나를 잃어버리는 거죠. 그러므로 '내 이야기'는 연대기에 담기지 않은 산재해 있는 웅덩이의 기억들을 회상하는 것으로 엮어야 비로소 온전해질 거라는 생각이 절실해집니다.

이 계기에서 저는 한껏 현학적이게 되고 싶습니다. 제 자서전 쓰기는 '연속(흐름)이 아니라 범주(머묾)', '역(曆)이 아니라 사건'을 준거로 한 기술이었으면 좋겠습니다. 아니면 '소(沼)의 존재론'이라든지 바로 그 '소(沼) 현상의 해석학'이라고 해도 좋을지 모르겠습니다.

곽광수

프랑스 유감 IV

프랑스 유감 IV

『커튼을 제끼면서』(숙맥 7호)의 「프랑스 유감 IV」에, 내 방이 있던 기숙사 동의 TV실이 가장 넓어서, 학생들의 여러 행사들이 열리는 푸아이예 퀼튀렐(문화회관)이기도 했다는 언급이 있었고,[1] 같은 글 머리 부분의 「프랑스인들의 추억」에는 추억의 프랑스인의 한 사람으로 법과대학 교수이면서 정치대학장이었던 드 라 프라델 교수를 내가 처음으로 알게 된 것이, 아시아 지역 국가들의 학생들이 개최한 아시아 축제 때였다는 언급이 있었는데,[2] 그 축제가 열린 것도 이 푸아이예 퀼튀렐에서였다. 그 당시 한국 학생으로 나 말고 여학생 둘밖에 없었으니, 내가 조엘들과 브리앙송으로 함께 여행한 K가 엑스에 도착하기 전의 일이었다(그때의 사진을 보면. 내가 정장을 하고 있으니

---

1 『커튼을 제끼면서』(숙맥 7호), 106쪽.
2 위의 책, 93쪽.

까, 내가 엑스에 도착한 이듬해 초의 겨울 끝자락 무렵이었을 것이다). 축제 본부에서는 당연히 엑스대학의 내 선배들인 그 두 여학생들과 교섭이 이루어진 모양으로, 그녀들에 의하면 그 행사의 총주관자는 월남인 법과대학 학생이었다. 짐작건대 엑스–마르세유대학교의 의과대학을 비롯한 자연과학 쪽 대학들이 있는 마르세유에서도 사정은 비슷했겠지만, 엑스의 아시아 학생들 가운데 가장 많은 수를 차지하고 있던 월남 학생들의 리더 격이었던 그는, 키는 작았으나 듬직한 몸피에, 당시 학생들의 머리 스타일인 장발과는 달리 머리를 단정히 깎고 굵은 검은 뿔테 안경을 쓰고 있어서, 과연 지적인 분위기를 풍기는 카리스마가 있어 보였다. 우리말로 전달되기 쉽게 하려고 "축제"라고 했지만, 그 모임의 프랑스어 명칭은 "festival"이라는 단어를 포함하지 않고 그냥 "Soirée asiatique(수아레 아지아티크: 아시아의 밤)"이었다. 두 여학생과 그 건으로 상의를 하는데, 그녀들의 말로는 푸아이예 퀼튀렐의 홀에서 의자들이 모두 치워지고 사면 벽을 따라 돌아가며 가설 탁자들이 이어져 들어서며 거기에 아시아 각국의 코너가 배정되기로 되어 있다는 것이었다. 그리고 각 코너에서는 그 나라를 잘 알릴 수 있게끔 해당 벽면을 장식하고 가설 탁자의 해당 부분에서는 그 나라의 전통 요리를 만들어 대접한다는 것이 축제 본부의 기획이라는 것이었다. 그러니 요리는 자기들이 담당할 테니, 곽선생님은 벽의 장식을 책임지라고 말했다. Corée(코레: 한국)라고 하면 그것이 아시아의 어디에 붙어 있는 나라인지도 모르는 사람들에게 어떻게 우리나라를 알릴 것인가? 그래 나는 우선 우리나라의 지경(地境)을 생각했다. 그 지경 안에 바로 전해 연말에 받

　　　　　　　　　　　　　　　큰 나무 큰 그림자

은 연하카드들에서 이런저런 우리나라 모습들을 보여 주는 것들을 골라 붙여 놓으면 어떨까? 나는 길이와 너비가 상당한 흰 판지와, 그것과 비슷한 크기의, 전사지같이 얇은 파란 종이, 그리고 풀을 사 왔다. 그리고 파란 종이에 대한민국의 지경을 연필 선으로 그은 다음, 대한민국을 가위로 잘라 내고, 그 나머지 부분을 판지에 풀로 붙였다. 그러니 파란 바탕에 흰 대한민국이 음각으로 나타나는 것이었다……. 마지막으로 그 흰 대한민국 국토에 우리나라의 여러 아름다운 모습들을 담은 카드들을 균형되게 붙였다. 여학생 동지들은 내가 하루 낮 동안 내 방에서 낑낑대며 작업한 그 결과물을 보고 "어머!", "어쩌면!" 하면서 근사하다는 덕담들을 늘어놓았다……. 예상한 바였지만, 우리 팀이 가장 소수였고 배정된 공간도 가장 작았는데, 그 벽면의 너비를 내 예술작품(!)의 너비가 거의 가득 메웠다.

당연한 일이지만, 그 아시아 축제에 주인공인 우리들 아시아 학생들만 모인 것은 아니었다. 우리들에 못지않은 수의, 친구들인 프랑스 학생들을 위시한 비아시아 학생들, 그리고 엑스의 지역 유지라고 할 만한 인사들도 얼마간, 초대를 받아 참석했던 것으로 기억되지만, 후자의 그런 분들과 연계되어 상상될 수 있는 의식적(儀式的)인 행사(예컨대 그분들의 소개, 그들의 축사, 등등)는 하나도 기억나지 않는다. 장소가 엄청나게 큰 홀은 아니니, 빈 공간은 거의 없을 정도로 북적대는 사람들이 각국의 코너를 돌아가며 벽장식을 구경하고 전통 음식들을 맛보면서 함께 온 사람들과 담소를 나눈다……. 물론 각국의 코너에서는 그 나라의 행사 책임자들이 가설 탁자 뒤에서, 그 코너를 찾은 사람들을 맞이하고 그들의 질문에 대답한다. 우리 팀은 셋밖에 되지 않으니, 모두 우리 코너에서 손님들 맞이에 여념이 없었고, 아무도 다른 코너를 방문하지 못했다. 우리 코너가 가장 소규모였으나, 두 여성 동지의 화려한 한복의 아름다움과, 특히 불고기를 위시한 음식 솜씨로 하여 상당한 인기를 누렸던 것 같다…….

그러는 어느 순간, 북적대는 사람들 틈을 뚫고 게리 쿠퍼처럼 생긴, 게리 쿠퍼처럼 키가 크고 준수한 용모를 지닌 은발의 노신사가 우리들 앞에 나타났다. 위에서 의식적인 행사의 예로 든 지역 유지들의 소개나 그들의 축사 같은 것들이 전혀 기억나지 않는다고 말했는데, 그런 순서가 있었더라도, 행사장의 열기와 소란스러움 가운데, 도착한 지 몇 개월밖에 안 된 외국 도시에서 처음 그런 행사에 참여하는, 약간은 흥분해 있던 나로서는 어떻게 거기에 주의를 빼앗겼겠는가? 그래 나는 그가 외면으로 보이는 나이의 정도와 격식 있는 차림새 등으로, 참석하기로 되어 있다는 유지의 한 분이거니 생각했을 뿐이었다. 두 여학생은 그가 누구인지 알았는지, 무척 반기는 것 같았다. 그는 일회용 접시에 우리 음식들을 이것저것 담아 맛보며. 약간은 의례적으로 "아! 세 델리시외(맛있어요)!"라고 말했다. 그리고 그 의례적인 탄성에 잘 어울릴 정도로만 과장되게 어깨를 으쓱하고 즐거운 표정을 지어 보이는 것이었다. 그러다가 다음 순간 장식 벽면의 나의 그 대한민국 지도 작품에 그의 시선이 사로잡히더니, 지금까지의 약간 꾸민 듯한 태도를 그는 어느새 잃어버리고, 거기에 붙어 있는 카드들에서 무엇을 열심히 찾는 것 같았다. 잠시 후 다소 실망한 듯 거기에서 시선을 거두고, 우리들에게

큰 나무 큰 그림자

코레의 옛 왕국 귀족들에 관해 물었다: "코레의 옛 귀족들은 모양이 높고 테가 넓은 모자를 쓰고 무척 긴 파이프를 사용하지 않았나요? 어느 책에 나온 그림에서 본 적이 있습니다." 우리들은 물론 그가 갓과 장죽을 말하고 있다는 것을 알았고, 사실 그때 대한민국 지도에 붙어 있던 카드들 가운데 그가 찾고 있는 코레의 귀족들과 그 애용품들을 보여 주는 카드가 하나도 없었던 것이다. 나중에 알게 되었지만, 바로 그분이 드 라 프라델 교수였다.

지금 생각해 보면, 드 라 프라델 교수의, 나의 귀국 출발 때까지 그치지 않았던 호의가 기이하기까지 하다. 그것은 오직 그날 그 아시아 축제에서 이루어진 그와 나와의 그 단 한 번의 만남에서 비롯된 것이기 때문이다. 그 이후, 그가 강의하는 학교와 내가 공부하는 학교가 다른 만큼, 그의 첫 초대장을 받기까지 당연히 한 번도 나는 그를 다시 만날 기회는 없었다. 그 만남 이후 그는 어째서 기회 있을 때마다 나를 생각해 준 것일까? 갓을 쓰고 장죽을 문 양반의 그림을 그가 보았다는 책이 호의적으로 소개했을 것 같은, 조선이라는 (시적인 국명을 가진) 극동의 조그만 나라에 대한 단순한 호기심 때문일까? 아니면, 당시 한국이라는 (유신 체제하의) 가난한 독재국가로부터 프랑스 정부에서 장학금을 주어 유학을 오게 한 외국 학생의 가긍함 때문일까?

어쨌든, 드 라 프라델 교수의 첫 초대장을 받았을 때, 내가 놀랐던 것은 당연하다(내 이름과 기숙사 주소를 알아보는 것은 어렵지 않았을 것이다: CROUS에 자문을 구하기만 하면 됐을 테니까). 초대장에서 짐작되는 것은, 내 개인이 드 라 프라델 씨 가정에 초대되는 게 아니라, 그 모임 역시 여러 사람들이 초대되는 일종의 수아레인 모양이었다. 초대 일시(아시아 축제가 겨울 끝 무렵에 있었으니까, 그해의 여름, 학년도가 끝나고 그랑드 바캉스를 앞둔 시점이었다: 이 시점에 대한 단정은 이유가 있다)에 초대장 발신 주소를 쉽게 찾아 갔는데, 그곳은 주르당 공원에서 멀지 않은 지점에서 출발하여 쿠르 미라보로 직각으로 빠지는 한 거리의 한 구획 모퉁이를 점하고 있는 규모 큰 아파트였다. 일층의 아파트였는데, 내가 안내되어 들어간 홀은 기숙사 푸아이예 퀼튀렐보다 훨씬 더 넓고, 물론 훨씬 더 쾌적한, 그리고 사면 벽이 그림들과 사진들로 장식되어 있는 공간으로, 벌써 많은 사람들(거의 전부가 젊은이들이었는데)이 와 있었다. 홀 한쪽 구석에 커다란 뷔페 탁자가 마련되어 있고, 그 위에, 비스킷에 치즈를 얹은 것 같은 간단한 먹을거리들, 그리고 포도주와 청량음료들과 글라스들이 열 지어 늘어놓여 있었다.[3] 사람들은 손에 마실 것이 담긴 글라스를 들고 끼리끼리 이야기를 나누고 있었다. 내가 아파트 건물 출입문에 닿기 전에, 건물 일층 모퉁이의 큰 홀인 듯한 방의 여러 개의 창문들이 모두 열려 있는 사이로 불빛이 흘러나오고, 많은 사람들이 서 있는 것을 본 것이 바로 이 홀이었던 것이다.

기억이 지워진 것이 너무 많은데, 드 라 프라델 교수와 부인, 그

---

3 우리나라에서 뷔페라고 하는 것은, 셀프 서비스를 하는 것 말고는 프랑스에서 본 뷔페와는 아주 다른 것 같다. 뷔페의 사전적 정의는 "공적, 사적 초대 모임에서 요리할 필요 없는 먹거리, 과자, 음료 등이 차려져 있는 탁자, 혹은 그 음식과 음료"(『로베르 소사전』)로, 대개 선 채로 간단히 하는 식사의 대상인데, 우리나라의 뷔페는 정찬에 가깝다.

리고 두 딸이 내가 홀에 들어섰을 때에 나란히 서서 나를 맞이했는지, 그 네 사람이 나중에 우리들 회중 앞에 나타났는지, 부인과 큰딸의 모습이 어떠했는지(둘째 딸은 그 후 주르당 공원에서 우연히 다시 만나 본 적이 있어서, 그 이미지가 어렴풋이 남아 있지만), 전혀 기억나지 않는다……. 다만 드 라 프라델 교수가 세 여성을 대동하고 우리들 앞에서 뭐라고 간단한 인사말을 하던 광경이 희미하게 남아 있다.

그보다는 내가 입장해서 한쪽 벽으로 몸을 피해 자리를 잡고 서 있을 때부터 들려오는 주위의 젊은이들의 주고받는 말들에 신경이 쏠렸다. 그 말들을 모두 정확히 알아들은 것은 아니었지만, 불어에 영어나 스페인어인 것 같은 언어가 섞여 있는 그 말들을 종합해 짐작해 보건대, 거기에 모인 젊은이들은 모두 드 라 프라델 교수의 제자들인 것 같았고, 그들의 많은 부분이 외국 학생들인 모양이었다. 특히 북남미에 그의 제자들이 많다는 것, 드 라 프라델 교수의 가족이, 앞에 서 있는 그 네 분이라는 것, 맏딸은 공부를 끝냈고 둘째는 아직 대학생이라는 것 등도 거기에서 얻은 정보들이었다. 어느 순간 그 수아레의 연유를 알려주는 불어가 내 귀에 들어왔다: "드 라 프라델 선생님은 매년 바캉스 전에 꼭 우리들을 이렇게 초대하지." 프랑스 학생이 했을 게 틀림없는 그 말에 일말의 아이러니가 감지된다고 나는 생각했다……. 그러나 그의 제자가 아닌 나로서는, 그가 나를 아시아 축제 때의 만남을 잊지 않고 자신의 제자들과 똑같이 초대해 준 사실이 특별한 감정으로 받아들여졌던 것이다….

과연 이듬해 같은 시기에 드 라 프라델 교수의 초대장이 또 날아왔고, 일 년여 만에 프라델 교수도, 나도 서로 만나 무척 기뻐했다.

그 이듬해에도 나는 여전히 그의 초대장을 받았지만, 같은 날 나를 찾아온, 다른 도시에서 공부하고 있는 친구와 시간을 보냈다든가, 아니면 프랑스 친구들과 어울리고 있었다든가 해서 거기에 응하지 못했다.

그런데 나는 7월 중순께 드 라 프라델 교수의 초대장을 또 한 번 받는다!…… 지금 그 초대장이 내 수중에 없어서 여간 안타깝지 않다: 귀국할 때 챙겨 온, 프랑스에서 받은 우편물들 꾸러미를 아무리 뒤져도 그것을 찾아내지 못한 것이다. 그 초대장의 첫면에는 드 라 프라델 교수의 서명이 함께 있는, 펜으로 그린 크로키가 나타나 있었다. 그것은 시골의 별장 같은 아담한 건물을 보여 주고 있었는데, 펜의 운필 선이 많이 오간 게 아니라, 단선으로, 이를테면 일필휘지로 주욱 그어 나간 것이었다. 그 면을 넘기니, 나를 브르타뉴에 있는 자기 별장으로 초대한다는 짤막한 글이 나왔다(잃어버린 초대장의 그 문면을 그대로 옮기지 못해 유감이다), 자기 가족이 7월 며칠부터 8월 며칠까지 그 별장에서 휴가를 보내려고 하니, 당신도 시간 여유를 얻을 수 있으면, 자기 가족과 함께 거기에서 휴가를 보내기를 바란다는 내용이었다……. 내가 첫 초대장 때보다 더 놀랐던 것은 물론이지만, 이번에는 거기에 호기심이 섞여 들었다. 드 라 프라델 교수가 누구인가? 엑스의 유지로서 최상류층 인사가 아닌가? 적어도 내가 보기에는 그가 엑스의 최상류층 인사로 여겨질 만한 조건들을 두루 갖추고 있는 것 같았다: 그는 교육도시 엑스의 한 고등교육기관의 수장인데, 그의 관장하의 그 교육기관 자체가 권력과의 인연에 기인하는 사회적 위광을 누리는 곳이다. 그리고 그 전 해의 어느

날 『르 프로방살』 지(紙)는 그가 레지옹 도뇌르 훈장에 서훈되었다는 것을, 일면에 4단 크기의 그의 사진을 실으며 보도한 것을 나는 본 적이 있다(그렇게 크게 보도되었다면, 훈장의 급이 아주 높았을 것이다). 그 런데 그는 엑스 시내의 규모 큰 아파트에서 살고 있고, 휴양지에 별 장을 소유하고 있기도 하다. 이 사실은 그가 경제적으로도 최상류 층에 속한다는 것을 보여 주는 것으로 내게는 생각되었다(코트다쥐르 가 코앞에 있는데도 엑스에서 아득히 멀리 떨어져 있는 브르타뉴에 별장이 있 다는 사실마저, 내 상상 가운데서는 터무니없게도 거기에 후광으로 작용하는 것이었다). 그런데 그런 인사의 초대객으로 그의 가정에서 짧지 않은 시간을 보내게 되는 게 아닌가?⋯⋯ 프랑스의 그런 인사의 가정은 어떻게 영위될까? 이와 같은 호기심에 나는 마음이 들뜨고, 거기에 서 취할 갖가지 휴양 장면들이 내 상상 가운데 뒤에 뒤를 이어 즐겁 게 펼쳐지는 것이었다⋯⋯.

그런데⋯⋯ 나는 필경 그해 7~8월 사이에 브르타뉴에 있지 않았 다! 나는 정중하게 드 라 프라델 교수에게 너무나도 고마운 그 초대 에 응할 수 없어서 죄송하다는 회신을 보냈던 것이다: 물론 공부 핑 계를 댔는데, 논문 발표가 1년 앞으로 다가왔으므로 휴가를 취할 시 간적인 여유가 전혀 없다고 썼다.

나중에 내가 이 이야기를 대학생이던 내 딸에게 들려주었더니, 예 상대로 당장 "아빠, 그럼 브르타뉴에 안 간 진짜 이유는 뭐였어?"라 는 질문이 돌아왔다.

"애야, 아빠처럼 어리바리한 사람이 프랑스 아가씨 둘을 어떻게 상대하겠니? 그것도 한 달 가까이나⋯⋯. 너무나 신경이 쓰이고 긴장이 돼서, 나가자빠졌을 거다!……"

"아빠, 어쩜, 바보처럼!"

그랬다, 호기심에 들뜨고 즐거운 휴양 장면들에 사로잡혀 나는 처음에, 브르타뉴의 별장에서 내가 처할 곤혹스런(적어도 나처럼 어리바리한 사람에게는) 상황에 생각이 미치지 못했던 것이다. 일단 거기에 생각이 미치자, 그제서부터는 내 상상 가운데 아침부터 저녁까지 내가 실수하는 모습들만 연이어 나타나는 것이었다……. 한편으로는 드 라 프라델 교수의 가족과 함께 할 생활의 유혹, 다른 한편으로는 그 생활이 포함할 수밖에 없는 갖가지 델리킷한 상황들에 대한 두려움, 나는 이 양자 사이에서 얼마간 헤맸는데(!), 결국 두려움이 유혹을 이겼던 것이다……. 내 회신에 대해 드 라 프라델 교수한테서 아무런 반응이 없었던 것은 당연하다.

그 이듬해는 예정된 장학금의 기한이 6월 말에 끝나는 해였고, 나는 논문 쓰는 데에 정신이 없었다. 게다가 6월 말이 되자마자 CROUS에서는 바캉스가 끝날 때까지 기숙사 방을 비워야 한다는 연락이 왔다. 나는 지도교수 샤보 선생님과 상의하고, 선생님의 추천장을 받아 CROUS의 장에게 몇 개월 더 장학금의 연장과 기숙사 방의 사용을 허락해 주기를 바라는 청원장을 제출했으나, 소용이 없었다. 어쩔 수 없이 내가 바캉스 때의 어느 하루 온종일을 보내며 엑스의 여러 부동산 중개소들을 돌아다녀 찾은 시내의 방이 바로, 조엘에게 보낸 편지에 언급된[4] 그 더러운 건물의 누추하기 짝

---

4 『길 위에서의 기다림』(숙맥 8호), 74쪽.

이 없는 방이었다. 그 건물은 우람한 엑스 법원 건물 근방에 있었는데, 방세가 담배도 술도 못하는 내가 그동안 매월 받는 장학금에서 조금씩 저축해 모은 돈으로 몇 개월 더 버틸 수 있을 만한 정도였던 것이다.

필경 나는 그해가 다 가기 전에 논문 발표를 할 수 없었고, 또 그 이듬해 3월에 이르러서야 비로소 논문 발표일이 10일로 결정되었다(프랑스에서는 박사 학위 과정을 끝내고 논문을 완성하면, 당해 학년도 어느 때라도 논문 발표를 할 수 있다). 논문의 물리적 제작을 끝내고 3월 10일을 기다리던 어느 날, 나는 시내에서 그 누추한 내 방으로 돌아가고 있었다. 그때 저 앞에서 정장을 한 낯익은 신사 한 분이 이쪽으로 오는 것이 보였다: 드 라 프라델 교수였다. 우리 둘이 가까워졌을 때, 그의 반가워하는 표정이 보였는데, 내 표정은 어떠했을지 모르겠다…….

"드 라 프라델 선생님!" 내가 먼저 불렀다.

"오! 머시외 곽!"

우리 둘은 마주하자 악수로 인사했다.

"저, 3월 10일 논문 발표를 합니다."

"아! 그렇군요. 축하합니다! 당신의 논문 발표를 보고 싶은데, 쉬운 일이 아닐 것 같고, 다만 누가 앵코그니토(incognito: 익명)로 내 대신 논문 발표장에 갈 겁니다."

"……"

나는 멍청하게 말없이 있다가, 잠시 후:

"선생님, 귀국하기 전에 작별인사 드리러 가겠습니다." 하고 말했다.

"그래요. 그때 다시 만나요."

그러고 그와 나는 헤어졌다

내 논문 발표는 성황이었다: 논문 지도교수 샤보 선생님이, 내 논문이 베르나노스에 대해 바슐라르 비평방법론을 체계적으로 적용한 첫 논문이라고 하면서, 기회 있을 때마다 베르나노스 연구자들이나 바슐라르에게 관심 있는 이들에게 꼭 내 논문 발표를 들어 보라고 광고를 한 것이었다. 게다가 그런 연구자들에, 내 프랑스인 친구들과, 엑스-마르세유 학구와 인접한 학구들의 몽플리에대학과 스트라스부르대학에서 응원 온, 서로 아는 처지의 우리나라 학생들이 더해졌던 것이다. 그래 그 청중들을 모두 들이기 위해서는, 탁자들이 짜 맞추어 늘어놓여 긴 타원형을 이루고 있는 논문 발표장을 버리고 옆 대형 강의실로 장소를 옮겨야만 했다.

그렇게 강의실에 모인 청중들을 내 뒤편에 두고, 내 앞 강단 위에 있는 심사위원들을 마주한 채, 정작 나의 수트낭스(soutenance: 자기 주장의 방어. 논문 발표 자체를 가리키는 말이기도 함) 자체는 나중에 내게 무척 불만스러웠던 것으로 느껴진 것 같다. 나는 심사위원들의 질문들에 많이 더듬거렸다: 뒤편의 예상 외로 모여든 청중들로 하여 자신을 잃었던 것이다. 그러나 그럴 때마다 샤보 선생님이 라포르퇴르(rapporteur: 보고자라는 일반적인 뜻을 가진 이 말은 논문 지도교수를 가리킴. 논문 발표 때에 심사위원의 한 사람이 되며, 발표자의 수트낭스가 원활히 이루어지도록 그를 도움)로서 내 답변을 보완해 주었다…….

그래 내게는, 질문들은 너무 까다롭고 내 답변들은 정연하지 못했던 것으로만 느껴졌다. 그 때문에, 심사위원들이 발표장을 나가 옆 강의실에서 숙의를 한 다음 다시 들어와, 위원장이 '심사위원단 상찬(賞讚) 부(附) A'라는 심사 결과를 발표했을 때, 나는 기뻤다기 보다 잠시 동안 멍한 상태로 있었다. 그 잠시 동안이 흐른 다음에 야, 정신을 차리고 심사위원님들께 다가가 감사 인사를 드렸던 것이다.

그런데 나중에 프랑스인 친구들이 한 말들은, 내 느낌과는, 적어도 심사위원들을 두고는, 아주 어긋나는 것이었다:

"광수, 난 심사위원들이 그렇게 칭찬을 많이 하는 수트낭스를 본 적이 없어."

"그러게 말이야. 조금 있은 비판도 구색을 맞추려고 끼워넣은 거지, 뭐야."

우리나라 친구들의 반응도 비슷했다.

그러니 나는 수트낭스 동안 긴장으로 내게 불리한 느낌만을 크게 가졌던 모양이다. 그때 문득 다른 한 라포르퇴르에 대한 생각이 떠올랐다: 수트낭스의 라포르퇴르가 아니라, 일반적인 뜻의 라포르퇴르…. 드 라 프라델 교수는 왜 자기를 대신해 누구를 논문 발표장에 보내겠다고까지 했을까? 내 논문 발표의 모든 것을 자기에게 알리는 라코르퇴르의 역할을 그에게 시키려고 했던 것은 아닐까? 그렇지 않고 단순히 축하를 대신 하게 하려고 했다면, 그가 **익명으로 축하를** 할 수는 없지 않은가? 그가 누구일까? 두 딸 가운데 한 사람일까? 아니면 자기 제자일까? 그가 드 라 프라델 교수에게 한 보고는 어떠했을까?……

그 후 나는 드 라 프라델 교수에게 한 약속대로 귀국길에 오르기 전 어느 날, 시간 약속을 정하고 그의 댁으로 작별 예방을 하러 갔다. 짧은 방문이었다. 그는 내 논문 발표에 대해서는 일절 언급이 없이, 「프랑스인들의 추억」에서 말한 대로 『르 프로방살』 지에 난 내 논문 발표 기사 스크랩을 건네며, 그냥 축하한다는 말만 했다. 그리고 당신에게 줄 조그만 선물이 하나 있다고 다시 말했다. 그리고 탁자 위에서 두껍지 않은 책 한 권을 들어 내게 주었다: 베르나노스의 『어느날 밤』이라는 중편소설의 단행본이었다. 물론 지금도 지니고 있는 그 책은 「그림자들의 대화」라는 단편과 함께 편집되어 있다. 그는 내가 들고 있는 그 책에서 아무것도 인쇄되어 있지 않은 첫 속표지를 펼쳐 보이며 말했다:

"내가 당신에게 준다고 이렇게 썼어요." 하며 손가락으로 자기의 헌사를 가리켰다. 그 면 밑 부분에 서명을 하고 그 아래에 "곽광수에게, 엑스에서의 그의 오랜 체류를 기념하고, 그의 연구와 재능에 대한 경의를 표하여. 1973.3.17 엑스에서"라고 가는 글씨로 써 놓았다.

"선생님, 감사합니다." 하고 나는 말했는데, 그 책이 오래된 것으로 보였으므로 단순히 그런 점에서 기념물이라고 생각했다. 그런데 그는 다시 "어느 날 밤"이라는 제목이 인쇄되어 있는 그 다음 속표지를 펼치는 것이었다. 그러자 거기에 나타난 것은…… 바로 베르나노스 자신의 헌사였다!: "폴 드 라 프라델에게, 진심 어린 공감에서, 베르나노스, 1929.12.19." 첫 속표지 밑 부분의 드 라 프라델 교수의 가는 글씨가 바로 이 헌사를 주된 것으로 돋보이게 하기 위해 그런 것이라는 것을 암시하기라도 하는 듯, 그것은 큰 글씨로 쓰여 있다. 이리하여 나는 책 속의 사진들에 나오는 베르나노스의 서명이 아니라 베르나노스가 직접 쓴 서명, 필체 연구가들이 서명자의 고결함과 용기를 잘 드러내고 있다고 하는, 그 힘 있고 곧게 뻗는 움직임의 서명을 얻는 행운을 가지게 되었던 것이다. 드 라 프 라델 교수는 다시 말했다:

"당신이 베르나노스 전공자니까, 베르나노스의 서명이 있는 이걸 당신이 갖는 게 좋아요. 젊은 시절, 한때, 난 악시옹 프랑세즈에 참여했었어요. 그때 열렬했었지. 악시옹 프랑세즈의 어느 모임에 베르나노스의 초청 강연이 있었지요. 그 모임에 갔다가 이 서명을 받았지……."

나는 그가 왕당파라는 것을 알고 있었다. 언젠가 샤보 선생님 지도를 받는 가운데, 이야기가 빗나가 내가 드 라 프라델 교수를 안다고 하니까, 그는 빙긋이 흘리는 미소 가운데 "그분 왕당파랍니다"라고 했던 것이다, 프랑스 행동이라는 뜻의 악시옹 프랑세즈는 샤를 모라스라는 문필가가 주도한, 전통과 왕정을 옹호하는 보수주의 운동으로, 20세기 전반기에서 2차대전 종전 전, 한때 프랑스 정치, 문화계에 큰 영향을 끼쳤다. 베르나노스가 바로 이 운동에 적극적으로 참여한 왕당파였다. 나중에 모라스와 악시옹 프랑세즈가 프랑코와 무솔리니를 지지하기까지 하는 극우주의로 흐르자, 악시옹 프랑세즈를 떠나며 베르나노스는 모라스에게 단연 결별하는 편지를, 그 마지막에 "아디외(Adieu: 잘 가시오)"의 어원을 살려 "아 디외(A Dieu: 신께 맡기겠소)"로 써 보냈다는 이야기는 유명하다. 독실한 가톨릭이고 당시 엑스대학 가톨릭 학생회 동아리의 지도교수였던 샤보 선생님은 석·박사 과정에서 베르나노스에 대한 세미나를 지도하는 베르나노스 애호가였지만, 정치를 인격과 결부시켜 명예의 감성으로써 접근하려고 했던 베르나노스의 왕정주의 정치사상(왕은 인격을, 명예를 걸고 자기의 모든 정치적 약속을 하기에 나쁜 정치를 할 수 없다!)에 대해서는, 그 밑바탕에 있는 인간 개인의 윤리적 존엄성을 이해해야 하며 그 현실성에 있어서는 그것은 순진하기 짝이 없는 것이라고 생각하는(많은 베르나노스 연구자들과 마찬가지로) 진보적인 분이었으므로, 하물며 베르나노스가 아닌 드 라 프라델 교수의 왕정주의를 두고 미소를 흘린 것은 당연하다. 그래 그런 정치사상의 순진성이 자본주의와 민주주의에 대한 비판과, 예컨대 스페인 내란 때 프랑코의 극우 반동이 수많은 민중들을 살해한 것에 대한 격렬한 분노, 이런 것들을 담고 있는 베르나노스의 감동적인 정치평론의 가치를 떨어트리기도 한다. 이런 사정을 카뮈는 다음과 같이 감동적으로 알려 주고 있다: "그는 민중에 대한 참된 사랑과 민주정체의 형태들에 대한 역겨움을 동시에 지닌 사람이다. 우리는 그 둘이 양립할 수 있다고 믿어야 한다. 그리고 어쨌거나 이 기품 있는 작가는 모든 자유로운 사람들의 존경과 감사를 받을 자격이 있다. 한 사람을 존경한다 함은 그 사람 전체를 존경한다는 것이다. 그리고 베르나노스에게 우리가 보일 수 있는 경의의 첫 표지는, 그를 결코 우리 편에 끌어넣는 게 아니라 왕당파이고자 하는 그의 권리를 인정할 줄 아는 데에 있다. 이 점을 이 좌파지(紙)에 써 두는 것이 필요했다고 나는 생각한다."(「참여적 사상」, 『공화주의 알제』 지(紙), 1939.7.4)

어쨌든, 모르긴 해도, 드 라 프라델 교수는 정치학자이니 오늘날의 사회과학적 입장에서 베르나노스의 순진한 견해야 당연히 넘어섰겠지만, 왕정주의와 민주주의를 어떻게 조화시키느냐라는 문제를 체제 안에서 혹은 밖에서 해결하려고 노력했으리라 상상해 본다.

드 라 프라델 교수 댁에 작별 예방을 한 며칠 후, 나는 엑스역에서, 당시로는 마르세유에서 파리행 열차에 환승할 수 있게 하는 지선 열차에 몸을 실었다…….

여기서 잠시만 무대를 서울로 옮기고 시간적으로도 그 시절과 30여 년을 격한, 내가 정년 은퇴를 하던 때로 이야기를 돌리기로 하자. 서울대학교 사범대학에서는 대학교 전체 은퇴식과는 별도로 대학 차원에서 또 은퇴식을 갖는다. 지금은 어떤지 모르지만, 그때까지 거의 교수회관의 드넓은 원형 식당을 빌려 그 행사를 치르곤 했다. 이런저런 식순이 이어지는 가운데, 은퇴 교수들 소속 각 학과 학과장의 각 은퇴 교수에 대한 이력 보고 순서가 있다. 내 차례가 되어 불어교육과 학과장 J교수가 보고를 하는데, 앞서 다른 교수들에 대한 이어진 보고들의 단조로움 속에서 약간 몽롱함에 빠져 있던 나를 단번에 깨우며, 내 귀에 J교수의 정갈한 말소리가 불쑥 들어왔다: "……교수님의 이 박사 학위 논문은 논문 발표를 하신 그해에 엑스의 최우수 논문상을 수상했습니다. ……" 이게 무슨 소리인가? 최우수 논문상이라니? 나는 내 논문의 문제의 수상 건을 가까운 친구들에게도 말한 기억이 없었다. 나는 다소간 부끄러움이 느껴지는 가운데, J교수의 정보 출처를 찾다가 생각이 미치는 데가 있었다. 식이 끝난 다음에 그에게 그걸 어떻게 알았느냐고 물었더니, 내 예상대로 내 인사카드에서 보았다는 것이었다. 서울대학교에 발령이 난 후, 대학본부에서 작성시키는 인사카드에 상벌난이 있어서, 나는 거기에 그 수상 건을 적어 넣었던 것이다: "박사 학위 논문으로 엑상프로방스 아카데미에서 시상하는 아르보상(Prix Arbaud) 수상." J교수의 "최우수 논문상"이라는 표현은, 엑스 아카데미에서 주는 상을 받았으니…… 하는 생각으로 그가 지레짐작해 한 말일 것이다.

다시 옛날로 돌아가, 나는 귀국 후, 그해 6월 중순에 엑스, 과학 농업 예술 문학 아카데미에서 날아온 우편물 하나를 받았다. 발신처의 두서(頭書)가 인쇄된 공문용 편지지에(엑스에서의 내 공부에 관계되는 서류들을 모아 놓은 봉투를 뒤져보니 용케도 내가 그것을 버리지 않고 간직했다), 귀하의 학위 논문 「베르나노스 소설에 있어서의 물의 이미지 연구」에 시상이 결정된 아르보상을 수여하고자 하니, 1973년 6월 26일 17시 30분 정각에 개최될 아카데미의 "공개회의"로 나오거나, 아니면 당신을 대신할 누구를 보내라는 내용이 고지되어 있었다. 나로서는 엑스시 아카데미가 있다는 것을 몰랐었는데, 기쁘지 않을 수 없었다. 그래 편지로, 아직 엑스에서 공부를 계속하고 있는 친구 K와, 샤보 선생님에게 이 소식을 알리고, K는 내 대신 시상식에 참석하고, 샤보 선생님은 축하 답장을 보내 주었다. 샤보 선생님은 축하한다고 하면서 "세 데쟈 파 말(그것으로도 벌써 상당하잖아요)!" 라고 했다: 그런 상이 있다는 것을 자기도 알고 있다는 것 같은데, 그렇게 대단한 것은 아니라는 뉘앙스가 감지되었다……. 그래 나는 기뻤었기에 적이 실망하기도 했다. 이번에 이 글을 쓰면서 혹시나 하고 구글 프랑스에 들어가 Academie d'Aix-en-Provence를 치니, 아카데미에 관한 소상한 내용이 뜨는 게 아닌가! 연혁과 조직, 현 회원들(그들에 관한 정보에 대한 접근에는 암호가 요구되어 있다), 간행물들과 부속 문화재들, 그리고 연례 시상하는 상들, 등등. 상이 아니라 상들인데, 아르보상 외에 단체에 주는 상, 프로방스 지방이나 엑스에 관한 저작에 주는 상, 등 몇 개의 상들이 더 있기 때문이다. 아르보상은 상의 성격이 특정되어 있지 않은 것으로, 아카데미에 본부 건물을 희사하고, 죽을 때에 폴 아르보 미술관을 유증한 폴 아르보(1831~1911)를 기념하는 상이라고 한다. 그는 박식한 미술품 수집가요 메세나로, 수집한 미술품들로 폴 아르보 미술관을 이루었다는 것이다. 어쨌거나 그해에 내가 아르보상으로서 받은 것으로는 상징물은 없고, 아카데미 원장의 서명이 있는 상장만 있다…….

그러니 기실 아르보상은 대상이 막연하고, 따라서 후보작은 얼마든지 있을 수 있는 것이다. 엑스의 세 인문사회과학계 고등교육기관에서 산출되는 학위 논문만으로도 상당수의 후보작들을 이룰 것이다. 거기에 간행된 저작물들까지 합치면(금년도 수상작은 간행된 책이다)……. 그러므로 이 상은 엄격한 심사로 결정되기보다는 많지 않은 아카데미 회원들(12명)이 그들 스스로 추천하거나 그들의 지인들의 추천을 받거나 한 저작들을 두고 상의하여 결정할지 모른다.

그렇다면 1973년 내 논문은 누가 추천한 것일까? 이번에 인터넷으로 이 상의 막연한 성격을 알기 전에도, 수상 이후 가끔씩 이 궁금증이 나를 몽상에 빠트리곤 했다. 그럴 때마다 떠올랐던 것은, 내 논문 발표 며칠 전 엑스 법원 근방에서 만났던, 게리 쿠퍼를 닮은 정장한 은발의 드 라 프라델 교수의 모습이다. 동시에 그가 "당신의 논문 발표를 보고 싶은데, 쉬운 일이 아닐 것 같고, 다만 누가 앵코그니토(incognito: 익명)로 내 대신 논문 발표장에 갈 겁니다"라고 하던 그 말이……. 그리고 논문 발표장에 왔었을 익명의 라포르퇴르에 대한 생각도…….

이미 말한 바 있지만, 「프랑스인들의 추억」에서 언급된 분들에게 나는 귀국 후 3년가량 연말 인사카드를 보내 드렸는데, 첫해부터 드 라 프라델 교수에게서 유일하게 답장이 오지 않았다. 그러나 물론 나는 그에게도 계속 카드를 보내 드렸고, 계속 그에게서만 답장은 없었다……. 마치 엑스에서 그가 내게 보여준 그 호의들이 자신의 의무였다는 듯……, 그래 그 의무에서 벗어난 이제는 나를 무관하게 대하겠다는 듯……. 내가 아내에게 드 라 프라델 교수의 이야기를 들려주며 그 무소식이 흥미롭다고 하니까, 아내는 대뜸 이렇게 말했는데, 그 너무나도 상식적인 생각이 아마 그 진실일지 모른다: "아니, 여보, 전 세계에 제자들이 퍼져 있는 분이라면, 연말 인사카드를 얼마나 많이 받겠어요. 거기에 일일이 어떻게 답장을 할 수 있겠어요? 그리고 당신은 그분의 제자도 아니잖아요." 하기야…….

그 후, 앞서 엑스에 들른 적이 서너 번 있었지만, 시간 여유를 만들지 못해 드 라 프라델 교수를 제대로 찾아볼 생각에 미치지 못했는데, 이제야말로[5] 그럴 시간을 충분히 가지려고 하니까, 그의 연치

---

5 나는 지금, 2010년 여름 엑스를 방문해 엑스 시내를 돌면서 옛날 공부하던 때를 추

가 어림잡아도 100여 세나 될 거라는 생각이 떠오른다. 그래 그가 생존하지 않으리라는 확신이 서므로 그것도 단념한다……. 그러니 공부를 끝내고 엑스를 떠날 때의 그와의 작별 면담이 마지막 만남이었던 셈이다. (계속)

억하고 있다. 『커튼을 제끼면서』(숙맥 7호), 101쪽 참조.

정 재 서

죽창무정(竹窓無情)

코로나 19, 절멸? 혹은 공존?

서평 연편(連篇)

죽창무정(竹窓無情)

"이거, 빨리 베어 버려야겠는데요."

마을 이장이 우리 집 뒤꼍 쪽을 지나가다 들창 아래 한 뼘밖에 안되는 뜰로 번져 온 아기 대나무를 보더니 이런 권고를 한 것이 지난봄이었다. 봄비 몇 번 오면 금방 자라 우거져 들창에 육박하고 벌레도 꾀어 성가시다는 것이었다. 정년도 했겠다, 지친 심신을 쉬게 하고 가끔 한갓지게 책이라도 볼 요량으로 초옥 두어 칸을 경영해 놓았는데 들창이 있는 그 방에 앉아 있으면 고즈넉한 것이 딴 세상에 있는 듯 잡념이 사라져 좋았다. 아내는 건너 대숲 속에서 아침마다 들려오는 새소리가 너무 아름답다고 녹음까지 해서 지인들에게 보내는 등, 좀 과장된 표현으로 환희작약(歡喜雀躍)했다. 게다가 이 들창은 북향한 방에 있으니 과시(果是) 북창(北窓)이었다! 일찍이 도연명(陶淵明)이, 여름날 북창 아래 누워 있으면 시원한 바람이 불어올제 복희씨(伏羲氏) 이전 사람이 된 기분이 든다고 술회한 이래 북창은 허다한 문인들이 즐겨 음영(吟詠)하는 소재가 되었다. 그래서 나름 한껏 시의(詩意) 충만해 있던 차에 창가로 대나무까지 자란다니! 이것이야말로 금상첨화 아닌가? 그런데 이장의 돌연한 권고는 복희시대의 꿈에 젖어 있던 나를 전혀 염두에 두지 않는 비정한 말이 아닐 수 없었다.

"글쎄, 좀 두고 봅시다." 이장에겐 이같이 대강 얼버무리고 마음속으로는 '설마 저 어린 대나무가 그렇게 자라기야 하겠어. 좀 자라면 풍경이 그럴듯하겠는걸' 하고 딴 배포를 차렸다. 그 후 유난히 길었던 올 장마 동안 서울집에서 지내다 여름이 끝날 무렵이 되어서야 내려가 보았더니 세상에! 그 아기 대나무가 완전히 자라서 진짜 이장 말대로 들창에 육박하고 있는 것이 아닌가? 대나무뿐만이 아니었다. 들창 주변의 잡초들도 한껏 우거져 좁은 뜰이 숲으로 화해 집 한쪽을 뒤덮고 있어 으시시했다. 경험에서 나온 숙련된 농부의 말을 시골 물정 일(一)도 모르는 백면서생이 멋대로 무시한 결과라하겠다. 북창의 낭만도 좋지만 이제 이장에게 부탁해 예초기라도 동원해서 창가의 무성한 잡초 숲을 베어내야 할 판이었다.

그런데 이변이 일어났다. 더위를 피해 북향 방에, 그야말로 도연명처럼 북창 아래 누워 있노라니 누군가 창문을 두드리는 듯한, 누군가 살며시 엿보는 듯한 느낌이 들어 무심코 들창을 쳐다보았더니 스칠 듯 다가온 대나무가 시원한 바람에 살랑살랑 흔들리고 있는 것이 아닌가? 대나무는 마치 자신을 보아 달라는 듯 손짓을 하는 것처럼 그렇게 흔들리고 있었다. 그때 머릿속으로 "툭" 하는 깨달음이 왔다. 아! 이게 바로 죽창(竹窓)이란 것이구나. 죽창이 대나무로 만

큰 나무 큰 그림자

든 창이 아니라 대나무가 어른거리는 창이라는 것은 진작 알고 있었으나 관념 속에만 있던 것이 실제 그 상황이 되니 신기하기 그지 없었다.

죽창의 감동은 여기에서 끝나지 않았다. 밤이 되니 점입가경이었다. 때마침 보름에 가까워 산촌의 달이 휘영청 뜨자 부서지는 달빛 속에 흔들리는 창가의 대나무 그림자는 나를 아득히 먼 옛날로 데려가 상념의 세계에서 노닐게 하였다. 고래로 수많은 시인, 묵객(墨客)들이 묘사했던 죽창이 바로 이런 것이었구나. 동파(東坡)가 죽창에 푸른 등불이 깜빡인다 했고, 고산(孤山)이 죽창에 기대어 넘어가는 달을 본다 했으며, 노산(鷺山)이 죽창에 든 상월(霜月)에 잠 못 이룬다 한 것이 다 필유곡절(必有曲折)이었구나. 망외(望外)의 소득이랄까? '내일은 꼭 베어야지' 하는 참초제근(斬草除根)의 결의를 다지다가 이런 고아(古雅)한 풍경을 만나다니 기가 막힌 행운이 아닐 수 없었다. 옛글에서만 보던 고인(古人)의 풍류를 제법 헤아릴 수 있을 것 같기도 하고, 나도 자못 은일지사(隱逸之士)가 된 도연(陶然)한 심정으로 얼마를 지냈다.

예기치 못한 이변이 또 일어난 것은 아내로부터였다. "이것 좀 봐요, 이게 뭐야?" 들창 옆 책상에서 인터넷을 하고 있던 아내의 자지러지는 듯한 소리에 깜짝 놀라 뛰어가 보니 놀랍게도 머리가 세모꼴인 푸른 빛의 독사 세 마리가 들창 바로 아래 풀숲에서 빨간 혀를 날름거리며 유유자적하고 있지 않은가? 그 낭만적인 대나무는 오불관언(吾不關焉)으로 한 무리의 뱀을 굽어만 볼 뿐 이 살풍경한 현실을 어쩌지 못하였다. 복희씨를 꿈꾸던 북창은 어디 가고 달빛 어린 죽창은 어디 갔는가? 거기엔 오로지 난데없이 출현한 독사에 대한 두려움만 있을 뿐이었다. 독사 때문에 뜰이나 집 주위 돌아다니기가 무서워졌고 혹시라도 실내에 들어오면 어떻게 하나 하는 걱정 때문에 죽창에 대한 그간의 향기로운 상념은 천리만리 달아났다. 곧바로 이장을 찾아가 상의했더니 대숲에는 원래 뱀이 많다며, 왜 자기 말을 안 듣고 그렇게 자라도록 방치했냐며 예초기와 보호장구를 챙겼다. "위잉! 위잉!" 하는 모진 기계음과 함께 들창 옆의 잡초숲은 사라져 갔다. 예초기가 대나무를 향할 때 그것만은 남겨 달라고 하고 싶었지만 차마 말은 못했고 나의 심정을 알 리 없는 이장은 가차 없이 모든 것을 베어버렸다.

며칠간의 환상적인 마음의 여정이 이렇듯 무정하게 끝이 나 버렸다. 방 안에 들어와 누우니 창밖이 횅한 것이 무언가를 잃은 듯 마음이 허허롭다. 다시 밤이 되니 어른거리던 대나무는 간 곳 없고 창밖은 캄캄 칠야(漆夜)로 아무런 상념을 불러일으키지 않는다. 대나무라는 존재 하나가 이렇게 사람의 심령을 흔들어 놓을 수 있다니. 생각이 여기에 미치자 문득 동파의 글귀가 떠올랐다.

> 식사에 고기는 없을지언정 사는 곳에 대가 없을 수 없다.
> 고기가 없으면 사람이 여윌 것이나, 대가 없으면 사람이 속되어진다.
> 可使食無肉, 不可居無竹. 無肉令人瘦, 無竹令人俗.

동파의 말을 음미하니 "그깟 뱀이 두려워 대나무를 베어 버린 나는 역시 속물이로구나" 하는 자탄(自嘆)이 절로 나온다. 이장은 뜰에

큰 나무 큰 그림자

아예 제초제를 뿌려 놓자 했지만 그건 거부했고 대나무도 뿌리까지 제거하진 않았으니 혹시 내년 봄에 싹이 트고 자라면 다시 한번 죽창을 기대해 볼 수 있지 않을까 하는 가느다란 희망으로 아쉬운 마음을 달래 본다.

(2020.8.30)

코로나 19, 절멸? 혹은 공존?

　올해 초 도둑처럼 엄습한 코로나 19로 인한 당혹한 사태는 현금(現今)의 인류 대부분이 일생에 처음 겪는 역사적 사변으로 기억될 것임에 틀림없다. 그야말로 미증유(未曾有)라 할 이 사태는 그동안 우리가 근대화 과정에서 나름 겪어 왔던 전쟁, 정변, 가난 등의 힘든 일들과는 차원을 달리하는 또 하나의 역경임에 틀림없다.

　전염병의 역사는 유구하다. 고대 중국의 신화서 『산해경(山海經)』을 보면 곤륜산(崑崙山)에 사는 여신 서왕모(西王母)는 "하늘의 전염병과 다섯 가지 형벌[天之厲及五殘]"을 맡아본다 하였고 서쪽의 부산(浮山)에 나는 훈초(薰草)라는 풀은 냄새가 궁궁이 같은데 "몸에 차면 전염병을 낫게 할 수 있다[佩之可以已癘]"고 하였다. 『산해경』은 전국시대에 성립된 책이나 쓰여진 내용은 그보다 훨씬 오래 전의 일들이므로 거의 신화시대부터 이미 전염병에 대한 인식이 있었음을 알수 있다. 이후 한(漢)나라부터 청(淸)나라에 이르는 왕조 시대에는 치

세와 난세를 불문하고 사서(史書)에 수없이 많은 역질(疫疾) 곧 전염병의 유행이 기록되어 있다. 우리나라에서는 신라시대 처용(處容)과 역신(疫神)의 투쟁 설화에서도 전염병의 존재를 알 수 있지만 삼국시대 이래 조선시대에 이르기까지 전염병이 끊이지 않았던 것은 주지의 사실이다. 가령 조선 후기에는 1만 명 이상의 희생자를 낸 큰 전염병이 200여 년 동안 9회에 걸쳐 엄습하였는데 사망자가 한 해 10만 명 이상 달했던 경우가 6회나 되었다. 이중 숙종(肅宗) 재위 시 수년에 걸쳐 맹위를 떨쳤던 전염병으로 무려 25만여 명이 사망하였다고 한다. 이광수(李光洙)의 자전적 소설인 『나』에서는 이질에 걸려 죽는 아버지와 잇따른 어머니의 죽음 등 비극적인 가족사를 실감나게 묘사하고 있는데 이의 실제 배경은 조선 말기 콜레라의 대유행이었다.

고대나 중세에는 전염병에 대한 의약적 대책이 취약하여 종교적, 주술적 방식에 의존하는 경우가 많았다. 우리나라의 경우 처용무를 추어 역신을 쫓는다든가 "강태공이 여기 있다[姜太公在此]"라고 쓴 부적을 붙이거나 단오 날 대문에 치우(蚩尤)의 모습을 그려 붙여 역질을 물리치고자 하는 민속 등이 이로부터 유래하였다. 흥미로운 것은 중국 명대(明代)의 판타지 『봉신연의(封神演義)』에서의 전염병 구축(驅逐)에 대한 묘사이다. 소설을 보면 은(殷)나라 측의 여악(呂嶽)이 온단(瘟丹)을 주(周)나라의 강물과 우물에 살포하자 무왕(武王)과 강태공(姜太公)을 비롯한 모두가 전염병에 걸려 신음한다. 그러자 양전(楊戩)이 의약의 신 신농(神農)으로부터 단약(丹藥)과 약초를 얻어 모든 사람을 치료한다. 소설적 상상력은 오늘날의 세균전과 치료제

백신을 이미 예견하고 있다.

서양도 전염병의 역사는 동양 못지않다. 잘 알려져 있듯이 중세 유럽을 강타했던 페스트로 인해 전 인구 4분의 1이 희생되었고 이로 인해 장원경제가 붕괴되면서 급기야 근대로의 이행이 촉발되었다는 견해도 있다. 아울러 근대 초기 백인 정복자들에 의한 전염병의 이입으로 면역력이 전무한 신대륙의 원주민이 절멸(絶滅)에 가깝게 희생된 것도 빼놓을 수 없는 안타까운 사례이다. 또한 가장 가까운 사례로는 스페인 독감의 세계적 대유행을 꼽을 수 있을 것이다.

문명사가 재러드 다이아몬드는 그의 유명한 저작 『총·균·쇠』에서 선사 시대 이래 문명의 발달과 그것이 대륙별, 민족별로 불평등해진 원인을 설명해 나감에 총·균·쇠 즉 무기·병균·금속이 인류의 운명을 어떻게 바꿔놓았는지에 역점을 두었다. 그러나 이 책을 접했을 때 그것은 과거 조상들의 일이었지 오늘과 앞으로 우리의 운명도 병균에 지배될 것이라는 생각은 솔직히 들지 않았던 것이 사실이었다. 우스운 예이긴 하나, 얼마 전만 해도 비디오를 틀면 옛날에는 호환(虎患), 마마 등이 무서웠지만 지금은 불법 복제가 무서운 일이니 하지 말라는 경고가 반드시 뜨곤 했는데 이 역시 천연두 같은 전염병은 과거에나 있었지 우리와는 무관하리라는 생각을 염두에 둔 발언이었다.

우리 현대인은 마치 무슨 특권을 가진 인간인 양 스스로 과거와는 다른 차원의 삶을 사는 것으로 오해하는 경우가 많다. 근대성에 대한 과도한 강조가 중세 이전의 삶을 암흑으로 규정한 바 있듯이 우리는 과거와의 연속성을 부정하고 고대인에 대한 우월한 역사적,

큰 나무 큰 그림자

문화적 지위를 강조하는 경향이 있다. 그러나 이는 대단한 착각이다. 레비스토로스가 역설했듯이 원시인의 삶조차 현대인의 그것과 비교할 때 물질의 차이는 있을지언정 정신적, 질적인 차이는 없다. 코로나 19와 같은 대규모 전염병의 역사는 앞에서 살펴보았듯이 유구하다. 유구하다는 것은 연속성이 있다는 얘기이고 그것은 현대인이라는 우리만의 특권을 고려에 넣지 않을 때 앞으로도 코로나 19와 같은 전염병이 언제든 발생할 수 있으리라는 불길한 전망으로 이끈다.

그렇다면 향후 이러한 사태에 어떻게 대처해야 할 것인가? 이른바 4차 산업혁명 시대로의 초입에서 우리는 19세기 과학 발흥의 시대에 그랬던 것처럼 새로운 유토피아에 대한 희망을 품고 물질과 과학에 대해 무한한 신뢰를 보내고 있다. 그것은 몇 년 전에 있었던 멍크 디베이트(Munk Debates)의 결과가 잘 말해 준다. 진화생물학과 통계학으로 무장한 과학자 그룹과 문학, 철학 등 인문학자 그룹 간의 인류 미래에 대한 난상토론에서 대다수의 청중들은 과학의 힘으로 더 멋진 세상이 온다는 낙관론에 기꺼이 표를 던졌다. 스티븐 핑커를 위시한 과학자 그룹의 중요한 논거는 이미 과학 덕분에 치명적 전염병이 소멸되고 대규모 전쟁이 감소하여 인류의 삶이 좋아졌다는 데에 있었다. 그들은 불과 몇 년 후에 벌어진 오늘의 이 사태에 대해 지금 무어라고 말할 것인가?

기계가 죽음을 두려워하지 않듯이 과학은 인간 존재의 불완전성과 세계의 불확실성을 간과하는 경향이 있다. 당혹스러운 이 시점에서 우리가 지켜야 할 덕목은 겸허함이다. 인류만이 이성을 지닌 완전한 존재이며 모든 존재를 지배할 수 있다는 현대인의 오만을 이제는 버려야 한다. 재레드 다이아몬드는 질병이 인간과 가축의 공존에서 비롯했으며 다시 병균은 스스로의 생존을 위하여 인간과 진화적 경쟁 관계에 놓여있다는 점을 환기시킨다. 병균도 자연의 일원으로서 인간과 생존을 두고 경쟁하는 동등한 존재인 셈이다. 여기서 병균은 결코 절멸될 수 있는 존재가 아니라 사실상 공존하는 대상이라는 인식을 하게 된다. 생태학자 최재천 교수는 코로나 19 사태 이후 우리가 지녀야 할 마음 자세로 '공존'을 거론하였는데 진화적 경쟁 관계에서 패배하지 않도록 예방과 치료에 힘쓰면서도 자연 생태적 차원에서는 인간만의 유아독존적 관념을 버리고 모든 존재와의 공존을 인지하는 겸허한 생각을 가질 필요가 있다. 물론 이러한 생각은 화급한 이 시점에서 고담준론(高談峻論)으로 들릴 수 있다. 그러나 코로나 19와 같은 치명적 전염병 또는 그 이상 가는 재난이 과학만능주의의 시대에도 언제든 도래할 수 있다는 사실을 인정한다면 그것을 필연적으로 끌어안고 살아갈 우리의 마음가짐은 결코 과거와 같을 수 없음이 분명하다.

『전통문화』 47호(2020.5)

서평 연편(連篇)

학문, 부끄러움과 곤혹 사이

지금도 첫 강의를 했던 그날을 생각하면 경황없이 허둥대던 자신의 모습이 눈에 선하다. 선배 교수가 쥐여 준 출석부와 분필갑을 들고 강의실에 들어선 순간 눈앞에 쇄도해 오던 수많은 시선들. 그 고립무원의 상황 속에서 어떻게 한 시간을 버텼는지 지금 생각해도 아찔하기만 하다. 새파란 햇병아리 강사가 강단에 섰을 때의 난감함이란 스스로에 대한 부끄러움으로부터 온다. 과연 내가 이들을 가르칠 능력이 있을까? 그것은 학위와 같은 일종의 자격증으로만 충족될 수 있을 능력이 아닌 것 같았다. 나를 쳐다보는 학생들의 눈빛에는 지식 이상의 것에 대한 기대가 서려 있는 듯했고 그 시선이 젊은 강사에게는 무척 버거웠던 것이다. 지금은 연륜과 경험이 쌓여 적당히 인생론을 갈파하기도 하는 노회한 교수가 되어 있지만 앞서의 물음은 여전히 유효한 듯싶다.

가르치는 교수로서의 자격지심과 아울러 학자로서 느끼는 근원적인 곤혹감도 있다. 석사 논문을 쓸 때부터 "과연 이게 말이 될까?" 하는 의구심을 수없이 느껴 가며 글을 만들어 나간다. 물론 학위 과정의 논문은 지도교수의 가르침과 엄격한 논문 형식이 객관성을 보장해 주긴 한다. 그러나 이후의 논문 쓰기는 필자의 경우, 보고서와 수필 사이를 왔다 갔다 하는 듯한 길항의 과정 속에서 이루어졌다. 머릿속에서 예정했던 논리대로 글을 진행하다가 가속이 붙으면 글 자체의 논리가 생겨나 미끄러지는 경향이 생긴다. 이 지점에서 갈등이 일어난다. 내용에 의해 글이 구성되는 것이 아니라 글에 의해 내용이 구성되는 것은 아닌가 하는 의구심과의 투쟁이 시작되는 것이다. 결국 어떠한 논문도 문학화의 욕망을 떨치긴 어렵다. 그런데 그 문학화가 어디까지 내용을 보증해 줄 것인가 하는 문제의식이 대두되는 것이다.

가르치는 일과 글쓰기에 대한 이런저런 상념 끝에 눈에 띈 책이 얼마 전에 나와서 지식사회에 큰 충격을 주었던 앨런 소칼, 장 브리크몽 공저의 『지적 사기』(민음사, 2000)였다. 당시 포스트모더니즘의 열기에 찬물을 끼얹기도 했던 이 책은 물리학자인 저자들이 냉철한 자연과학자의 입장에서 인문·사회과학 분야의 대학자들이 과학지식을 어떻게 남용, 오용하여 얼마나 학계와 대중을 기만하고 있는지를 거의 고발에 가까운 필치로 기술하고 있다. 그들은 라캉·크리스테바·보들리야르·들뢰즈 등 포스트모더니즘을 주도한 학자들의 저작에서의 신비화, 애매한 용어의 의도적 구사, 불명료한 사고, 과학적 개념의 오용 등을 집요하게 물고 늘어진다. 특히 그들은 과학을 수많은 이야기나 신화 또는 사회적 구성물 중의 하나로 간주하는 인식론적 상대주의에 대해 강한 적개심을 표명한다. 아울러 많이 대중화된 카오스 이론이 사실은 심각한 오해의 산물이라는 점도 밝힌다. 카오스 이론이 마치 과학의 한계를 보여 준 듯 단언하는 사람들이 있지만 실제 자연 속에는 비카오스계가 더 많다는 것이다. 이 책을 읽고 나서 필자도 내심 뜨끔한 바가 있었다. 신화를 전공하고 있는 관계로 그 의의나 가치에 대해 얘기하다 보면 가끔 피상적인 지식으로 과학의 한계가 어떻고, 카오스나 프랙털 구조가 신화와 닮았으니 어쩌니 하고 설명할 때가 있었기 때문이다.

그러나 궁극적으로 필자는 이 책의 주장을 그대로 받아들이고 싶지는 않다. 이 책에는 순수한 자연과학의 입장이라기보다는 너무나도 많은 정치적 복선이 깔려 있는 듯하다. 미국 실용주의의 프랑스 철학에 대한 반발인 듯싶기도 하고 우익 보수주의의 진보 노선에 대한 공격 같기도 하며 가부장적 전통과학의 신과학(New Age Science)에 대한 혐오감의 표현으로 비치기도 한다. 무엇보다도 그들은 라캉 등이 과학을 그릇 적용한다고 비난하면서 그들 자신도 인문학을 과학으로 재단하려는 우를 똑같이 범하고 있다. 인문학에 수용된 과학은 인문학의 논리로 풀어야지 과학의 메스를 들이댈 대상이 이미 아닌 것이다.

그럼에도 불구하고 이 책의 가장 큰 장점은 우리가 가끔 이론적 말장난에 빠져 있을 때 현실 입지의 중요성을 일깨워 준다는 점이다. 포스트모더니즘의 말류가 언어와 텍스트에 대한 지나친 집착으로 인해 이른바 '지적 체조(intellectual gymnastics)'의 지경에 이른 것은 주지의 사실이다. 고대 중국에서도 한때 '청담(淸談)'이라는 논쟁의 시기가 있었는데 처음에는 철학과 문학상으로 많은 생산적인 논의를 했었으나 결국에는 허황된 말장난, 곧 공리공담(空理空談)으로 전락하여 망국의 한 원인이 된 바 있었다. 바로 이 점, 학문의 진정성과 관련하여 마지막으로 드는 생각은 라캉 등의 행위가 과연 '지적 사기'에 해당할까 하는 점이다. 이 책의 저자들은 의도적으로 사기를 쳤을 수도 아닐 수도, 아니면 둘 다일 수도 있다고 아리송하게 답한다. 이 대목에서 필자는 앞서 토로한 보고서와 수필 사이의 갈등을 떠올려 본다. 라캉 등 역시 그런 곤혹을 느끼지 않았을까?

『중앙일보』 독서칼럼(2002.2.16)

동물성에 대하여

고구려 고분 벽화를 보면 소머리를 한 인신우수(人身牛首)의 신이 손에 벼 이삭을 들고 있는 모습이 있다. 인간을 위해 농업과 의약을 발명한 신농(神農)인 것이다. 그런데 그리스 로마 신화에도 똑같은 인신우수의 존재가 있는데 그것은 미노타우로스라는 식인 괴물이다. 크레타섬 미노스 왕의 미궁에 살고 있던 이 괴물은 훗날 영웅 테세우스에 의해 살해된다. 신화의 세계에서 동물은 신성시되거나 인간과 비슷한 대우를 받는다. 다만 인간 중심의 경향이 강한 그리스 로마 신화의 경우 동물성이 다소 폄하되어 인간과 동물의 복합적 존재는 대개 영웅이 퇴치해야 할 사악한 괴물로 인식되었던 것이다.

동물을 신성시하는 것은 논외로 하더라도 최소한 인간과 동등하게 보아야 하느냐, 아니면 여전히 인본주의적 관점을 견지해야 하느냐 하는 문제는 생태주의자들 사이의 중요한 쟁점 중의 하나이다. 여기에서 동물은 결국 자연을 대표하는 것이기도 한데 심층생태학(Deep Ecology)의 입장에서는 동물도 인간과 동등한 권리의 주체임을 주장한다. 그들은 동물이 '사회계약' 아닌 '자연계약'의 존재이며 설사 동물이 지력(智力)에서 인간보다 뒤떨어진다 해도 저능아라고 인권을 말살할 수 없듯이 동물이라고 그 권리를 무시해서 안 된다는 논리를 편다. 이미 1978년 프랑스 일각에서는 '동물해방선언'을 통해 동물의 존엄성 즉 동물권(Animal Rights)을 제창한 바 있다. 그들은 선언한다. "모든 동물은 동등하게 태어나고 모든 존재에 대해 동일한 권리를 갖는다"고. 심층생태학의 이같은 급진적인 주장에다 동의하지 않는다고 하더라도 어쨌든 급박해진 환경 문제에 대처하기 위해 인식의 혁명적인 전환을 모색하는 그들의 심정을 십분 이해할 수는 있다.

동물학자 최재천 교수의 『개미제국의 발견』(사이언스북스, 1999)은 감성적인 필치와 흥미로운 내용으로 몇 해 전에 이미 대중적 관심을 끌었던 책이다. 이 책은 앞서 제기된 인간과 동물의 관계성, 그리고 차제에 새롭게 설정할 필요가 있는 동물의 지위와 관련하여 다시금 성찰의 여지를 갖게 한다. 세계적인 개미 연구가인 최 교수는 개미 사회를 정치 · 경제 · 문화의 세 가지 측면에서 고찰한다. 놀랍게도 개미는 인류보다도 먼저 농경과 목축 생활을 영위해 왔다. 나뭇잎을 물어다 그 위에 버섯을 기르는가 하면 진디와의 공생 관계에서 이득을 취하기도 한다. 그들은 이러한 경제 활동에서 생산성을 높이기 위해 철저한 분업 제도를 택하고 있다. 개미 사회의 문화 역시 우리의 예상을 뛰어넘는다. 개미는 후각에 바탕한 정교한 화학언어를 구사한다. 그런가 하면 이들의 화학언어를 해독하여 등쳐먹는 기생곤충들도 있다. 일개미들의 직업도 다양하다. 시녀와 보모에서 노동자와 군인까지. 개미 사회의 정치야말로 가장 우리의 관심을 끄는 대목이다. 극도의 자기 희생 위에 이루어진 군주 정치와 노예 제도, 개미는 동물 중 인간을 제외하고는 거의 유일하게 전쟁을 일으켜 대량학살의 만행을 저지르는 족속이며 인간처럼 정권 다툼도 불사한다. 따라서 최 교수는 고도로 조직된 사회 속의 현대인과 가장 닮은 동물로서 서슴지 않고 개미를 추천한다.

개미와 인간이 닮은꼴이라는 점에 대해서는 고대인들도 일찍부터 인식했던 것같다. 그리스 로마 신화를 보면 아이아코스 왕이 헤라의 노여움을 사 전 백성을 돌림병으로 잃었을 때 제우스에게 간절한 기원을 드리자 개미 떼가 군중으로 변하여 나타난다. 중국 당(唐)나라 때 이공좌(李公佐)가 지은 『남가태수전(南柯太守傳)』이라는 소설에서 개미와 인간 간의 관계는 동질성을 넘어 오히려 개미에게 신성을 부여하는 정도에까지 이른다. 주인공 순우분(淳于芬)은 출세 못한 한량이다. 어느날 그는 낮술에 취해 잠들었다가 자기 집 뜨락의 느티나무 뿌리 속으로 들어가는 꿈을 꾼다. 땅속에는 인간세상과 다름없는 세계가 있었고 그는 지하왕국의 공주와 결혼하여 출세가도를 달리게 된다. 그러나 만년에 전쟁에 패하고, 공주도 죽고, 간신의 참소를 받아 불우한 나날을 보내다가 임금으로부터 본래의 세

큰 나무 큰 그림자

상으로 돌아가라는 권고를 받는다. 집으로 돌아온 순간 정신이 들고 보니 한바탕 꿈이었다. 그래서 느티나무 밑을 파 보았더니 개미굴이 있더라는, 환상적이면서도 출세지향적 현실을 풍자하는 내용이다. 아둥바둥해 보았자 인생은 꿈처럼 허망하다는 뜻을 지닌 '남가일몽(南柯一夢)'이라는 고사성어는 이 소설로부터 유래한 것이다. 최근 유행한 바 있는 베르베르의 공상과학소설『개미』또한 우리가 고래로부터 지녀 왔던 개미와 인간 간의 동일시 감정에 근거하고 있음은 의문의 여지가 없다.

개미를 실례로 들었지만 고대인들의 동물과의 동일시는 두 가지 방면으로부터 비롯한다. 한 가지는 실증적인 차원으로 동물 생태에 대한 관찰과 경험으로부터 온 것이고 다른 한 가지는 정신적인 차원으로 인간과 동물이 교감했던 시절의 신화적 감수성으로부터 온 것이다. 얼마 전 미국엘 갔다가 구렁이를 목에 감고 다니거나 곰을 개처럼 끌고 다니는 젊은이들을 보고 놀란 적이 있다. 애완동물의 범주가 이렇게 확대되면 어디까지 갈 것인가? 근대 이래 강화되어 온 인간의 주체로서의 지위는 그동안 일방적인 희생을 감내해 왔던 자연의 소리 없는 반격으로 조절이 불가피하게 되었다. 이제 동물성은 비하의 대상만은 아니다. 과연 동물권은 어디까지 복권될 것인가?

『중앙일보』독서칼럼(2002.3.16)

'나'라고 대답할 수 있는 거울

중국 혹은 동아시아 문화를 유교만 알면 파악이 제대로 된다고 생각하던 시절이 있었다. 그런 사람들은 중국의 향촌이나 동남아시아의 화교 사회에 들어가 잠깐이라도 있어 보면 대다수의 중국인이 실제 삶에서는 도교나 민간신앙 등 유교와는 다른 원리에 의해 움직이고 있음을 깨닫게 된다. 역사란 표면상 지배하고 있는 듯이 보이는 거대한 이론에 의해서만 움직이는 것이 아니라 심층의 미세한 여러 작동 요인들에 의해 형성되는 것인지도 모른다. 악어를 보자. 악어의 먹이 · 습성 · 서식 환경 등을 통해 우리는 악어의 전모를 다 파악했다고 생각할지 모른다. 악어새가 날아와 악어의 입에 앉아 찌꺼기를 먹는 모습은 이러한 악어의 삶과는 무관한 자연의 한 평화로운 정경처럼 비칠 것이다. 그러나 악어새가 악어 입속의 찌꺼기를 제거해 주지 않을 경우 부패로 인한 체내 가스 발생은 악어의 생명에 심대한 위협이 될 수 있다고 동물학은 보고한다. 다시 말해 악어새와의 관계에서 보이는 악어의 작은 또 하나의 삶의 방식은 나름대로 악어의 일생에 결정적일 수 있는 것이다. 이처럼 커다란 역사의 흐름이나 원리가 아닌 일상의 사건이나 사물의 관점 혹은 단면에서 한 사회의 진실한 면모에 다가가고자 하는 노력은, 역사학에서는 미시사적 접근으로 인류학에서는 기어츠(C. Geertz)의 이른바 심층기술(thick description) 등의 방법에 의해 시도된 바 있다.

어린 시절, 거울의 신비에 한 번쯤 매료되지 않은 사람이 있을까? 거울의 반사광으로 집안 구석구석을 비춰 보거나 친구의 눈을 부시게 했던 일들로부터 "거울아, 거울아, 세상에서 누가 제일 예쁘니?"의 물음으로 익숙한 백설공주와 같은 동화들에 이르기까지 우리 모두는 거울에 대한 유년의 추억을 간직하고 있다. 그뿐인가? 거울은 심리학자에 의해 자아 형성의 단계로 비유되기도 하고 사상가에 의해 오늘의 문화를 표현하는 방편이 되기도 한다. 가령 라캉은 거울 단계(Mirror Stage)를 말했는가 하면 보들리야르는 포스트모더니즘을 볼록 거울과 같은 곡면경의 현상으로 진단한다. 이렇게 보면 거울은 평범한 물건인 듯싶지만 사실 인간의 삶 및 문화와 긴밀한 조응 관계에 있음을 알 수 있다. 교과서에도 실린 바 있는 정비석의 「산정무한」에서도 금강산 명경대(明鏡臺)를 두고 "인간 비극은 거울이 발명되면서 비롯했고, 인류 문화의 근원은 거울에서 출발했다"고 갈파하는 대목이 있다.

사빈 멜쉬오르 보네의 『거울의 역사』(윤진 역, 에코리브르, 2001)는 서구 정신사에서 거울이 지녔던 의미와 차지했던 비중을 기술사·사회경제사·문학사·사상사 등 다양한 방면에서 조명하여 궁극적으로 거울을 통해 서구 정신의 흐름을 포착해 낸 흥미진진한 역작이다. 고대 유럽에서 금속 거울은 실용적인 것이 아니었다. 그것은 귀족들의 장식품이거나 주술적 도구였다. 거울이 일반화되는 것은 유리 거울이 생산되기 시작하면서부터인데 르네상스 시기 무렵 순도 높은 베네치아 거울이 출현하였고 이후 프랑스 생고뱅의 왕립 제조소에서 질 좋은 거울을 대량 생산하여 중산층에까지 공급이 확대되었다. 유리 거울도 초기에는 귀하여 왕실이나 귀족계층의 전유물이었다. 거울로 장식된 베르사유 궁전과 귀족 저택의 내실은 부와 권력의 징표로 간주되었다. 19세기에 이르러 거울은 부르주아 계층의 신분과 의식을 표상하는 물건으로 바뀌게 된다. 보네는 거울에 대한 사회사적 탐색에 이어 그것이 반영하고 있는 정신사적 궤적에 대해 통찰한다. 고대에서 중세에 이르기까지 거울은 지혜와 신중함 그리고 진실의 알레고리로서 인간 지성의 상징이 된다. 그것은 외모를 사회적으로 적응시키는 수단임과 동시에 내면을 위한 교훈과 성찰의 도구이다. 그러나 근대 이후 내외의 이러한 일관된 이미지에 갈등이 생긴다. 거울은 자아·주체·정체성의 수립과 동시에 소외되는 외계·대상과의 분열, 그로 인한 허영·가식의 표상이 된다. 아울러 거울의 이타성(異他性)은 환상의 원천이 되고 인간의 욕망은 새로운 표현의 출구를 찾는다.

보네의 거울에 대한 깊고 넓은 통찰은 우리에게 인간 정신의 흐름을 특정한 사물의 관점에서 신선하게 보아 낼 수 있는 여지를 제공한다. 그러나 보네의 이러한 성과가 동양권에도 그대로 적용될 수 있을지 다소 의심스럽다. 필자도 일찍이 중국 거울의 상상력에 대해 관심을 갖고 글을 쓴 적이 있지만 동양의 경우 유리 거울보다 동경(銅鏡)의 이미지가 지배적이다. 동경은 깨지기 쉬운 유리 거울과는 빚어내는 이미지에 있어서 근본적인 차이가 있다. 그것은 보는 이로 하여금 대상을 소외시키는 자아, 주체의식보다 함께 끌어안는 우주적, 전일적 상상을 불러일으킨다. 동경의 뒷면에 새겨진 팔괘·사신(四神) 등의 우주적 도상은 동양 세계에서의 거울에 대한 조화로운 관점을 표명한다.

어쨌든 현대의 우리는 유리 거울의 이미지가 압도하는 시대에 살고 있다. 근대 이후의 세기들이 강력한 주체의 의지대로 평면경처럼 대상을 그대로 반영해 왔다면 주체와 대상의 관계가 불안정해진 오늘 이후의 시대에도 거울은 계모 왕비의 물음에 대해 여전히 백설공주라고 대답할까? 혹시 다음과 같지는 않을까?

"거울아, 거울아, 세상에서 누가 제일 예쁘니?"

"나다."

『중앙일보』 독서칼럼(2002.4.11)

큰 나무 큰 그림자

김경동 김명렬 김상태 김재은 김학주
이상옥 이상일 이익섭 정진홍 곽광수 정재서